노플라잇 세계여행

노플라잇 세계여행

서울에서 시애틀까지,
비행기 없이 지구 한 바퀴

조진서 지음

리토피

노플라잇 세계여행

초판 1쇄 발행 2024년 6월 28일

지은이 조진서

편집 박주희
디자인 박진범
펴낸이 임선영
펴낸곳 리토스
출판등록 2023년 3월21일 제2023-0000106호
이메일 retoss.books@gmail.com
인스타그램 @retoss.books

ISBN 979-11-983421-2-6 (03810)

명희 이모에게

노플라잇 세계여행을
소개합니다

150여 년 전, 필리어스 포그는 친구들과의 내기로 세계 일주를 시작하게 됩니다. 기차와 열기구 등 각종 교통수단을 이용하고 이국의 문화와 사람들 속에 부대끼며 여행을 이어갑니다. 그사이에 예기치 않은 사건들은 매일 넘쳐나지요. 그렇게 『80일간의 세계 일주』는 완성됩니다.

2008년 저는 대학원 공부를 위해 영국으로 떠나면서 '기왕 가는 데 한국에서부터 육로로 이동해볼까?' 하는 생각이 들었습니다. 호기롭게 출발했지만 시간이 한 달여 밖에는 없어 중국을 거쳐 파키스탄에 도착한 후 비행기를 타야 했습니다. 그럼에도 중국과 파키스탄을 잇는 해발 4700미터 국경을 넘던 당시의 과정이 생생하게 머리에 남았습니다. 이때부터 비행기를 타지 않고 세계 일주를 해보고 싶다는 희망이 싹텄습니다.

그 후로는 여느 사람들처럼 15년간 열심히 직장생활에 몰두했습니다. 쉬지 않고 맹렬히 달려오다 보니 몸과 마음이 무척 지치기도 했습니다. 식도염이 심해지자 더 이상은 무리라는 생각이 들더군요. 한 번 쉬고 갈 타이밍이라고요. 물론 한창나이인 40대에 일을 쉰다는 결정을 하기까지 많은 고민의 시간이 함께했습니다. 그때 '100세 시대에 긴 안목으로 인생을 보자' 하는 생각이 떠올랐습니다.

저는 과거의 기억을 떠올려 비행기를 타지 않고 세계 일주를 해보면 어떨까 하는 생각을 했습니다. 생각은 점점 구체적인 계획으로 바뀌어갔습니다.

중국과 파키스탄을 넘던 기억을 떠올려 육로 일정을 정리하고 미국 LA에서 시카고까지 로드트립했던 경험을 살려 부족한 여정을 이어갔습니다. 길이 이어진 아시아와 유럽 횡단은 가능할 것 같았지만 아메리카 대륙으로 넘어갈 일을 생각하니 난감하기만 했습니다. 반쪽짜리 여행으로 끝날 뻔한 계획을 이어준 건 바로 대서양 횡단 크루즈! 더 이상 망설일 필요가 없었습니다.

이렇게 시작된 여행, 이 책에는 2023년 9월부터 2024년 1월까지 111일에 걸쳐 비행기를 타지 않고no-flight 세계 일주를 한 바로 그 기록이 담겨 있습니다.

3 유럽과 크루즈

4 미국

여행 초심자를 위한 세계 일주 가이드 ⋯⋯ 392

여행 경로

여행
일정

11월 2일   튀르키예 앙카라 ⋯▶ 튀르키예 페티예(버스)

11월 3일   튀르키예 페티예 ⋯▶ 그리스 로도스(쾌속선)

11월 5일   그리스 로도스 ⋯▶ 그리스 크레타(여객선)

11월 8~9일   그리스 크레타 ⋯▶ 그리스 아테네(여객선)

11월 15일   그리스 아테네 ⋯▶ 그리스 테살로니키(버스)

11월 19일~20일   그리스 테살로니키 ⋯▶ 이탈리아 브린디시(버스, 여객선)

11월 20일   이탈리아 브린디시 ⋯▶ 이탈리아 오스투니(기차)

11월 21일   이탈리아 오스투니 ⋯▶ 이탈리아 토리노(기차, 침대기차)

11월 23일   이탈리아 토리노 ⋯▶ 이탈리아 베네치아(고속기차)

11월 24일   이탈리아 베네치아 ⋯▶ 이탈리아 토리노(기차, 고속기차)

11월 26일   이탈리아 토리노 ⋯▶ 이탈리아 치비다베키아(기차)

11월 26일~28일   이탈리아 치비다베키아 ⋯▶ 스페인 알리칸테(크루즈)

11월 28일~29일   스페인 알리칸테 ⋯▶ 스페인 말라가(크루즈)

11월 29일~30일   스페인 말라가 ⋯▶ 스페인 카디스(크루즈)

11월 30일~12월 3일   스페인 카디스 ⋯▶ 포르투갈령 아조레스(크루즈)

12월 3일~10일   포르투갈령 아조레스 ⋯▶ 미국 플로리다주 마이애미(크루즈, 택시)

12월 18일   플로리다주 마이애미 ⋯▶ 플로리다주 포트캐너버럴(렌터카)

12월 19일~20일   플로리다주 포트캐너버럴 ⋯▶ 노스캐롤라이나주 더햄(렌터카)

12월 21일   노스캐롤라이나주 더햄 ⋯▶ 조지아주 애틀랜타(렌터카)

12월 23일   조지아주 애틀랜타 ⋯▶ 테네시주 내슈빌(렌터카)

12월 24일   테네시주 내슈빌 ⋯▶ 미주리주 세인트루이스(렌터카)

12월 26~27일   미주리주 세인트루이스 ⋯▶ 네브래스카주 오마하(렌터카)

12월 28일~29일   네브래스카주 오마하 ⋯▶ 사우스다코타주 래피드시티(렌터카)

2024년

1월 1일   사우스다코타주 래피드시티 ⋯▶ 몬태나주 리빙스턴(렌터카)

1월 3일   몬태나주 리빙스턴 ⋯▶ 아이다호주 오로피노(렌터카)

1월 4일   아이다호주 오로피노 ⋯▶ 워싱턴주 시애틀(렌터카)

:

지브롤터
해협에서

니우스테이튼담 Nieuw Statendam 호의 항해 여정

2023년

11월 26일	● 이탈리아 치비다베키아 출항
11월 27일	● 바다
11월 28일	● 스페인 알리칸테
11월 29일	● 스페인 말라가
11월 30일	● 스페인 카디스
12월 1일~2일	● 바다
12월 3일	● 포르투갈령 아조레스제도
12월 4일~9일	● 바다
12월 10일	● 미국 플로리다 포트로더데일 입항

2023년 11월 29일 밤 11시. 항해를 시작한 지 닷새째, 미국까지는 열하루를 더 가야 한다. 지겹냐고? 그렇지 않다. 오히려 시간이 천천히 갔으면 좋겠다. 벌써 닷새나 지났다니!

구글맵으로 확인한 현재 위치는 지브롤터해협. 아프리카 대륙과 유럽 대륙이 닿을락 말락 떨어져 있는 곳. 고대에는 '헤라클레스의 기둥'이라 불렸다는 지중해의 출구. 이곳을 지나면 우리 배는 이제 대서양으로 나간다.

문득 지브롤터해협이 어떻게 생겼는지 직접 보고 싶어졌다. 5층

선실을 나와 13층 스카이데크에 올라가니 나처럼 호기심 많은 사람이 이미 구경을 나와 있다.

진행 방향 오른편, 항해 용어로 스타보드starboard 편으로는 유럽 대륙의 끄트머리에 있는 지브롤터 바위와 등대, 그리고 화려한 시가지가 보인다. 반대편 포트사이드portside로는 약 10킬로미터 밖에 아프리카 대륙이 펼쳐져 있을 것이다. 하지만 어두운 밤이고 옅은 안개마저 끼어 있어 잘 보이지 않는다. 어쩌면 아프리카 쪽은 불빛이 적어서 안 보이는 것인지도 모르겠다.

배가 해협의 가장 좁은 곳을 통과할 때 사람들은 사진을 찍는다. 지브롤터의 그 유명한 바위는 해협을 내려다보는 위치에 뾰족하게 솟아 있다. 도시의 불빛을 받아 밤에도 윤곽이 보인다. 옛날에는 저 위에 자리를 잡은 영국군이 대포를 쏘아가며 지중해를 통과하는 적국의 배들을 격파했다고 한다.

고개를 이리저리 돌려가며 해협의 양쪽 편을 구경하는 사이, 배는 지중해에서 대서양으로 들어섰다. 바람이 강해진다. 배의 옥상층에 있는 스카이데크는 웬만한 고층건물 높이다. 앞부분이 강화유리로 막혀 있지만 바람이 모자를 날려버릴 정도로 거세다. 지브롤터 시가지의 불빛들이 멀어져가고 망망대해만이 펼쳐지자 사람들은 하나둘 방으로 돌아간다. 나도 선실로 돌아가는 엘리베이터 버튼을 누른다.

이제부터는 대서양. 바다가 확연히 거칠어진다. 평온하게 전진했던 지중해와 달리, 지브롤터 너머의 대서양은 파도가 높다. 바람도, 파도도 북서쪽에서 남동쪽으로 몰아치는 것 같다. 방으로 돌아오는 복도에서 몸이 휘청거려서 벽에 손을 짚으며 걸었다.

이 배의 이름은 니우스테이튼담. 전장이 약 300미터로 축구장 세 개를 길게 붙여놓은 셈이다. 무게는 10만 톤, 높이는 13층. 20대 이상의 엘리베이터가 설치되어 있고 3개의 수영장이 있으며 승객 3000명과 승무원 1000명 등 최대 4000명의 사람을 태운다. 바깥쪽 데크를 따라 배 둘레를 한 바퀴 걸으면 650미터다.

하지만 대서양처럼 큰 바다 위에서는 이런 배도 한 장의 나뭇잎이 된다. 파도는 끊임없다. 바다는 지치지도 않는다. 북서쪽에서 남동쪽으로 리듬감 있게 이 큰 배를 몰아친다. 다행히 멀미는 심하지 않다. 나는 마치 4분의 3박자의 느린 왈츠를 추듯이 이쪽저쪽 기우뚱한다.

불을 끄고 침대에 누워 잠을 이뤄보려 하지만 잘 되지를 않는다. 원래 베개에 얼굴만 갖다 대면 기절하는데 지금은 눈이 말똥말똥하다. 책상과 세면대 위에 올려둔 물건들이 데굴데굴 굴러다니는 소리가 난다. 겨우 눈을 붙였다가도 몇 번이나 잠에서 깼다. 파도가 넘실댈 때마다 강철판으로 만들어진 배가 뒤틀리는 것처럼 선체에서 우지끈거리는 소리가 났다.

잠을 설치고 아침에 부스스 일어나서 바깥을 보니 어제보다는 파도가 잦아들었다. 같이 놀 사람을 찾아볼까? 이 배에서 내가 아는 사람은 내 객실 담당 말레이시아인 승무원 애덤과 내 또래 미국인 승객 카일(물론 가명이다) 정도다. 크루즈 승객들이 사용하는 전용 스마트폰 앱에는 메신저 기능이 있어서 이름만 알면 누구에게나 메시지를 보낼 수 있다. 카일을 불러서 같이 농구하자고 청해볼까 하다가, 그의 우울한 표정이 떠올라 그냥 부르지 않기로 했다.

카일을 만난 것은 항해 첫날이었다. 첫날이라 그런지 크루즈 선

사는 '싱글 나이트' 모임을 열어주었다. 혼자 온 사람들끼리 바에 모여 맥주나 칵테일 한 잔씩 들고 이야기를 나누는 자리였다. 거기서 나는 카일과 몇몇 내 또래 서너 명을 만날 수 있었다. 모두 미국인이었고 또 다들 크루즈 여행은 처음이 아니라고 하기에 나는 그들에게 조언을 구했다. 앞으로 2주, 배에서 어떻게 알차게 보낼 수 있을까?

"나는 크루즈가 처음이야. 배가 엄청 크던데, 여행을 최대한으로 즐기려면 어떻게 해야 할까?"

"음악 공연을 많이 즐기면 좋아. 나중에 여기 라운지에서는 피아노 두 대를 동시에 연주하며 노래하는 공연도 있어."

"카페테리아도 좋지만, 다이닝홀에서 먹는 저녁식사에도 꼭 가보고. 다른 사람들하고 테이블을 함께 쓰게 되는데 사람들이 다들 친절할 거야. 크루즈 피플은 모두 마음이 넓으니까."

'크루즈 피플'이라는 말이 재미있다. 누구나 크루즈를 타면 약간 마음의 무장이 해제되면서 타인에게 너그러워지고 친근한 '크루즈 피플'이 된다고 한다. 또 객실 승무원들과 레스토랑 직원들도 승객들과 서로 이름을 불러주며 스스럼없이 어울리곤 한다. 손님과 직원이 갑과 을의 관계가 아닌, 동반자 관계다. 물론 승무원과 승객의 스트레스 지수가 절대 같진 않을 테지만.

승객 연령층도 상당히 높다. 처음 세계여행을 계획했을 때 대서양 크루즈 일정에는 부모님을 모시고 오면 좋을 것 같아서 여쭈어보았는데 부모님은 '제안은 고마우나 이제 우리는 나이가 많아서 그렇게 긴 여행은 자신이 없다'고 하셨다. 그런데 막상 배에 타보니 여기서 우리 부모님 정도는 많은 나이도 아니었다. 승객 셋 중 한 명은 지팡이를 짚고, 전동휠체어를 타고 다니는 사람도 많다. 배 전체적으로 휠체어를 탄 노년층 승객들이 불편함을 느끼지 않도록 세심하게 설계되어 있다. 심지어 산소 때문인지 콧구멍에 호스를 꽂고 돌아다니시는 할머니도 봤다. 병원에 입원해 계셔야 하지 않나 싶었지만 웬걸 본인은 즐겁기만 한 표정이다. 나중에 듣자니, 크루즈에서 제공하는 식사도 노인분들이 먹기 좋게 부드럽게 씹히는 음식이 많다고 하며 특히 뼈나 힘줄이 붙어 있는 고기 요리는 거의 나오지 않는다.

여기선 복도를 지나가거나 엘리베이터에 탑승해서 다른 승객을 만나면 모르는 사람이라도 "안녕하세요. 오늘 정말 멋지세요!"라면서 인사하는 것은 기본이다. 한번은 파도가 심해서 배가 많이 흔들리던 날 엘리베이터를 탔는데, 일군의 할버지 할머니들이 우르르 같이 올라탔다. 이들은 식당으로 가는 그 짧은 시간에도 서로 활짝 웃음꽃 피는 농담들을 주고받는다. "How are you doing today?(오늘 어떻게 보내고 있어요?)"라는 어떤 할머니의 질문에 한 할아버지가 "Rock and rolling!"이라고 답해 엘리베이터에 탄 사람들 모두가 빵 터졌다. 록 앤드 롤링은 배가 흔들린다는 의미도 있고, 로큰롤처럼 즐겁게 놀고 있다는 의미도 된다. 미국식 아재 개그다.

싱글 나이트에서 나는 이런저런 조언을 구하다가 옆자리에 앉은 카일과 좀 더 깊은 이야기를 나누게 됐다. 그는 영화배우 브래들리 쿠퍼처럼 잘생긴 백인 남자로 사교성도 좋은 듯했다. 반면 안색은 좋지 않았다. 며칠 밤을 뜬눈으로 보낸 사람처럼 푸석푸석한 피부에 퀭한 눈동자, 면도는커녕 세수도 제대로 못 한 듯한 그는 도무지 크루즈를 즐기러 온 사람 같지 않았다. 어떻게 이 배를 타게 되었는지 물어볼 수밖에. 사실 대서양 횡단 크루즈는 일반 직장인이 타기 어렵다. 휴가철이 아닌 봄가을에 2주 이상 항해하고, 유럽에서 출발해 미국에 도착하는 편도 여행이기 때문에 출발지나 도착지까지 오가는 시간을 생각하면 3주의 여유는 있어야 한다. 그래서 승객 대부분이 은퇴한 노인들인데 나와 카일은 예외적인 경우다.

카일은 쿨한 표정으로 "값이 싸길래"라고 말했다. 값이 싸긴 하다. 세끼 식사가 포함되고 발코니가 딸린 선실의 2주 이용료가 100만 원 선까지 내려갔었으니까. 하지만 싸다고 아무나 타진 않을 텐데? 나는 카일이 어떤 연유로 이 배에 올랐는지가 궁금했다.

간단한 인사로 시작한 카일과의 대화는 시간이 지날수록 쓸쓸해졌다. 그는 내 또래였다. 대학에서 만나 처음 사귄 여자친구와 결혼한 지 20년이 되었고 아이는 없었다. 부부는 기력을 회복하기 위해 장기 유럽 여행을 계획했다. 카일은 회사를 그만두었고 부인도 직장에 휴직을 신청했다. 댈러스에 있는 집은 아예 팔아버리고 둘이서 유럽으로 떠났지만 여행이 길어질수록 다툼은 잦아졌다. 잘은 모르지만 미국에 있을 때부터 뭔가 문제가 있었겠지. 여행으로 하루 종일 함께 있다 보니 갈등이 더 커진 걸까. 결국 그의 아내는 여행 중에 이혼을 선언한 후 미국으로 돌아가버렸다.

순식간에 가정도, 집도, 직장도 없이 혼자 남은 카일은 막막했을 터다. 빨리 미국으로 돌아가야 할 이유도 없었다. 그래서 "에라, 그냥 천천히 시간이나 보내자"라는 생각에 이 크루즈를 타게 됐다고 한다.

이번엔 카일이 물었다. 내 여행의 이유를.

"나는 지구 한 바퀴를 돌고 있어. 비행기를 타지 않는 '노플라잇

no-flight' 세계여행이야."

"왜? 지구온난화나 환경 문제 때문에 비행기를 타지 않는 거야?"

"아니 그런 건 아니고, 나는 그냥 천천히 여행하면서 이 지구가 얼마나 큰지 직접 느껴보고 싶었어. 또 육로로 여행하면서 만나는 사람들의 인종과 문화가 어떻게 달라지는지도 보고 싶었어."

"그럼 어떤 길을 따라온 거야? 한국에서 출발했으면 시베리아 횡단 열차인가?"

"아, 내가 온 길은 말이야, 먼저 한국의 인천항에서 배를 타고 중국 칭다오로 건너와서…."

나는 카일에게 지난 75일의 내 여정을 들려주기 시작했다.

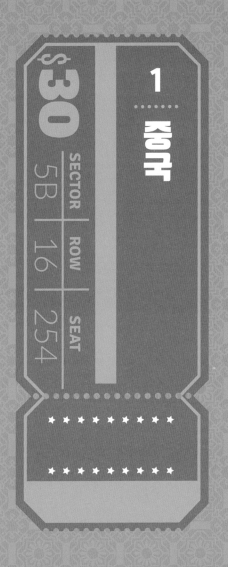

1

중국

$30

$30

SECTOR 5B

ROW 16

SEAT 254

01

서해를 건너는
페리

인천항에서

2023년 9월 16일, 노플라이트 세계여행을 시작하는 날. 오늘부터 약 3만 킬로미터를 땅으로, 바다로 이동해 지구를 한 바퀴 돌 예정이다. '뉴골든브리지V호'는 저녁 7시 정시에 맞춰 인천항을 출발했고 내일 아침이면 중국 칭다오에 도착한다.

이 배는 팬데믹 기간 동안 승객이 끊겨 화물만 싣고 다니다가 2주 전부터 다시 승객을 태우기 시작했다. 아직은 홍보도 덜 됐고 중국으로 여행 가는 사람도 많지 않아서 거의 비어 있다. 중국 단체 관광객으로 보이는 사람들이 20명 정도, 그리고 나를 포함해 한국 사람이 네댓 명 정도 있을 뿐이다.

어두운 하늘에서 빗방울이 떨어졌다. 조용히 인천항을 떠난 배는 10여 분 후 인천대교 밑을 지나갔다. 거대한 현수교가 바다 위를 가로지르는 모습을 아래에서 보면 장관이다. 나는 다른 승객들과 함께 갑판에 나와 기념사진을 찍고 다시 안으로 들어왔다.

서해는 수영장처럼 잔잔해서 배는 조용히 앞으로 나아갔다. 나는 혼자 쓰게 된 커다란 방에서 바닥에 요를 깔고 깊은 잠에 빠져들었다.

칭다오

다음 날 아침 일찍 배는 칭다오항 앞바다에 도착했다. 미리 한국에서 준비한 중국 이심eSIM을 휴대전화에서 활성화하고, 중국 표준 시간에 맞춰 손목시계를 한 시간 뒤로 돌렸다. 푹 자고 아침 일찍부터 일정을 시작할 수 있어 좋다. 어젯밤 내리던 부슬비는 완전히 사라졌고 하늘은 파랗게 개어 있다.

갑판 위에서 본 칭다오의 해안선은 부산 해운대와 비슷한 느낌이다. 칭다오시 인구는 900만 명. 서울과 비슷하다. 산둥반도에 있는 여러 도시 중 하나일 뿐이라고 생각했었는데 이렇게 사람이 많이 사는 곳일 줄은 몰랐다. 중국은 뭐든 규모가 커서 한국인의 상식에 0을 하나 더 붙이면 맞을 때가 많다. 지방 도시라 하면 인구가 90만 정도일 것 같은데 900만인 것처럼.

뉴골든브리지V호는 중국 세관원들이 출근하는 오전 9시에 맞춰 부두에 닻을 내렸다. 칭다오항도 코로나 이후 해외 관광이 활성화되지 않아 텅 빈 상태다. 입국심사원들과 세관원들은 오랜만에 보는 외국 관광객이 반가운 눈치다. "안녕하세요"라고 한국말로 인사도 건넨다.

중국의 택시는 디디Didi 앱으로 호출해야 한다. 숙소 예약을 위해 앱을 설치했더니 디디와도 연동되어 영어를 사용할 수 있었다. 디디택시를 타고 숙소로 향했다. 내가 예약한 호텔은 5·4 광장 옆 주상복합아파트로 체크인 데스크는 37층, 내 방은 44층에 있다. 바다는 안보이지만 대신 칭다오 시내가 내려다보인다.

지금껏 살면서 이렇게 높은 층에서 잠을 자본 적이 있나 싶다. 그런데 방에서 살짝 담배 냄새가 났다. 누가 몰래 태웠나? 아니다. 탁자위엔 재떨이도 공손하게 놓여 있다. 여긴 아직 실내에서 담배를 피워도 되는 나라다.

호텔에 짐을 풀고 칭다오 대표 관광지라는 '1호 해변'으로 나왔다. 9월 중순인데도 해수욕장이 꽤 붐볐다. 뒤편으로는 청나라 때 만든 잔교 위에 회란각回瀾閣이라는 해상 누각이 보인다. 칭다오 맥주 병에도 그려져 있는 그 누각이다.

원래 칭다오는 평범한 어촌 마을이었다. 19세기 말 유럽 열강들이 청나라를 침략했을 때 이 지역을 독일이 차지했다. 독일 사람들은 이곳에 독일식 시가지를 짓고 철도, 조선소, 항구, 성당, 그리고 맥주 양조장을 만들었다. 꼭 맥주 때문만은 아니겠지만 다른 외국인들도 모여들면서 칭다오는 국제도시로 변모했다.

독일은 1차 세계대전에서 패배하고 서둘러 칭다오를 떠났는데 그들이 남기고 간 유산 중 가장 유명한 건 역시 칭다오 맥주 양조장이다. 현재 칭다오 맥주회사는 홍콩에 상장된 중국 기업이다. 관광객들을 위한 공장 투어 프로그램도 있고, 매년 여름엔 '동양의 옥토버페스트'라는 이름으로 대규모 맥주 축제도 연다.

02
칭다오
맥주박물관

    칭다오에서 가장 궁금한 곳은 역시 칭다오 맥주박물관이다. 전직 경제경영 기자라는 직업병인지 이 로컬 맥주회사가 글로벌 기업으로 성장한 비결이 가장 궁금했다. 칭다오는 현재 판매량 기준으로 세계 6위, 중국 2위의 맥주 대기업이다. 중국 내 여러 곳의 생산 공장이 있지만, 한국으로 수출되는 물량은 이곳에서 생산된다고 한다.

    칭다오 맥주박물관은 구시가지 한가운데 있다. 과거엔 여기가 시 외곽이었고, 맥주 만들기에 좋은 샘물이 풍부했다고 한다. 단순히 맥주 제조 공정만 보여주는 게 아니라 회사 창립 때부터 120년간의 기록물들이 잘 정리되어 있어 박물관의 역사를 한눈에 볼 수 있다.

    칭다오 맥주는 맛이 좋아 1903년 창립 직후부터 베이징과 상하이, 홍콩까지 팔려나갔다고 한다. 냉장 유통 체인이 없던 시대 환경을 생각해보면 대단한 일이다. 창립 3년 만인 1906년에는 독일 뮌헨 엑스포에서 맥주 부문 금상을 받았다. 그 시절에도 오늘날과 같은 '국제 어워드 마케팅' 행사가 있었다는 것도 놀랍고, 중국에서 독일까지 참가 신청을 한 것도 놀랍다.

사업체로서 칭다오 맥주의 본격적인 성장은 중국이 고속 경제 성장을 하기 시작한 1990년대부터다. 1993년 7월 15일에는 국영기업에서 사기업으로 전환되며 홍콩 주식시장에 상장됐다. 홍콩에 상장된 최초의 중국 본토 기업이라고 한다. 현재는 글로벌 금융기관들이 많은 지분을 나눠 소유하고 있다.

맥주박물관의 하이라이트는 뭐니 뭐니 해도 시음 시간. 입장료에 맥주 두 잔 시음권이 포함되어 있는데 잔 크기가 워낙 작아서 이것만 먹고 집에 갈 사람은 별로 없다. 다행히 맥주박물관 앞에는 맥주 거리가 형성되어 있다. 가게마다 생맥주만 수십 종이다. 나도 한 가게에 자리를 잡고 앉았다. 수십 가지 맥주 중 원장 맥주라는 것을 골랐다. 살균처리를 하기 전, 술통에서 바로 나와 효모가 살아 있는 생맥주라 한다. 투명하지 않고 안개가 낀 듯 뽀얗다. 술이 몸에 좋을 리 없지만, 이 원장 맥주는 불로장생 유산균을 마시는 기분으로 마실 수 있었다.

120년 전 시골 어촌 마을이었던 칭다오에 작은 양조장을 세웠던 독일, 영국 상인들은 이 회사가 이렇게 크게 성장하리라고는 상상하지 못했을 것이다. 주인이 여러 번 바뀌고 문을 닫을 뻔한 위기들도 있었지만 이렇게 오래 살아남아 성공한 비결은 결국 맛이 아니었을까.

이런저런 생각들을 하며 조금 알딸딸해진 상태에서 택시를 불러 기분 좋게 호텔로 돌아왔는데, 택시 안에 선글라스를 놓고 내렸네. 역시 혼자서 마시는 술은 위험하다. 여행 2일 차에 분실물 발생이라니.

03
고속열차
천국

청다오에서 1박 2일을 보내고, 이제 남쪽 상하이로 내려간다. 청다오에서 베이징을 거쳐 곧바로 서쪽으로 가도 되는데, 굳이 남쪽으로 돌아가는 이유는 중국의 심장부라 할 수 있는 중남부 양쯔강 유역의 도시들을 하나씩 거슬러 올라가며 구경하고 싶었기 때문이다.

큰 강이 주는 지리적 이점 때문에 양쯔강 유역은 지금도 세계 최고의 인구밀도를 자랑한다. 상하이(인구 2000만 명)와 항저우(1000만 명)시는 양쯔강의 지류와 바다가 만나는 곳에 위치한다. 조금 더 상류로 올라가면 우한(1000만 명), 충칭(1700만 명), 청두(1300만 명) 등 쟁쟁한 천만 급 도시들이 나온다. 양쯔강 줄기를 따라 대한민국 정도 되는 나라들이 줄줄이 붙어 있는 셈이다.

강은 고대 문명뿐 아니라 현대 문명의 발전에도 중요하다. 발전소나 제철소 같은 산업 시설을 지으려면 지속적인 물 공급이 필수다. 도시를 건설할 때는 시민들을 위한 상수원이 있어야 하고, 오폐수를 내려보낼 하천과 바다도 필요하다. 큰 강들 덕분에 중국은 어딜 가나 물이 부족하지 않은 나라일 수 있었고, 14억이나 되는 인구를 갖게 됐다.

과거 강이 담당했던 문명 대동맥의 역할은 이제 고속열차가 나눠 맡고 있다. 시속 200~350킬로미터로 달리는 고속열차는 21세기 중국의 핏줄이다. 중국은 2000년대에 본격적으로 철도망을 깔기 시작해 지금은 전국 방방곡곡에 고속열차가 다닌다. 북부의 중심도시 베이징과 남부의 중심도시 상하이는 무려 1300킬로미터나 떨어져 있지만(서울-부산의 4배 거리다) 고속열차를 타면 4시간 30분 만에 갈 수 있다. 우리나라 KTX의 약 2배 속도다.

오늘 내가 탈 기차는 칭다오 북역에서 상하이역까지 가는 고속열차 D2905호. 중국 열차 번호는 이렇게 앞에 알파벳이 하나 붙고 뒤에 숫자가 붙는다. 앞 글자가 C, D, G이면 고속열차인데 나는 프랑스의 정치인 샤를 드골Charles de Gaulle 이름으로 외웠다. Z, T, K, L 등이 붙으면 일반열차다. 중국 기차표는 앱에서 구매할 수 있지만 수수료가 있다. 중국 내국인이나 중국 내 전화번호를 가진 사람이라면 수수료가 없는 '12306' 앱을 쓸 수 있다.

열차를 예매할 때 고속열차라고 따로 표시가 없기에 코드명이나 이동시간을 보고 확인해야 한다. 고속열차든 일반열차든 한국에 비하면 저렴한 편이라 웬만하면 C, D, G가 붙은 고속열차를 선택하게 된다. CDG 중에서도 가장 빠른 등급은 G 열차. G는 가오티에高铁의 첫 글자라고 한다.

택시를 타고 칭다오 서역에 도착했다. 중국의 고속철도는 종종 비행기만큼이나 먼 거리를 커버하고, 그래서인지 탑승 절차도 비행기를 탈 때처럼 번거롭다. 칭다오 서역에 출발시간 30분 전에 도착했는데

도, 인파를 헤치고 여러 번의 검문 검색을 통과해 플랫폼까지 가려니
시간이 빠듯하다.

일단 기차역 자체가 크다. 역 입구에서 플랫폼까지 걸어가는 데
한참이 걸린다. 중간중간 엑스레이 짐 검사와 신분증 검사도 받아야
한다. 일찍 도착했다고 해서 플랫폼에 먼저 내려가서 기다릴 수도 없
다. 대합실에서 플랫폼에 내려가는 문은 출발시간 약 15분 전에야 열
리고, 5분 전이 되면 문이 닫혀버린다. 내려보내 달라고 사정해도 소
용없으니 주의하자(경험을 통한 뼈 아픈 조언이니 꼭 기억하길!).

플랫폼까지 가는 고난을 이겨내고 일단 기차에 탑승하기만 하면,
그다음부터는 편안한 여행이 시작된다. 중국 고속열차는 무척 쾌적하
고 선진적이다. 우선 한국과 달리 객차의 높이가 플랫폼의 높이와 같

아서 편하게 탑승할 수 있다. 노약자와 무거운 짐을 가진 사람들에겐 아주 중요한 차이다. 좌석에는 콘센트가 있고 창가에는 간단한 물건이나 음료를 올려놓을 수 있도록 평평한 팔받침 공간이 있다. 머리 위 선반도 공간이 여유롭다. 장거리를 이동하며 큰 짐을 가지고 타는 승객이 많아서 이렇게 배려한 것 같다. 열차 운행 시각도 정확하다. 이날 이후 중국에서 여러 번 기차를 탔지만 1분 이상 연착된 적이 한 번도 없었다. 출발 5분 전에 플랫폼을 닫아버리는 냉정함 덕분인지도 모르겠다.

교통학에서는 대체로 기차로 다섯 시간 이상 소요되는 거리는 비행기를 타는 게 더 효율적이라고 한다. 미국이 철도보다 항공교통에 투자하는 이유다. 그러나 철도교통만의 매력은 그 무엇도 대체하지 못한다. 기차는 누구에게나 평등하다. 남녀노소 누구나 쉽게 탑승할 수 있다. 80세 노인이나 15세 청소년도 혼자 기차를 탈 수 있고, 몸이 불편한 사람도, 가난한 사람도, 글을 모르는 사람도 기차는 쉽게 탈 수 있다. 비행기는 그렇지 못하다. 비행기는 노인과 아이, 가난한 사람, 짐이 많은 사람이 쉽게 이용하기 어렵다. 즉, 교통의 보편성 측면에서 철도가 갖는 장점이 크다 보니 중국처럼 다양한 교육, 생활 수준을 가진 사람들이 어우러져 살아야만 하는 사회에서는 철도가 중요한 사회통합 기능을 담당하고 있다.

칭다오 서역에서 상하이까지 다섯 시간을 달린 D2905호 고속열차는 정시에 도착했다. 승차감이 좋고 소음도 적어서 여행의 피로는 거의 느끼지 못했다. 상하이역의 택시 승강장도 질서정연하다. 중국이 정말 많이 달라진 것 같다.

04
항저우와
마르코 폴로

상하이를 거쳐 중국에서 가장 아름다운 도시로 알려진 항저우로 간다. 항저우는 서호西湖, 그러니까 서쪽 호수라는 이름의 큰 호수와 첸탄강이라는 이름의 큰 강을 끼고 발전한 도시다. 역사도 깊다. 과거 남송 시대의 수도로, 도시 곳곳에 문화재가 넘쳐난다. 그리고 미녀의 고장이라는 평도 빠지지 않는다.

항저우의 아름다움을 칭찬한 사람 중엔 『동방견문록』의 주인공 마르코 폴로도 있다. 폴로는 이탈리아 베네치아 출신의 무역상이다. 1200년대 후반, 유럽에서부터 실크로드를 따라 중국까지 왔던 그는 유럽에 돌아가서 펴낸 『동방견문록』에서 항저우가 "지구상에서 가장 아름다운 천상의 도시"라고 칭찬했다. 내가 지금 가지고 다니고 있는 『론리플래닛』 여행 가이드북에도 마르코 폴로 이야기가 나온다.

그걸 읽다 보니 궁금해졌다. 13세기면 지금부터 거의 800년 전인데, 그 야만의 시절에 어떻게 일개 상인이 베네치아에서 항저우까지 안전하게 여행할 수 있었을까? 군대를 데리고 다녀도 위험할 판에. 또

『동방견문록』에는 항저우를 어떻게 묘사하고 있을지 궁금했다.

폴로는 여행작가가 아니라 해외 무역을 하는 상인이었다. 기본적으로 돈을 벌러 중국까지 다녀온 거지, 책을 쓰려고 여행을 간 게 아니다. 그런데 그가 베네치아로 돌아온 지 얼마 안 되어 베네치아와 이웃 라이벌 도시인 제노바 사이에 전쟁이 났다. 그 전쟁에 참여한 폴로는 포로가 되어 제노바 감옥에 수감되는데, 그때 같은 감옥에 있던 수감자 루스티켈로Rustichello da Pisa라는 작가에게 자신의 여행 경험을 풀어낸다.

1298년, 루스티켈로는 폴로의 이야기를 대필해 『동방견문록』이라는 책으로 펴낸다. 그래서 『동방견문록』은 "내가 어디에 갔더니…"와 같은 1인칭 시점이 아니라 "마르코 폴로가 어디에 갔더니..…"라는 3인칭 시점으로 쓰여 있다. 폴로는 무역상이었으므로 본인의 관심사였던 중국의 조세 체제와 화폐 제도, 각 지역의 특산품 등에 대해 일반인의 관심 이상으로 열심히 설명했다. 그 배경을 모르고 읽는 독자는 그가 왜 이런 비즈니스 얘기를 이렇게 열심히 설명할까 의아할 것이다.

마르코 폴로는 항저우를 킨사이Kin-sai라고 부른다. 그가 킨사이에 처음 들어가는 모습은 다음과 같이 묘사되고 있다.

3일 후에 여러분은 '천상의 도시'란 이름을 지닌, 장엄하고 웅장한 도시인 킨사이에 도달합니다. 그곳은 웅장함과 아름다움, 그리고 거주자로 하여금 낙원에 있는 자신을 상상하게 할 수 있는 풍부한 기쁨으로 전 세계에 이름을 떨치고 있습니다.

이렇게 시작한 그의 항저우 여행기는 몇 쪽에 걸쳐 상세한 묘사를 이어가는데, 800여 년이 지난 지금에 봐도 상당히 정확하다. 옛 문어체니까 문체가 고풍스러운 건 이해해주자.

마르코 폴로가 이처럼 항저우를 극찬한 이유는 당시 항저우가 실제로 세계에서 가장 번성한 도시였다는 점과 그의 고향인 베네치아처럼 크고 작은 운하들 위에 지어진 물의 도시였기 때문이리라.

이 도시는 둘레가 160킬로미터다. 맑은 물의 호수(서호)와 큰 강의 사이에 위치한다. 운하와 길거리들은 너비가 충분해서 배와 수레들이 쉽게 다닐 수 있다. 사람들에 따르면 도시 안에는 운하 위를 지나는 1만 2000개의 다리가 있는데, 아치가 높아서 그 밑으로 배의 돛대가 지나다닐 수 있다. 이 도시의 주민들은 우상(불교)을 숭배하며, 종이로 만든 화폐를 사용한다. 남자와 여자 모두 얼굴빛이 희고 잘생겼다.

서호 달리기

기차를 타고 항저우역에 도착한 후 지하철을 타고 서호로 향했다. 항저우 하면 서호다.

호수는 넓고 크다. 나는 서호라고 하기에 이름이 같은 '석촌호수 서호 정도 크기인가?'라고 생각했는데, 그게 아니었다. 석촌호수 한 바퀴는 2.5킬로미터고, 항저우 서호 한 바퀴는 10킬로미터다. 4배 정도 큰 셈. 내일은 호숫가를 달려 보기로 마음먹었다.

다음 날은 비가 내렸다. 비가 그친 오후에 서호로 나왔다. 시계방향으로 걷다 뛰다 하며 경치도 감상하고 사람들도 구경했다. 토요일이라 사람이 많았다.

서호는 북송 시대인 11세기 항저우의 시장을 지낸 시인 소동파가 처음 유원지로 개발했다고 한다. 그는 호수 바닥의 흙을 퍼내게 해서 그걸로 호숫가에 둑을 쌓았고, 호수를 가로지르는 2킬로미터의 산책로도 만들었다. 호수 안에는 꽤 큰 섬도 있다. 물 위를 지나는 다리들도 수백 년씩은 된 것이라 한다. 마르코 폴로도 서호에서 결혼하는 사람들을 묘사한 바 있다. 그가 이 도시에 왔던 13세기 후반은 소동파가 서호를 공원으로 만든 지 이미 200년이나 지난 후라서, 서호는 항저우 사람들의 생활에 중요한 부분으로 깊숙이 자리 잡고 있었을 것이다.

이 도시의 주민들이 결혼을 축하하거나 성대한 연회를 해야 할 때면 호수 위에 있는 두 개의 섬으로 온다. 그곳에는 수많은 정자와 배, 장식된 탁자가 항상 준비되어 있다. 시민들의 공동 비용으로 준비한 것이다. 백여 개의 연회가 동시에 열릴 때도 있는데 각각 다른 정자나 방에서 진행되므로 서로에게 방해가 되지 않는다.

800여 년의 세월이 지났는데도 서호를 즐기는 중국인들의 모습은 크게 달라지지 않았다. 아름다운 경치를 보면서 맛있는 음식을 먹고 친한 사람들과 시간을 보내는 것이 인간 사회의 가장 원초적이고 가장 근본적인 즐거움인가 보다.

조금은 폐 끼쳐도 되는 문화

호수를 돌다 보니 커피 한 잔이 생각난다. 물가 정원 속에 아기자기한 스타벅스가 있다. 사진을 찍어 SNS에 올렸더니 지인이 답글을 주었다. 옛날 옛적 교환 학생으로 항저우에 있을 때도 좋아했던 스타벅스라면서, 그때도 저렇게 예뻤다고 한다.

테이블에 앉아 호수 경치를 구경하며 쉬고 있는데 어떤 청년 하나가 말도 없이 내 옆에 와서 털썩 앉는다. 나와는 눈도 안 마주친다. 이 테이블 자리는 분명 매점 손님들을 위한 공간인 것으로 보이는데, 이 청년은 내 일행인 척하고 앉은 것 같다. '뭐야, 웃기는 사람이네. 비키라고 할까?' 하려다가 좀 더 생각해보니, 그게 뭐 어떤가 싶다. 어차피 자리는 비어 있는 것이고 테이블은 나 혼자 차지하고 있는데 피곤한 사람이 같이 좀 앉으면 어떤가. 중국은 서로 조금은 폐를 끼쳐도 넘어가는 문화다.

친절을 베풀었다는 생각에 혼자 흐뭇해하고 있는데, 그 잘생긴 청년이 자기 친구를 불러와서 내 왼쪽 자리에 턱 앉혔다. 나를 가운데에 끼고 자기들이 내 테이블을 점령했다. 봐주기 시작하니 끝이 없네. 호의가 계속되면 권리인 줄 안다더니 이 사람들이!

'천상의 도시' 항저우에서는 800년 전에 살았던 마르코 폴로라는 이탈리아 사람의 발자취와 나의 세계여행 경로를 겹쳐볼 수 있었다. 특히 그의 아버지와 삼촌인 니콜로 폴로, 마페오 폴로 형제의 첫 중국행 경로와 내 경로는 너무도 비슷하다. 방향만 반대다. 폴로 집안사람들과 나는 800여 년의 시간을 사이에 두고 있는데 어떻게 이렇게 같은 경로를 택하게 됐을까. 우리 둘 다 가장 빠르고 편리하고 안전한 경로를 찾다 보니 이런 우연이 나온 게 아닌가 싶다. 10년이면 강산도 변한다고 하지만, 어떤 것은 수백 년이 지나도 변하지 않는다. 두 달 후 베네치아에 도착하면, 그곳에 있는 폴로 가문의 집을 찾아가기로 다짐했다.

05
우한의
공기

9월 24일 일요일. 드디어 본격적으로 유라시아 대륙의 안쪽으로 들어간다. 이제야 비로소 '노플라이트 세계여행'을 하는 기분이 난다.

항저우역을 떠난 D2246호 고속열차는 서쪽으로 4시간 반, 700킬로미터를 달린다. 여정 내내 하늘색은 우울하고 철로 주변의 경치도 예쁘진 않다.

지도를 보면 중국 중남부 내륙지역의 하늘이 회색빛인 것이 이해가 간다. 양쯔강 유역은 인간이 번식하기 좋은 환경이다. 기후도 따뜻하고 강과 호수도 많아 농사도 잘된다. 여기 살면 굶어 죽을 일도 없고 얼어 죽을 일도 없다. 교통도 편리하다. 그래서 옛날부터 인구가 많았다고 한다. 그런데 20세기 산업화 시대 들어서는 이 많은 인구를 지탱하기 위해 필요한 공장, 발전소들이 들어섰고 대기오염 문제가 심각해졌다. 내륙지방이라서 오염된 공기가 잘 빠져나가지 못한다. 여기에 양쯔강과 지류들, 그리고 수많은 호수에서 올라오는 물안개가 대기오염 물질과 만나서 짙은 스모그가 된다. 결국 우한부터 충칭까지 열흘

간 여행하면서 파란 하늘은 한 번도 보지 못했다. 가을인데도.

기차는 정시에 우한 한커우역에 도착했다. 나는 역에서 가까운 좋은 호텔을 잡았다. 5성급 호텔인데도 가격이 저렴했다. 특별한 거 없지만 고급 호텔답게 안락함과 안정감이 있다. 여기가 내 집이었으면 좋겠다는, 그런 냄새가 난다.

우한의 '소'고기

우한 관광 둘째 날. 저녁을 먹으러 나섰다.

쇼핑몰에만 오면 꼭 뭘 사지 않아도 마음이 평안해진다. 지구 어디를 가도 쇼핑몰은 안전하고 예측 가능한 경험을 주기 때문이다. 예측 가능한 쇼핑몰에 왔으니 예측 가능한 음식을 먹고 싶었다. 소고기, 돼지고기, 닭고기, 볶음밥 같은 것 말이다.

5층 식당가로 올라갔다. 그중 트렌디해 보이는 중국 음식점을 발견했고, 태블릿 메뉴판에서 소고기 글자牛가 있는 음식을 주문했다. 그런데 안경 쓰고 똘똘하게 생긴 젊은 직원이 약간 걱정스러운 표정으로 날 바라본다.

소고기가 아닌가? 뭔가 이상해서 메뉴판을 번역기로 돌려봤다. 그랬더니 내가 시킨 메뉴는 牛蛙. 우리말로 하면 황'소'개구리다. 아니, 저렇게 써놓으면 소고기라고 착각하기 쉽잖아. 개구리 와蛙 자를 미처 읽지 못했다.

"이거 진짜 황소개구리예요?"

"걱정하지 마. 황소개구리도 그냥 개구리랑 똑같아."

그 말을 들으니 참도 안심이 된다. 마치 내가 늘 개구리를 먹어온 것처럼 말이다.

먹을 것에 귀천이 있는 건 아니겠지만, 세상에는 안전한 음식과 안전하지 않은 음식이 있다고 생각한다. 안전한 음식이란 수천 년에 걸쳐 수백 수천억 명의 인류가 먹으면서 맛있고 몸에도 좋다는 것을 검증한 음식이다. 쌀밥, 밀가루빵, 피자, 만두, 햄버거, 감자튀김, 고구

마, 닭고기, 생선, 소고기, 돼지고기, 달걀, 우유, 녹색 채소, 견과류, 오렌지, 사과, 배, 바나나, 수박, 바닐라 아이스크림 같은 것들이다. 이런 음식들은 세계 어느 나라를 가도 구할 수 있고 누구나 거부감 없이 먹을 수 있다.

반면 개구리는 식재료로써 오랜 역사를 가지고 있고 쉽게 구할 수 있음에도 전 세계의 보편적인 음식이 되지 못했다. 특정 지역에서만 사랑받고 다른 지역으로 퍼져나가지 못했다면 그 음식이 보편적으로 받아들이기에 부담스러운 점이 있거나 아니면 단순히 맛이 없기 때문 아닐까. 개구리가 닭보다 맛있고 몸에 좋은 음식이었다면 인류는 지금 전 세계적으로 닭이 아니라 개구리를 대량 사육하고 있었을 것이다.

해외에서 지역의 별미를 한 번씩 맛볼 수는 있으나 장기 여행에서는 안전한 햄버거나 피자, 치킨, 볶음밥 같은 걸 먹는 게 변수를 줄일 수 있어 좋다.

어쨌든 황소개구리의 맛은 닭고기와 꽁치구이의 중간이었고 잔가시가 많았다. 굉장히 맵게 조리되어서인지 먹는 사람들은 대부분 젊은 여성들. 우리나라의 마라탕 인기와 비슷한 것 같다.

신해혁명 발상지를 가다

신해혁명의 역사가 쓰인 홍루紅樓를 찾았다. 홍루는 양쯔강을 끼고 유럽인 조계지를 마주 보고 있는 우창 지역에 있다. 전통이 느껴지는 이름과 달리 유럽식으로 지어진 근대 건축물인데 원래 청나라 정부가 화북지역의 관공서로 쓰기 위해 1910년 완공했다고 한다. 그런데 바로 다음 해인 1911년(신해년) 10월 10일, 우한에 배치된 군대의 일부가 쑨원의 공화주의 혁명 기치를 앞세우고 청나라 조정에 대한 반란을 일으켜 우창, 한양, 한커우(합쳐서 '우한')를 점령했다. 반란군은 이 멋진 건물을 자신들의 혁명 본부로 삼았다. 이것이 우창 봉기다. 청나라 정부 입장에선 기껏 멋진 건물 지어놨더니 반란군이 날름 먹은 셈이다.

우창 봉기 소식은 순식간에 중국 전역으로 퍼졌다. 여기저기서 청나라를 거역하는 혁명 세력이 들고 일어났다. 중국은 이날을 신해혁명 기념일로 삼고 있다. 10월 10일, 흔히 '쌍십절'로 불리는 날이다. 우창 봉기는 성공했지만 청나라는 바로 사라지지 않았다. 우창의 혁명군은 아직 힘이 부족했다. 전 국민의 존경을 받던 사상적 리더 쑨원은 당시 외교적 도움을 구하기 위해 미국에 있었다. 국제사회도 아직 혁명군을 인정해주지 않았다.

한편 베이징에 있는 청나라 황족은 육군 장군 위안스카이를 지휘관으로 임명해 혁명군을 진압하려 했다. 그런데 이게 실수였다. 위안스카이는 일찍이 1882년에 조선에 파견되어 고종과 대원군을 꼭두각시처럼 가지고 놀았던 인물이다. 30년이 지나 나이도 먹고 야망도 커진 그다. 그는 혁명 진압 임무를 받고 최신식 군대를 몰고 내려갔다가 태세를 바꿔서 아예 자신이 중국의 왕이 되어야겠다고 마음먹었다. 혁명을 진압해봐야 청나라 황족에게 토사구팽당할 것이라 생각했기 때문이다. 위안스카이는 먼저 영국의 중재로 혁명군과 휴전협정을 맺은 후, 혁명군의 리더인 쑨원에게 '새로운 국가의 수립을 도와주는 대신 내가 대장이 되고 싶다'라고 제안한다.

자국민끼리의 내전을 피하고 싶었던 쑨원은 그 제안에 대승적으로 합의하고, 위안스카이는 곧바로 군대를 돌려 베이징으로 간다. 이성계의 위화도 회군처럼 말이다. 그는 청나라 황족을 위협해 퇴위시키고, 혁명 세력과 합의한 대로 본인이 중화민국 공화국의 초대 총통으로 등극한다. 군사력을 가진 위안스카이와 대의를 가진 쑨원의 혁명 세력이 합작해서 이렇게 동아시아 최초의 공화국을 수립한 것이다. 수천 년간 왕과 황제들에게 지배당했던 중국 인민들은 비로소 왕도 황제도 없는, 모든 인간이 평등한 공화정 시대에 들어간다. 현재의 공산주의 중국 역시 정식 명칭은 '중화인민공화국'이다. 그 시작이 바로 이곳 우한이다.

마오쩌둥과 우한

우한에 족적을 남긴 혁명 리더가 또 있다. 마오쩌둥이다. 오랜 내전을 끝내고 1949년 중국 본토를 통일한 마오쩌둥은 쑨원을 존경했다. 또 혁명의 발상지인 우한도 좋아해서 그는 이 도시를 자주 방문하고 외국 손님도 이곳으로 불렀다고 한다. 그는 20대 젊은 시절 아내와 함께 우한에 살면서 혁명 사상을 전파하기도 했다. 마오는 나이 들어서도 가끔 우한에 들러 양쯔강에서 수영을 했다. 국민에게 서민적이고 건강한 이미지를 보여주기 위해서였다고 한다. 러시아의 푸틴 대통령이 겨울만 되면 웃통 벗고 얼음물에 들어가는 것과 비슷한 이유일 것이다. 또 양쯔강이 중국 사람들에게 주는 상징성도 있다. 이 길고 넓고

혼탁한 강은 중국 문명의 발상지이며 마음의 고향이다. 그런 강에 들어간다는 것은 특별한 의미가 있을 것이다.

　신해혁명 기념관 한쪽에는 기념품 가게도 있다. 마오쩌둥 어록이 적힌 에코백 중 그래도 가장 읽기 쉬워 보이는 문구 하나를 골라 이미지 번역을 돌려봤다.

　1만 년은 너무 길다. 지금 싸워라.

　수천 년 이어온 계급 사회를 단 한 세대 만에 완전히 종식시킨 이들의 슬로건. 마음에 들어서 하나 샀다. 이렇게 3일 동안 우한 곳곳을 구경하고 저녁엔 호텔 수영장에서 즐겁게 보냈다. 우한은 내게 코로나바이러스의 도시이자 황소개구리의 도시로, 그리고 무엇보다도 공화 혁명의 도시로 기억될 것이다.

06
싼샤댐에
발이 묶이다

9월 28일. 여행 13일째, 나는 중국의 한가운데 들어와 있다. 양쯔 강이 세 개의 협곡, 즉 삼협三峽을 통과하는 지점이다. 한국을 떠날 때 '중국에서는 이 방향으로 한번 가보자'는 생각만 있었을 뿐 상세 일정까지 짜둔 건 아니었다. 10월 초까지 중국에서 중앙아시아로 넘어가자고만 생각했는데 일정을 제약하는 변수들이 생겼다.

첫 변수는 길동무 만나기다. 10월 초에 카자흐스탄이나 우즈베키스탄에서 지인을 만나기로 했다. 서로의 일정대로 여행하다가 기회가 되면 합류하기로 했지만, 되도록 빨리 만나고 싶었다. 혼자 다닌 지 2주 정도 되니 말동무가 그리웠다.

두 번째는 명절 기차표다. 중국은 국경절 연휴(9월 29일~10월 6일)가 되면 민족 대이동이 일어난다. 하필 이 시기에 카자흐스탄 국경까지 장거리를 이동해야 하니 걱정이 이만저만이 아니다. 장거리 열차표를 구할 수 있을지 장담할 수 없기 때문이다. 15년 전에는 여행사에 돈만 주면 명절이라도 기차표를 구할 수 있었는데 모든 게 온라인으로 바뀐 요즘은 그럴 수가 없다.

세 번째 제약 변수는 국경 폐쇄다. 중앙아시아 여행자들이 정보를 나누는 카라바니스탄Caravanistan이라는 웹사이트가 있다. 여기에 중국-카자흐스탄 국경 넘는 법에 대한 게시판이 있는데 어떤 외국인이 내가 통과하려는 호르고스 국경도 명절 기간에는 폐쇄된다는 정보를 올려놓았다. 중국 공무원들도 명절은 쉬어야 하니까 말이다. 그의 말이 맞는다면 나는 9월 30일 이전에 중국을 빠져나가거나 10월 4일까지 기다려야 한다. 운이 나쁘면 명절이 끝나는 10월 6일까지도 국경이 폐쇄될 수 있다.

일을 더 어렵게 만드는 건 중국 철도청이다. 온라인으로 기차표를 여러 개 샀다가 취소하기를 반복했더니 어느 순간 앱 이용이 중지되었다. 표를 살 수 없다니! 이게 무슨 날벼락인가 싶어 명절 긴급 공지사항을 확인해보니, 정부의 새로운 지침에 따라 기차표는 취소표를 포함해 인당 하루에 네 장까지만 구매할 수 있다고 한다. 제약 조건이 하나 더 생겼네.

산 전체를 LED로

어쨌든 오늘은 이창시까지만 가면 된다. 우한을 떠나 서쪽으로 빠르게 달린 고속열차는 두 시간 만에 이창에 도착했다. 역시나 창밖 풍경은 크게 다르지 않다. 회색빛 하늘에 안개, 푸른 산과 논밭이 이어진다.

이창은 삼국지 유적을 찾는 관광객도 많이 오지만, 2009년 싼샤댐 완공 후에는 댐을 보러 오는 관광객이 더 많이 찾는다. 경치가 특별히 좋은 것도 아닌데 댐 하나로 이만큼 관광객을 모으는 곳이 세상에 또 있나 싶다. 7만큼 거대하다.

이창시 중심가 양쯔강 강변에는 50층을 넘어가는 고층 건물들이 쭉쭉 올라가고 있다. 밤이 되니 그 건물들은 역시나 대형 LED 전광판으로 변신해 '중국이여 전진하라'와 같은 구호를 수십 미터 크기의 빛으로 발산한다. 중국의 모든 도시 시장들이 공유하는 도시 개발 매뉴얼이라도 있는 걸까? 이들의 개발 방식은 선명하고 거칠 것이 없어 보인다.

우한에서 특급호텔에 묵었으니 이창에서는 돈을 좀 아껴보자는 생각에 조금 저렴한 호텔로 갔다.

영어가 잘 안 통하는 중국 중저가 호텔에는 장점도 있다. 종종 투숙객이 무료로 쓸 수 있는 세탁실이 있다. 나라가 넓어서, 한 번 여행

을 떠나면 오래 길 위에 머물러야 하니 그런 것 같다. 나도 세탁실의 위치를 손짓으로 물어물어 찾았다. 통돌이 세탁기를 돌리고 내 방으로 돌아가려는데 뒤쪽에서 뭔가 환한 빛이 나오는 것 같다. 베란다 밖으로 나가보니 직원들이 걸어놓은 옷가지 뒤 건물 틈 사이로 희한한 광경이 눈에 들어왔다. 저게 뭐지? 잘 보니, 양쯔강 건너편에 있는 산 전체를 LED 조

명으로 도배해놓은 것이었다. 아니, 산 하나가 아니라 여러 개의 산에 조명을 쭉 켜놓고 이쪽 편에서 경관을 즐기도록 해두었다. 중국인들의 스케일은 짐작할 수도 없다. 이렇게까지 해야 하나 싶은데, 세계 최대 수력발전소가 옆에 있으니까 전기세 걱정은 안 하나 보다.

싼샤댐

다음 날 드디어 싼샤댐으로 향했다. 관광 버스를 타도 되지만 나는 댐을 보고 돌아와 충칭행 기차를 타야 하니 시간을 아끼고 싶어 택시를 불렀다. 시내에서 댐 입구까지 택시 요금은 우리 돈 2만 원 정도다. 조수석에 앉아서 잠깐 졸고 일어났더니 벌써 목적지에 도착했다. 싼샤댐 방문자 센터는 작은 공항만큼 크다. 사람들의 물결에 따라 셔틀버스에 올랐는데 눈에 보이는 외국인은 나밖에 없다. 한때는 한국인 단체 관광객들도 많았을 텐데 코로나 이후 발길이 끊겼겠지.

물을 막은 댐 자체는 스펙터클 하지 않다. 일자로 길게 쭉 뻗어 있는데 그게 끝이다. 나이아가라 폭포처럼 물이 수문을 통해 콸콸콸 쏟아져나오는 장면 같은 건 없다. 수면 아래쪽으로 수력 터빈이 설치되어 있기 때문에 평상시에는 그쪽으로 물이 나가는 모양이다. 비가 많이 와야만 위쪽 수문을 여는 것 같았다. 댐보다 인상적인 것은 옆쪽으로 따로 산을 파서 만든 수로와 갑문이다. 댐에는 작은 배를 통째로 들어 올려서 위아래로 이동시킬 수 있는 초대형 엘리베이터가 설치되어 있긴 한데, 대형 선박은 그렇게 들어 올릴 수 없다. 그래서 댐과는 별

개로 산 옆쪽으로 운하를 하나 따로 파서 큰 배들이 다닐 수 있게 갑문을 만들어둔 것이다. 상행선과 하행선 두 개의 수로가 있고 상하행선 각각 네 개의 갑문을 통해 물을 재웠다 뺐다 하면서 배가 위아래로 이동하게 되어 있다. 신기한 광경. 난간에 기대어 갑문이 열렸다 닫히며 배들이 지나가는 광경을 한 시간 가까이 무심히 지켜보았다.

쌴샤댐은 인구가 밀집되어 있는 양쯔강 유역, 그것도 상류가 아닌 중간 유역 대도시들 사이에 지어졌기 때문에 수몰을 피해 강제 이주시켜야 하는 사람이 많았다. 당연히 반발이 컸다. 중국 정부 집계로, 수몰로 인한 이주민은 127만 명이다. 수몰 지역이 얼마나 넓은가 하면 여기서부터 배로 2박 3일, 고속열차로 네 시간이나 걸리는 충칭시 인근까지도 포함한다. 그래서 쌴샤댐은 이창시 근처에 있는데 쌴샤댐 수몰 기념관은 상류 쪽 충칭시에 있다.

거대한 호수가 만들어져 물에 잠긴 구간에는 삼국지 시대를 비롯해 역사에 나오는 유적지도 많았다. 공사하기 전 급하게 문화재 발굴 조사가 이뤄졌고 수십만 점의 문화재가 발굴됐지만 다 구하지는 못했다. 워낙 지역이 넓다 보니 감시가 허술해 지역 주민들이 문화재를 주워서 팔아 돈을 버는 경우도 많았다고 한다. 댐 건설과 수몰로 인해 많은 사람이 강제로 고향을 떠났고 지형도 바뀌었지만, 강이 깊어져서 배가 다니기에는 더 좋아졌다. 이젠 반대하거나 딴지 거는 사람도 거의 사라졌다. 시간이 지나고 나면 이렇게 역사가 된다.

이제 돌아가야 할 시간. 호텔에 들렀다가 충칭으로 가는 기차를 타야 하는데 갑문을 구경하느라 시간이 너무 지체됐다. 방문자 센터에서 택시를 불렀더니 아침에 나를 여기까지 태워준 기사다. 마치 오래

알던 사이처럼 반갑다.

　그렇게 오른 택시는 멀리 가지도 못하고 꽉 막힌 차들 사이에 멈춰 섰다. 싼샤댐 국립공원에서 나가는 길은 2차선 외길뿐인데 한 시간이 지나도 한 발짝도 움직이지 않는다. 교통사고가 나서 처리하는 데 오래 걸린 모양이다. 기차 시간을 이야기하며 초조한 마음을 최대한 기사분께 전해본다. 기차역 근처까지 왔지만 길은 여전히 막혔다. 국경절 민족 대이동이 오늘 저녁 시작된 것이다. 결국 출발시간 10분 전에야 역에 도착, 캐리어를 어깨에 메고 플랫폼까지 달려봤지만 소용없다. 출발시간 5분 전에 플랫폼으로 내려가는 문이 가차 없이 잠겨버린다는 걸 이때 처음 알았다. 나는 출발 3분 전에 도착했다. 플랫폼에 못 내려간다. 역무원은 어깨를 으쓱할 뿐이다. 꼭 닫힌 문 앞을 빙빙 돌았다. 어떻게 산 기차표인데! 계단만 내려가면 되는데! 다음 열차를 타보려고 앱을 켜보았지만 당연히 매진.

　어제만 해도 한가하고 여유 있었던 이창역은 국경절 연휴 시작을 하루 앞두고 멀리 대도시에서 고향으로 돌아오는 사람들로 꽉 찼다. 양쯔강의 물만큼 많은 사람. 역에서 시내로 돌아가느라 택시를 잡는데도 다시 한 시간이 넘게 걸렸다. 그깟 댐 갑문이 뭐가 그리 대단하다고 거기서 그렇게 늑장을 부렸는지. 자신에 화가 난다. 기분이 컨디션에도 영향을 미칠까 싶어 남은 시간 동안 푹 쉴 수 있도록 이창에서 가장 비싼 호텔로 향했다.

07
충칭의
스틸웰 장군

충칭에서 꼭 가보고 싶었던 곳은 스틸웰 박물관이다. 스틸웰 박물관은 2차 세계대전 당시 충칭에 주둔했던 미국 총사령관 조지프 스틸웰Joseph Stilwell을 기념하는 곳이다. 대체 어떤 사연이 있길래 공산당이 미국 사령관을 이렇게까지 기리는 것일까.

조지프 스틸웰은 1차 세계대전 때는 프랑스 전선에서 참전했지만 전쟁이 끝난 후 중국 베이징 주재 미국 대사관에 무관으로 파견되어 가족과 함께 살았다.

그는 원래 외국 문화에 관심이 많은 사람이었던 것 같다. 유럽 전선에 있을 때는 프랑스어와 스페인어를 배웠으며 베이징에 와서는 중국어 선생님을 고용했다. 본인은 물론이고 가족들도 고급 중국어를 배우게 했다. 청나라 전통 복장을 한 할아버지 중국어 선생님은 가족처럼 친해져서 스틸웰이 충칭으로 파견왔을 때도 함께했다고 한다.

중국에서 새로운 문화를 익히며 중국인들과 친밀한 시간을 보내던 스틸웰의 평화는 길지 않았다. 1937년 중일전쟁이 발발한 것이다.

일본군이 본격적으로 중국을 침략해 들어왔다. 미국은 아직 2차 세계대전에 참전하기 전이라서 공식적으로는 중국을 도와줄 수 없었다. 그래서 미국 정부는 중국어가 가능한 스틸웰 장군을 중국 국민당 정부에 파견해 장제스 총통의 고문으로 일하게 하며 양국 사이의 소통 창구를 맡게 했다. 또 미국은 '자원 의용군American Volunteer Group'이란 명칭으로 비공식적인 공군 공습단을 조직해 충칭 일대에서 일본군과 공중전을 벌였다. 장제스는 미국 비행사들이 중국 농촌 마을에 추락할 때를 대비해 안전 통행증 같은 것을 발급해주었다. 거기에는 "이 미국인은 우리를 도와 일본군과 싸우고 있으니 추락할 경우 부대로 귀환할 수 있도록 도와주시오"라고 쓰여 있었다.

1941년 일본의 진주만 공격으로 미국이 공식적으로 2차 세계대전에 참전하게 됐다. 미국은 본격적으로 중국 정부와 손을 잡고 일본과 싸우게 됐다. 스틸웰 장군은 중국-미얀마 전장의 사령관이 되어 이 지역 미군 부대를 총지휘했다. 그의 가장 큰 업무는 중국군에게 전쟁 물자를 지원해주는 일이었는데 상황은 녹록지 않았다. 일본이 파죽지세로 밀고 내려오며 중국 해안가를 모두 장악해버렸고 중국군은 중국 남서부 내륙으로 쫓겨났던 것이다.

육로가 막히자 스틸웰 장군은 공중에서 물자를 수송하기로 했다. 그는 먼저 연합군의 보급기지가 있는 인도 임팔에서 수송기를 통해 중국 남서부 고산지대에 있는 쿤밍까지 석유와 군수품을 나르게 했다. 석유를 비행기로 수송한다는 것은 가성비 떨어지는 미친 짓이지만, 바다는 일본군이 점령하고 있으니 이렇게라도 해야 했다. 쿤밍에서 충칭까지는 '스틸웰 로드'라는 산악도로를 뚫었다. 또 쿤밍에서는 중장비

없이 비행장을 만들어야 하다 보니 많은 중국인이 자발적으로 나와서 돌로 만든 롤러를 손으로 밀었다.

항복한 듯 보였던 중국군이 이렇게 미군의 비상 보급을 받아가며 충칭에서 끈질기게 버티자, 당황한 일본군은 '스틸웰 로드' 보급의 시작점인 인도 임팔을 타격하기로 한다. 그러나 1944년 임팔로 진격한 일본 육군은 미얀마와 인도 사이의 울창한 밀림 속에서 헤매다가 5만 명 이상이 전사 혹은 아사, 병사했다. 이 사건을 기점으로 중국군과 연합군은 일본군을 몰아내기 시작했다.

한편, 충칭에 있는 스틸웰 장군은 이제 정치적으로 까다로운 선택

◈ 왼쪽부터 장제스와 그의 부인 송미령, 그리고 스틸웰 장군

을 해야만 했다. 당시 중국군은 장제스가 이끄는 국민당 정부와 마오쩌둥이 이끄는 공산당 세력으로 나뉘어 있었다. 장제스는 일본을 증오했지만 공산당도 적으로 봤다. 그래서 일본과 중국 공산당 양쪽을 모두 몰아내고자 했다. 이런 가운데 미국은 명확히 입장을 정리하지 못했다. 미국은 공산주의에 대한 거부감과 두려움을 갖고 있었지만, 당시는 아직 공산국가 소련과 손을 잡고 독일 및 일본에 맞서 싸우던 시기다. 다짜고짜 공산당을 적으로 선언할 수는 없었다.

스틸웰의 생각도 그랬다. 그는 장제스의 국민당 정부뿐 아니라 마오쩌둥의 공산당 세력에게도 호의적이었다고 한다. 두 세력이 힘을 합쳐야만 중국이 일본을 이길 수 있다고 보았기 때문이다.

2차 세계대전이 연합군의 승리로 굳어가던 시점, 스틸웰은 휘하의 장교 몇 명을 중국 공산당 본부가 있던 옌안시에 파견해 마오쩌둥을 만나게 했다. 공산당의 요청에 따른 것이었는데 이것은 '미국이 중국 공산당을 공식적으로 인정했다'는 홍보 효과를 가져왔다고 한다. 이것이 오늘날 중국 공산당이 스틸웰 박물관까지 만들어놓고 그를 '인민의 친구'라 부르는 이유다. 스틸웰은 승전 다음 해인 1946년 지병으로 세상을 떠났다.

일본군이 떠난 이후 중국은 공산화됐다. 마오쩌둥의 공산당이 장제스의 국민당을 타이완으로 내쫓고 대륙을 정복했다. 2차 세계대전 때 피를 같이 나눈 동맹이었던 중국과 미국은 이제 이념으로 갈리는 적이 되었다. 그리고 1950년부터는 한반도에서 서로 전쟁까지 벌이게 됐다. 불과 몇 년 전까지만 해도 연합군의 일원으로 함께 일본에 맞서 싸우고 땀 흘리며 함께 길을 닦아 비행장을 놓던 미국과 중국이

종전 불과 4년 후에 한반도에서 적으로 만날지, 스틸웰은 예상할 수 있었을까?

스틸웰 탄생 140주년을 맞아 중국 정부가 기념행사를 성대하게 차려준 이유는, 국제사회에서 영원한 친구도 없고 영원한 적도 없다는 것을 양국 모두가 잘 알고 있기 때문이다. 공산당이 어려웠을 때 손을 내밀어준 미국의 존재. 언제든 양국 간 친교가 필요할 땐 이 박물관을 이용할 수 있을 것이다. 이렇듯 중국 인민의 친구를 자처했던 스틸웰의 이미지는 매우 유용하다.

두 나라는 국민의 성향도 닮았다. 실용적이고, 근면하며 불평하지 않는다. 흙탕물에서 수영하는 마오쩌둥과, 손에 흙 묻히고 묵묵히 산속에 길을 닦는 스틸웰 장군처럼 말이다.

08
충칭에서
우루무치로

서울에서 여행 계획을 세울 때 충칭 다음으로 가려던 도시는 청두. 온 국민의 사랑을 독차지한 판다 푸바오의 고향으로도 유명한 도시다. 그런데 충칭에 있는 동안 컨디션이 많이 안 좋아졌다. 우한을 떠난 지 이틀째 되는 날부터 코로나19와 비슷한 증상이 나타났다. 목이 쉬고 몸살 기운이 심해지는가 하면 녹색 가래도 나왔다. 약을 먹어도 차도가 없었다.

감기인지 독감인지 바이러스인지 뭐가 걸리긴 걸린 모양이다. 이젠 중국을, 특히 공기가 나쁜 서남부 지역을 빨리 벗어나고 싶은 마음뿐이다. 청두는 건너뛰고 곧바로 카자흐스탄으로 가기 위해 신장 우루무치 지역으로 이동하기로 했다.

중국을 서쪽으로 빠져나가는 법

중국에서 서쪽으로 나가는 길은 여러 가지다. 널리 알려진 코스는 위구르족의 도시 카슈가르를 통해 남서쪽 파키스탄으로 넘어가는 방법으로, 15년 전에 한번 이쪽을 지나간 적이 있다. 그래서 이번에는 중국에서 동북쪽 카자흐스탄으로 넘어가는 국경을 넘기로 했다. 중국 신장 웨이우얼 자치구의 중심 도시인 우루무치에서 카자흐스탄 알마티까지는 약 1300킬로미터. 고속열차가 다닌다면 예닐곱 시간 안에 충분히 지날 수 있다. 버스로 가도 15시간이면 도착할 수 있어야 한다. 이론적으로는 그렇지만 실제로는 25~30시간 이상씩 걸린다. 양국 간 여객 철도는 코로나 이후 아예 운행이 중단됐고, 버스로 국경을 넘으려면 여러 단계를 거쳐야 한다.

중국과 카자흐스탄 간 육로 여행이 인기가 없는 데에는 기술적 문제와 정치적 이유가 있다. 우선 기술적으로, 양국이 사용하는 철도의 폭이 다르다. 중국은 한국과 마찬가지로 폭이 1.435미터인 표준 철로를 사용하는데 옛 소련 국가들은 이보다 약간 넓은 폭 1.52미터의 철로를 사용한다. 어떤 바보가 고작 8.5센티미터 넓게 쓰겠다고 소련의 철로 폭을 다르게 만들었는지 모르겠지만 이 때문에 중국에서 카자흐스탄으로 넘어갈 때는 기차를 들어서 바퀴를 바꿔 달아야 한다.

정치적으로 보면, 카자흐스탄은 옛 소비에트 연합, 즉 소련 소속국으로 지금도 중국보다는 러시아와 밀접한 관계를 유지하고 있다. 카자흐스탄이 지나치게 중국에 가까워지는 것을 러시아가 좋게만 보지는 않으며, 카자흐스탄에서 모스크바까지 고속철도가 뚫리기 전에 베이징까지 먼저 뚫리는 걸 바라지도 않을 것이다. 카자흐스탄에는 러시아계 국민도 많다. 그런 나라가 러시아의 심기를 거슬려가면서 중국과 가까워지기는 쉽지 않다. 한편 중국은 중국 나름대로 카자흐스탄을 경계한다. 종교와 민족주의 때문이다. 카자흐스탄뿐 아니라 다른 '~스탄'를 통해 이슬람 극단주의, 민족주의 세력이 중국 안으로 유입되거나 자국 내 이슬람 불만 세력과 접촉하는 것을 막으려 한다.

사실 중국-카자흐스탄 국경만 그런 게 아니고 세계 대부분 지역에서 육로로 국경을 넘어 다니기란 쉬운 일이 아니다. 비행기는 항공권을 살 때부터 어느 정도 승객을 확인할 수 있어 한두 시간이면 입국 심사를 통과할 수 있지만, 육로 국경은 물리적으로 넘기 쉬운 만큼 검문과 입국 심사를 훨씬 더 까다롭게 할 수밖에 없다. 또 항공 승객들과 달리 육로를 이용하는 사람들은 관광보다는 생계의 이유로 넘는 경우가 많기 때문에 문제가 될 소지도 상대적으로 크다. 국경 심사에 짧게는 몇 시간에서 길게는 하루 이상이 걸릴 수도 있다고 해서 나는 카자흐스탄까지 가는 먼 길을 몇 단계로 끊어 이동하기로 했다.

1단계 _ 충칭에서 우루무치까지: 침대기차(33시간)

우루무치는 신장 웨이우얼 자치구 성도인데, 석유와 가스 산업이 발전하고 있어서 '중앙아시아의 맨해튼'이라 불릴 정도로 번화한 대도시다. 국경에서는 약 600킬로미터 정도 떨어져 있고 카자흐스탄으로 나갈 때도 이 도시를 거쳐 가도록 철도망과 도로망이 짜여 있다. 그러니 일단 우루무치까지 가기로 한다.

지금 내가 있는 충칭에서 우루무치까지는 약 3000킬로미터. 여정의 전반부는 험준한 산맥을 지나고 후반부는 사막을 지난다. 직통 열차는 33시간이 걸린다. 고속열차도 있지만 고속열차는 밤에 운행하지 않기에 갈아타는 도시에서 하룻밤을 묵어야 하니 어차피 1박 2일이다.

그럴 바엔 값도 저렴하고 운치도 있는 일반 열차의 침대칸을 타기로 한다. 고속열차는 지겨울 만큼 많이 타기도 했지.

2단계 _ 우루무치 ⋯▸ 국경 도시 이닝: 고속열차(5시간)

카자흐스탄으로 가는 두 번째 관문은 이닝시다. 이닝은 19세기 잠깐 러시아가 점령한 적이 있었을 만큼 국경에서 가깝다. 시골이라면 시골이지만 의외로 우루무치에서 이닝까지 C클래스 기차가 간다. C클래스는 고속열차 클래스 중엔 가장 느리지만, 그래도 고속이다. 이닝에서도 하루 자고 갈 생각이다. 경치도 좋고 공기도 좋을 것 같으니 강가에서 산책하며 컨디션을 올릴 수 있지 않을까.

3단계 _ 이닝 ⋯▸ 호르고스 국경: 버스나 택시(1시간)

호르고스는 진짜 국경이 있는 마지막 마을이다. 잘은 모르지만 국경이니까 혼란하고 정신없는 분위기가 아닐까 싶다. 이름부터가 혼란스럽다. 기차표를 사야 하는데, 앱에서 도무지 찾을 수가 없었다. 기차가 없는 줄 알았다. 나중에 보니 앱에서는 '훠월거쓰'라고 검색해야 나오더라. 이닝에서 호르고스를 들려서 카자흐스탄 알마티까지 데려다주는 버스도 있는데 이 마을 저 마을 돌고 돌아가느라 10시간은 걸린다고 한다. 너무 오래 걸리니 나는 이 구간도 끊어서 이동한다.

4단계 _ 호르고스 ⋯▸ 국경 심사 ⋯▸ 카자흐스탄 자켄트: 버스(?시간)

드디어 국경을 넘는 단계다. 국경이라고 해서 철조망 하나 사이에 두고 중국 경찰과 카자흐 경찰이 마주 보고 서 있는 그런 모습이 아니다. 양쪽 나라 사이에 DMZ 비슷한 무인 지대가 있기에 걸어서 넘을 수가 없다. 차를 타고 온 사람만 들여 보내준다. 다행히 사람 사는 곳에는 다 방법이 있게 마련! 호르고스 마을에서는 국경을 넘어가는 버스가 대기 중이라고 한다. 시간표는 잘 모르겠지만 어쨌든 가면 있다고 한다.

5단계_자켄트 ⋯▸ 카자흐스탄 제1의 도시 알마티: 택시(3시간)

카자흐스탄 쪽 국경 마을 자켄트에서 최종 목적지인 카자흐스탄 제1의 도시 알마티까지는 300킬로미터 정도인데, 버스도 있지만 합승 택시를 잡아타도 2~3만 원 정도면 갈 수 있다고 한다. 버스는 다섯 시간, 택시는 세 시간이라고 카라바니스탄 웹사이트에 나와 있다. 이 정도 택시비야 낼 수 있지! 저녁때가 될 것 같으니 이 구간은 버스보다는 택시를 타기로 하자. 카자흐스탄이 아직 어떤 분위기인지 몰라서 살짝 걱정은 된다.

출발 전

시작도 하기 전에 변수가 발생했다. 몸이 너무 아프다. 원인이 무엇인지는 아직 잘 모르겠다. 항저우를 떠난 이후 우한과 충칭의 공기가 나빴기 때문인 것 같기도 하고, 우한에서 코로나바이러스에 다시 감염됐는지도 모른다. 어쨌든 핵심은 내 면역력이 많이 떨어진 상태라는 것. 멀고 복잡한 여정을 앞두고 너무 긴장했는지도 모른다.

결정타는 충청의 호텔이었다. 대한민국 임시정부 유적지에서 가장 가까운 호텔을 잡는다고 잡았는데, 방에서 담배 냄새가 정말 심하게 나는 것이었다. 다음 날 이침 일어났더니 목이 쉬어 있고 몸에 힘이 없었다. '걸렸구나' 싶었다.

밖에 나갈 힘이 없었기에 직원의 도움을 받아서 음식 배달도 시켜 먹고(서빙 로봇이 혼자 엘레베이터를 타고 방문 앞까지 가져다준다) 따뜻한 차도 마시면서 컨디션을 올려보려 했지만 소용없었다. 이미 몸에는 오한이 들기 시작했다. 몸살감기 기운에 새벽 2시쯤 잠자리에 들었는데 고작 두 시간 자고 깨어났다. 편도선이 거대하게 부어서 목을 다 막았다. 침도 안 넘어갔다. 몸도 아프지만 기분이 참담했다. 이번 기차를 놓치면 다음에 언제 떠날 수 있을지 기약이 없었다. 명절 연휴라서 우루무치로 가는 열차표는 앞으로 최소 3일간은 매진이다. 컨디션 조절을 못한 게 모두 내 탓인가 싶어 나 자신이 한심하게 느껴지고 자존감이 바닥을 쳤다.

침대열차와 닭조림

꿈인지 생신지 알 수 없는 몽롱한 정신상태로 새벽에 역까지 가서 기차를 탔다. 충칭에서 시작해 우루무치에서 끝나는 33시간짜리 침대차. 내 자리는 이층 침대 위쪽이다. 우리 객실 승객 세 명은 이미 탑승해 있다. 아니 네 명이다. 아래쪽에 앉은 젊은 여자는 어린 남자아이도 데리고 탔다. 앞으로 한 방에서 얼굴 마주 보고 같이 아주 먼 길을 가야 할 사람들이니까 예의상 웃으면서 "니하오"라고 인사를 했는데 셋

다 스마트폰만 들여다보고 데면데면한 분위기라서 나도 내 자리로 기어 올라갔다. 상대가 여러 명이니까 '니하오'가 아니라 '니먼하오'라고 인사했어야 하나 싶었지만 솔직히 인사를 안 받아줘서 다행이다 싶었다. 몸이 너무 힘들어서 침대에 시트를 깔고 베개에 머리를 대자마자 기절하듯 잠들었다. 그 와중에도 시트와 베개 커버가 빳빳하고 좋다는 생각을 하면서.

기차가 언제 출발했는지도 모른다. 침대 위쪽은 올라가기 힘들지만 일단 올라오면 남들 신경 안 쓰고 푹 잘 수 있으니 차라리 윗칸 표를 산 게 다행인 것 같다. 한참을 자고 일어났다. 기차는 깊은 산속을 달리고 있고 해가 중천에 떠 있다. 컨디션도 좀 나아진 것 같다. 세수하고 창밖을 보니 거의 열흘 만에 파란 하늘이 나왔다. 남부 내륙지방 우한부터 이창, 충칭에 이르기까지 계속 회색빛 담배 냄새 나는 하늘만 보고 다녔는데 이젠 그 매연의 삼각지대를 빠져나왔구나. 기차에는 식당칸이 있다. 식탁 위에는 조화이긴 하지만 튤립까지 한 송이 꽂혀 있다. 메뉴는 닭고기 조림과 흰 밥. 닭다리 하나를 주는데 제법 크고 맛있다. 여기서도 밥값은 물론 위챗 QR코드로 낸다.

밥을 먹고 계속 식당칸에 남아서 맑은 하늘과 초록 경치를 보고 싶었지만, 이 지역이 워낙 험준한 산악지형이라 터널의 연속이다. 인터넷도 잘 안 된다. 기차 안에서 LTE는 고사하고 3G 인터넷도 띄엄띄엄 나와서 유튜브 보기가 어렵다. 주로 2G가 뜬다.

인터넷도 없이 남은 28시간을 어떻게 때운다? 다운 받아둔 일론 머스크 전기를 전자책으로 겨우겨우 읽기 시작했는데 그것도 잠시, 몸살 기운에 또다시 잠들었다. 저녁 먹을 시간. 잠에서 깨 식당칸에 갔

다. 말이 안 통하니 주는 대로 먹을 수밖에 없었는데, 또 닭다리 조림 도시락이었다. 맛이 있어서 불만은 없다.

다음 날 아침, 눈을 뜨니 풍경이 완전 달라져 있다. 산맥 지역을 지났고 이제는 사막이다. 시간표를 보니 오늘은 하루 종일 기차를 타고 달려도 정차하는 역이 딱 세 곳뿐이다. 수러허역, 하미역, 투르판 북역 등. 역과 역 사이가 네댓 시간이다. 아침에 한 곳, 점심때 한 곳, 저녁에 한 곳.

같은 객차 승객들과 이야기를 좀 나눠보고 싶지만 여의치 않다. 같이 탔던 세 명 중 남자 두 명은 첫날 사라지고 없었다. 단거리 귀성객이었나 보다. 그때부터 나와 아이 엄마, 아이만 남았는데, 말을 걸기가 어렵고 그쪽도 낯을 가렸다. 아이마저도 나를 모른 척했다. 원래 이럴 때는 아이가 분위기 전환을 좀 해줘야 하는데. 겨우겨우 아이 엄마와 몇 마디 대화를 나누기는 했다. 아이 엄마는 단답형이다.

"어디까지 가십니까?"

"우루무치."

"집이 우루무치입니까?"

"집은 충칭. 아이 아빠가 우루무치에 있음."

아이 엄마는 나에게 궁금한 게 전혀 없어 보였고 아이에게 영어 동영상 틀어주기에 바빴다. 내 얼굴이 딱 코로나 중병 앓는 환자처럼 보였을 테니 말을 줄이고 싶었을 법도 하다. 가끔 열차 차장이 들어와 뭐라고 하면 아이 엄마가 나를 대신해 대답해주었다. '와이궈런(외국인).' 그럼 더 이상의 질문 없이 차장은 떠난다. 침묵 속에서 경치도 보고 일론 머스크 전기도 읽는 동안 시간은 잘 갔다.

자 또 점심시간이다! 야호! 메뉴는 뭐다? 닭다리 조림이지 뭐겠어.

그래도 오늘은 달걀 국물까지 줬다. 아, 그럼 어제는 국물을 빼먹고 안 준 건가? 세끼 연속 먹자니 맛있는 음식도 질리는데, 다른 선택지가 없다. 침대에 기어 올라가 잠을 자든가, 잠이 안 오면 식당칸에라도 나오는 수밖에. 그런데 여기도 밥을 다 먹었다 싶으면 직원들이 와서 그릇을 싹 치워가고 어서 객실로 돌아가라는 듯이 식탁을 획획 닦는다. 객실에 있어도 머쓱하고 식당칸에 있어도 머쓱하다. 몇 시간이 지나 닭다리 조림을 한 번 더, 4연속으로 먹고 나서 늦은 저녁 시간에 기차는 우루무치역에 도착했다.

컨디션은 여전히 안 좋았다. 최악의 고비는 지나간 것 같지만 그래도 기운이 없고 콧물과 가래가 많이 나와서 밖에 돌아다닐 정도가 안 된다. 내일(10월 3일) 아침 이닝으로 떠날 수 있을까? 아무래도 내일 바로 기차를 타는 건 무리인 것 같다.

우루무치의 호텔 숙박을 하루 연장했다. 4일 오전 이닝시로 떠나는 C클래스 고속열차표를 운 좋게 구했다. 이제 한숨 돌려도 된다. 호텔 주변에 마침 큰 약국이 있어서 구글 번역기로 증상을 보여주고 약을 사 왔다. 약값은 2만 원 정도. 약을 입에 탈탈 털어놓고 잠자리에 들었다.

09
한국 사람
열받게 하지 마

국경 넘기 2단계_우루무치에서 이닝시로(10월 4일 9시~14시)

우루무치에서 이틀간 쉬면서 어느 정도 정신을 챙겼지만 몸 상태는 여전히 안 좋다. 특히 목이 쉬어서 말이 안 나온다. 그래도 오늘은 떠나야 한다. 힘든 하루가 될 예정이다. 국경 넘기 계획 2단계부터 5단계까지, 철도와 국경 버스와 택시 등을 이용해 약 1000킬로미터를 이동해야 한다. 중간에 중국 출국심사와 카자흐스탄 입국심사도 받아야 한다. 인터넷 어딜 봐도 이 루트에 대한 자세한 안내는 없다. 심지어 나는 카자흐스탄 화폐도 한 푼 없다. 가다 보면 어디선가 환전을 할 수 있지 않을까 짐작만 해본다. 단 하나의 희망은 알마티에서 초특급 숙소를 잡아놓고 신라면에 계란 팍팍 풀어 소주와 함께 나를 기다리고 있을 친구 송원이다. 그는 추석 연휴에 휴가를 붙여 중앙아시아를 여행하고 있다. 키르기스스탄 여행을 마치고 어제 알마티에 도착해 나를 기다리고 있다고 알려왔다. 어떻게든 알마티까지만 가자!

3단계_이닝시 … 호르고스 국경 마을(15시~16시 30분)

이닝역 앞에서 디디 택시를 호출했다. 곧 양키스 모자를 쓴 젊은 여성 기사님이 나를 데리러 왔다. 올라타마자 나는 다짜고짜 말했다.

"팅부동 팅부동(못 알아 들어요). 워 스 한궈런(한국인입니다)."

기사분은 "헌샤 헌샤(잘생겼다)"라고 혼잣말을 한 뒤 차를 몰기 시작했다. 우리가 탄 차는 이닝부터 진짜 국경 마을 호르고스까지 한 시간 거리의 고속도로를 달렸다. 고속도로의 경치도 너무나 아름답다. 푸른 하늘과 늘씬하게 뻗은 나무들, 멀리 보이는 높은 산들, 시원하게 달리는 도로. 여기가 위구르인지 캘리포니아인지 모르겠다. 기사님의 음악 선곡도 좋았다. 중국 노래들인데 90년대 한국 댄스음악 같은 펑키한 선율들이 나왔다.

다만 여기가 중국이라는 걸 일깨워주는 건 역시 CCTV다. 중국 어디나 그렇듯 여기도 거의 5분마다 한 번씩 머리 위에서 플래시가 팡팡 터지며 사진이 찍혔다. 한번은 검문소에서 차가 멈췄다. 승객들 모두 창문을 내리고 양쪽으로 AI 얼굴인식 카메라를 바라보도록 했다. 나를 찍은 카메라에서 신원 확인 결과가 잘 안 나오는지 검문원이 갸우뚱하자, 우리 기사님이 말한다. "와이궈런." 그러자 검문원도 지나가라고 엄지손가락을 보여준다. 왜 이럴 때만 시간이 빨리 흐르는 것이냐. 멋진 경치와 음악을 즐긴 드라이브가 순식간에 끝났다. 차는 벌써 국경 마을 호르고스에 도착했다.

내비게이션이 안내하는 곳에 도착하니 터미널은 한참 전에 문을 닫은 모습으로 먼지만 날리고 있었다. 기사님은 근처에 있던 아저씨들에게 몇 마디 물어보더니 다시 차에 타라고 한다. 터미널이 다른 곳으로 이전했단다. 10분 정도 더 가서 도착한 새 버스터미널은 넓고 반짝이지만 사람이 없어서 텅 빈 건물이었다. 주차장에 내리자마자 아저씨 두 명이 다가온다. 이번에도 기사님이 먼저 그들과 이야기하더니, 나에게 같이 가자는 손짓을 한다. 그들이 표 사는 걸 도와주겠다고 한다. 함께 오는 동안 기사님을 신뢰하게 된 나는 그의 지시를 따랐다.

그때가 벌써 오후 4시 30분이라서 나는 국경 넘어가는 버스가 아직 있는지 물어보았다. 다행히 오후 6시에 출발하는 마지막 버스가 있다. 버스표를 산 후 아저씨들은 나에게 "체인지 머니?"라고 묻는다. 그제야 이들이 환전상이라는걸 알았다. 마침 카자흐스탄 돈이 필요했으므로 가지고 있던 위안화 약 10만 원어치를 카자흐스탄 돈으로 바꿨다. 환율이 좋았을 리야 없지만, 크게 사기당할 것 같지는 않았다. 순식간에 내 손에 카자흐스탄 지폐 한 무더기가 쥐어졌다. 그들은 묻지도 않은 좋은 정보도 주었다. "이 버스를 타고 국경을 넘어 카자흐스탄 쪽 마을에서 내리면, 1만 텡게를 주고 알마티까지 가는 택시를 탈 수 있다"고 한다. 한화로 약 3만 원이다.

기사님은 버스표를 사고 환전을 마칠 때까지 옆에 남아서 내가 사기라도 당하지 않나 지켜봐주셨다. 이제 작별이다. "셰셰"라고 감사 인사를 하고 기념사진도 찍었다. 차에 오르기 전에 기사님이 또 나를 보고 무슨 말인가를 하면서 번역기를 보여준다.

"새 터미널까지 이동한 것 30위안 추가합니다."

"네!"

아예 50위안을 더 드렸다. 다 합쳐 2만 원도 안 된다. 이분 덕분에 긴 거리를 좋은 차 타고 편하게 왔고, 중국이란 나라의 이미지도 굉장히 좋게 안고 떠나게 됐다.

4단계_중국 호르고스 ⋯› 입출국심사 ⋯› 카자흐스탄 자켄트 마을(오후 17시 30분~21시 30분)

터미널 대합실에는 나보다 먼저 와서 기다리고 있는 중국인 남성이 두 명 있었고 곧이어 카자흐족으로 보이는 대가족이 왔다. 이렇게 총 10명 정도가 버스에 타게 됐다. 표에는 오후 6시 출발이라고 되어 있었지만 더 이상 승객이 올 가능성이 없다고 보았는지 5시 30분이 되자 문을 닫고 출발해버린다. 나도, 승객 누구도 이의를 제기하지 않는다. 그리고 자 출발! 하자마자 도착해버렸다. 아니 무슨 출입국심사국이 버스터미널에서 100미터 앞에 있다. 버스가 터미널 출구를 나오자마자 길 맞은편에 정차하더니 승객들에게 다 내리라고 한다. 이럴거였으면 여기까지는 그냥 걸어와도 됐잖아.

출국심사원은 내 여권을 보고 한국인이냐며 놀라워했고, 동료들까지 불러 "한궈런, 한궈런"이라며 신기해했다. 아마도 코로나바이러스가 유행한 3년간 국경을 폐쇄했다가 그 이후 처음 만난 한국인이라 그런가 보다.

벌써 저녁 8시가 됐다. 과연 오늘 안에 알마티에 갈 수 있을까? 이제 카자흐스탄 쪽 입국심사를 받을 차례다. 분위기가 확 다르다. 아까 중국 측 심사소 건물은 크고 웅장하고 밝고 깨끗하게 닦여 번쩍번쩍했는데, 여기는 낡고 어둡고 정말 최소한의 조명만 켜놓고 최소한의 청소만 해놓은 것 같은 옛 러시아 분위기의 건물이었다. 21세기에서 20세기로 되돌아가는 느낌이다.

대신 입국심사원이 더 친절하다. 나에게 "코리아?"라고 묻더니, "안녕하세요. 웰컴 투 카자흐스탄!"이라고 한국말로 인사해주었다. 별다른 질문 없이 스탬프 쾅! 이렇게 카자흐스탄에 들어왔다.

5단계 _ 자켄트 ··· 알마티(오후 8시~11시)

다시 올라탄 버스는 이제 카자흐스탄 쪽의 도로를 달려, 약 30킬로미터 떨어진 자켄트 마을로 향했다. 이 버스의 종점이다. 거기서부터는 다른 버스로 갈아타든가 택시를 타고 300킬로미터 떨어진 알마티까지 가면 된다. 문득 중요한 사실을 하나 깨달았다. 지금이 중국 시간으로 밤 9시라 버스를 갈아타기에 늦은 시간이라고 생각했는데 카자흐스탄은 중국과 두 시간 시차가 있으니 저녁 7시밖에 되지 않았다. 아싸! 한결 여유가 생겼다. 그렇다면 오늘 안에 충분히 알마티에 도착할 수 있을 것 같다. 몸은 피곤하지만 마음이 기쁘다. 이제 마지막 단계만 남았다.

카자흐스탄 도로는 상태가 좋지 않다. 밖은 불빛도 없고 깜깜해서 아무것도 보이지 않는데 버스는 우툴두툴 춤을 추며 달려간다. 기분이 묘하다. 중국에서 느낀 적 없는 불안감이 스멀스멀 들기 시작했다.

좋지 않은 예감은 현실이 됐다. 깜깜해서 아무것도 안 보이는 작은 마을 어딘가에 버스가 섰다. 안내방송 같은 것도 없고 뭘 어떻게 하라는 말도 없다. 남들이 다 내릴래 나도 여기가 자켄트인가 보다 하고 내릴 준비를 했다. 밖은 칠흑 같고, 포장이 안 된 흙바닥이다. 택시를 찾아야 할 차례다. 그런데 버스 뒷문이 열리자마자 이슬람식 흰 복장을 하고 턱수염 기른 남자들이 우르르 버스에 올라탔다. 그중 가장 앞에 선 사람이 내게 묻는다.

"알마 아투?"

그의 손에 끌려 버스 밖으로 나갔더니 그야말로 카오스다. 깜깜해서 아무것도 안 보이는데 10여 명의 흰옷 입은 남자들이 나를 둘러쌌다. 같이 버스를 타고 온 다른 사람들은 각자 탈 것이 있는지 이미 사라지고 없다. 불안한 마음으로 짐칸에서 캐리어를 꺼냈다. 그 10여 명이 나를 둘러싸고 "알마 아투!" "알마 아투!"를 외치면서 달라붙었다. 누군 내 몸을 잡고 누군 내 가방을 잡는다. 어두워서 얼굴이 안 보이니 처음에 내 손목을 잡았던 사람이 누구였는지도 모르겠다. 누구든 상관없으니 택시비 흥정을 해서 이 자리를 뜨고 싶은데 감기 때문에 힘이 없어서 정신을 차릴 수가 없다. 게다가 빈손이 없어서 그들을 뿌리칠 수도 없다. 한 손에는 캐리어를, 한 손에는 손가방(마오쩌둥 어록이 적힌 그 에코백)을 꼭 쥐고 있는데 둘 중 하나라도 놓치는 순간, 두 번 다시 찾지는 못할 것이다. 캄캄한 공간 사이로 사람들의 흰 옷자락과 얼굴들만 유령처럼 내 앞에 불쑥불쑥 나타나며 "알마 아투!" "캄 캄!" "도요타 도요타!"를 외치고 내 양팔을 반대 방향으로 잡아당겼다. 살짝 당기는 게 아니다. 아플 정도다.

나는 너무나 어이가 없어서 될 대로 되라는 심정이 되어 가방만 꼭 붙들고 한동안 이리로 저리로 끌려다녔다. 좀 기다리고 있으면 자기들이 알아서 진정하겠지 싶었다. 하지만 웬걸? 소음이 심해지자 자기들끼리 점점 더 흥분하며 흰옷 입은 사람들이 하나둘 더 늘어나더니 나를 원형으로 둘러싸고 구경했다. 나는 투우장에 들어간 황소 같은 신세가 됐다.

그중 나이가 많아 보이고 콧수염을 한 사람이 눈앞에 있길래, 고 갯짓하며 "알마 아투, 하우 머치?"라고 물었다. 그가 당당하게 답했다. "서티 사우전드 텡게(3만 텡게)." 그 말과 함께 주변에서 모든 사람이 알 수 없는 고함을 질러댔다. 나는 정신을 차리려고 노력하면서(손은 여전히 가방을 챙기면서) 말했다. "텐 사우전드 텡게(1만 텡게)." 이렇게 말하면 이들 중 절반 정도는 사라질 줄 알았다. 하지만 웬걸. 모든 사람이 똑같이 고함을 지르면서 자기한테 오라고 난리다. 1만 텡게도 이들에겐 너무 큰 유혹인 건가.

여기까지는 그래도 참을 만했다. 이들은 그저 택시에 태울 손님이 필요한 것이고 나에게 해를 끼치고자 하는 건 아니니까. 그런데 이 와중에 등 뒤에서 누가 날 손가락으로 툭 찌르는 느낌이 들었다. 어제 산 커다란 플리스 재킷을 입고 있어서 둔탁하게만 느껴졌지만, 뒤를 돌아보니 어떤 젊은 놈이 나를 찌른 것이 확실한데 내 시선을 피하고 다른 방향을 바라본다. 시선을 피하는 놈이 그 청년 하나라서 너무 명백했다.

흥정을 마치려고 다시 앞을 보니 뒤에서 또 툭툭 찔렀다. 뒤에서 야비하게 찌르는 놈에게 정말 화가 났다. 남들이야 정말 생계 때문에 손님 데려가려고 악을 쓰고 있는 것이지만, 저놈은 그냥 재미로 나를 괴롭히는 것 아닌가. 그런데 여기서 또 다른 누가 선을 넘었다. 어떤 놈이 내 허리를 뒤에서 꽉 안고 우하하하 웃으면서 뒤로 끌어당겨 땅에서 들어버린 것이다.

순간 화가 폭발했다. 15킬로그램짜리 내 캐리어 가방을 머리 위로 번쩍 들고 "야 이 ×××들아!" 한국말로 욕을 하면서 흙바닥에 내리꽂았다. 중력에 내 팔 힘이 더해져 가방이 힘차게 땅에 패대기쳐지는 그 0.01초 동안 나는 마음속으로 눈물 나게 빌었다. '맥북이 제발 가방 반대쪽에 들어 있기를….'

흰옷 입은 남자들이 뜨끔 했는지 모두 내 몸에서 손을 떼고 조용해졌다. 이제야 주위를 둘러볼 여유가 생겼다. 마침 아까 맨 처음에 버스에서 봤던 사람(확실하진 않다)이 눈앞에 있길래 "당신!"이라고 말하며 손가락으로 지목했다. 이렇게 차를 정하고 나니 다른 흰옷 입은 사람들은 재밌는 구경이 끝났다는 듯 서서히 흩어졌다.

아까 그 시골 마을 사람들은 왜 그런 전 근대적 모습을 보였을까. 아마도 돈을 벌겠다는 희망을 안고 국경에서 오는 버스를 오랜 시간 기다렸는데 손님이 달랑 나 하나였다는 점, 어두운 밤에 서로가 서로의 고함에 점점 더 흥분했다는 점, 내가 누구 한 명을 빨리 지정하지 않고 끌려다니며 모두를 애태웠다는 점 등이 문제였던 것 같다. 솔직히 나도 처음엔 그런 상황이 약간 재미도 있어서 '이 사람들이 어떻게 하나 보자'라는 마음으로 내버려 두었던 것 같다.

이 나라엔 택시와 일반 차량의 구분이 흐릿하다. 차가 있는 사람이라면 아무나 택시처럼 영업할 수 있다. 그날 밤 자켄트 마을에 사는 모든 남자가 다 나와서 국경 버스에서 내릴 손님을 기다렸는지도 모른다. 알마티까지 태워주고 3만 텡게 받으면 큰돈이고, 1만 텡게만 받아도 괜찮은 벌이니까 다들 기대를 품고 기다렸겠지. 내가 분노 조절을 더 했어야 했나? 미소로 풀었어야 했나? 잘 모르겠다. 화낼 타이밍을 놓치고 나중에 끙끙 앓는 경우가 더 많은 것 같다. 아마 그날도 화를 안 냈으면 상황이 더 나빠졌을지 모른다. 우왕좌왕하다가 가방을 잃어버리거나 큰 바가지를 쓰거나.

알마티

내가 잡아탄 일제 봉고차는 주행거리가 48만 킬로미터나 됐는데 별문제 없이 달려간다. 300킬로미터를 세 시간 만에 주파. 밤 11시 무렵 알마티에 있는 숙소에 도착했다. 사방이 조용하다. 송원이 잡아둔 이 숙소는 산장 같은 분위기로 조용한 주택가에 있다. 봉고차 운전사는 숙소 안 주차장까지 나를 데려다주었고, 내가 안에 잘 들어가는 것까지 확인한 후 떠났다. 고마운 사람이다.

호텔 로비엔 아무도 없었다. 다시 밖에 나와 1층 창문 앞에서 작은 목소리로 송원의 이름을 부르니 반가운 얼굴이 보였다. "진서 님! 오셨군요!"

한편 내 맥북은? 멀쩡했다. 어쩌면 내가 가방을 생각만큼 세게 던지지 못했는지도 모르겠다.

2

중앙아시아와
러시아

$30

SECTOR 5B | ROW 16 | SEAT 254

10
러블리
알마티

중앙아시아에는 '~스탄'으로 끝나는 나라가 다섯 있다. 카자흐스탄, 우즈베키스탄, 키르기스스탄, 타지키스탄, 투르크메니스탄. 내가 중국을 횡단하는 동안 송원은 키르기스스탄에서 멋진 경치들을 보고 왔다고 한다. 송원은 휴가가 끝나면 돌아가야 하니 우리가 함께 보낼 수 있는 시간은 앞으로 사오일 정도. 그래서 우리는 다른 도시로 이동하지 않고 알마티와 인근을 여유 있게 구경하기로 했다. 아직 몸살 기운도 있고 말이다.

한식당 보드카

알마티 국립박물관을 구경하고 러시아식 성당까지 둘러본 우리는 소주 한잔하며 회포를 풀기로 했다. 송원은 카자흐스탄에 사는 고려인의 역사에 대해 궁금한 게 많다. 지나가는 사람이 동아시아인처럼 생겼다 하면 일부러 내게 큰 목소리로 "카자흐스탄에 고려인이 많이 사신다는데"라고 외친다. 옆에서 한국말을 듣고 아는 척해주기를 바라면서. 그래서 첫 저녁 식사 징소도 한식당으로 성했다.

식당에는 한국 교민이나 관광객보다 현지인들이 많다. 먼저 삼겹살과 소주를 시켜 맛있게 먹었다. 그런데 옛 소련 지역에 왔으니 한국 소주만 먹을 게 아니라 보드카도 먹어봐야 하지 않을까 싶다. 메뉴판엔 보드카가 종류별로 여럿 있었는데 카자흐스탄어로 쓰여 있어 뭐가 뭔지 잘 알 수 없었다. "이 중에 뭘 시켜야 할까요"하면서 송원이 고민하는 찰나, 갑자기 그의 뒤편에서 한 아름다운 여성이 얼굴을 쑥 들이밀었다. 그리고 들려온 한국말.

"보드카 그거 맞아요. 그거 시키시면 돼요."

여성분은 알마티에서 태어나 자란 고려인 후손이며 이씨라고 본인을 소개했다. 한국에서 교환학생으로 공부하고 얼마 전 알마티로 돌아왔는데, 친구들과 저녁을 먹다가 뒤에서 한국말이 들리기에 반가워서 돌아봤다고 했다. 정말 반가운 인연이다. 특히 송원은 오매불망 기다렸던 고려인을 드디어 만났고 게다가 한국말이 잘 통한다는 것을 확인할 수 있었다며 무척 기뻐했다. 그분들의 도움을 받아 우리는 보드카를 시켜 맛있게 먹고 기념사진까지 찍었다.

쉬는 날 알마티 풍경

다음 날, 에너지가 펄펄 넘치는 송원에겐 조금 미안했지만 나는 중국에서부터 수천 킬로미터를 달려온 여독이 아직 쌓여 있었기에 무리하지 않기로 했다. 우루무치도 쌀쌀했는데 알마티는 더 서늘했다. 중국에서 걸린 몸살감기가 아직도 떨어지지 않아 따뜻한 옷이 필요할 것 같았다. 호텔 앞에 작은 아웃도어 매장이 있어 밝은 파란색 플리스를 하나 새로 샀고, 윈드브레이커 형태의 점퍼도 샀다. 짝퉁 브랜드들인 것 같지만 상관없다.

오후에는 송원의 제안으로 헬스장에 갔다. 이런 걸 보면 송원도 참 재밌는 사람이다. 카자흐스탄까지 짧은 여행을 와서 찾아가는 곳이 헬스장이라니! 몸도 풀고, 이곳 사람들이 어떻게 운동하는지도 구경하고, 나에게 벤치프레스 하는 법도 알려주겠다고 한다. 헬스장은 한국의 웬만한 헬스장보다 넓고 좋았고, 입장료는 몇천 원 정도. 마침 나도 감기로 떨어진 컨디션을 끌어올려야 했다. 모처럼 역기도 들고 러닝머신도 뛰면서 땀을 흘렸다. 옆에서 운동하는 사람들을 보니 백인과 동양인이 비슷한 비율로 섞여 있었다.

운동을 마치고 시내를 슬슬 돌아다녔다. 알마티 재래시장에 갔더니 당근 김치와 김밥 등을 파는 고려인 상인들이 계시다. 당근 김치의 맛이 궁금했지만 양이 너무 많아서 김밥만 두 줄 샀다. 내일 교외로 하이킹 갈 때 가져갈 식량이다.

11
약은
소련제

알마티 근교 호수 투어

알마티 3일 차. 송원과 함께 다니니 너무 편하다. 이런 게 황제 여행인가? 송원이 미리 방도 잡아주고, 음식점도 알아봐주고, 길도 찾아주고, 심지어 투어 예약도 해주니 나는 그냥 몸만 따라가면 된다. 오늘도 송원이 인도하는 대로 근교 투어를 갔다. 나는 어디인지 묻지도 않고 "좋아요!"라고 말한다. 이 맛에 사람들이 패키지여행을 하는구나 싶다.

오늘 우리는 블랙 협곡, 케인디 호수, 그리고 콜사이 호수에 간다. 새벽에 떠나서 밤늦게 돌아오는 관광 코스다. 버스는 잠시 휴게소에 정차했다. 화장실은 입장료를 받는다. 그런데 그게 싫지 않다. 이런 곳에서 유료 화장실은 기본 이상의 청결도는 유지하니 청결도를 알 수 없는 무료 화장실을 쓰는 것보다 낫다. 우리 돈 100원 정도 내고 화장실에 다녀와서 송원과 아이스크림을 하나씩 사 먹었다.

말몰이 꼬마

첫 번째 목적지인 블랙 협곡엔 볼만한 게 별로 없다. 미국 그랜드 캐니언을 10분의 1로 축소한 듯한 느낌? 아니면 설악산 계곡에서 나무만 모조리 베어버린 느낌? 잠깐 정차해서 사진만 찍고 버스는 다시 떠났다. 두 번째 목적지인 케인디 호수는 마치 한국 주왕산 주산지처럼 호수 물속에 나무숲이 잠겨 있어서 아름다운 풍광을 보여주는 곳이다. 호수로 올라가는 길이 포장이 안 된 돌밭이라서 일반 대형 버스는 올라가지 못하고 중간에 사륜구동 미니버스로 갈아타야 했다.

그런데 송원이 네이버 여행 카페에서 본 바로는 바로 며칠 전 이 사륜구동 미니버스들끼리 충돌해 전복되는 사고가 있었고 그래서 버스에 탔던 현지 여행사 가이드 한 분이 돌아가셨다고 한다. 그만큼 험한 길이다. 사고 때문인지 오늘은 경찰들도 나와서 버스를 세우더니 이것저것 체크를 한다. 사륜구동 미니버스는 연식을 알 수 없을 정도로 오래되어 보인다. 힘은 좋아 보이지만 충격 흡수가 잘 되지 않아서 맨 뒷줄에 앉은 나와 송원은 버스가 자갈밭 위에서 출렁일 때마다 머리를 천장에 쿵쿵 박았다. 그렇게 20분 정도 올라가니 드디어 호수인가? 아니다. 여기서도 또 20~30분 산길을 걸어 올라가야 호수가 나온다고 한다.

비가 부슬부슬 내리기 시작했다. 해발고도가 높은지 공기도 부쩍 쌀쌀했다. 몸살감기 기운이 아직 남아 있어서 내게 도보 산행은 부담이었다. 심란해하고 있는데, 어떤 현지 남자가 다가와 손으로 말고삐 잡는 시늉을 하면서 말을 타고 올라가지 않겠냐고 물었다. 물어보니 가격도 적당하다. 왕복 비용은 좀 부담되지만, 올라갈 때만 말을 타도

된다고 한다. 더 이상 고민할 것도 없었다. "말 타러 갑시다!"

그런데 이 순간 갑자기, 같은 버스에 탔던 얼굴이 하얀 동양 남자가 한국말을 했다. "저도 같이 가면 안 될까요?" 아하, 한국인이셨구나. "물론이죠. 같이 가세요!"

나를 포함한 세 명이 말을 타고 가게 됐다. 우선 우비를 세 개 사서 하나씩 걸쳤다. 말 주인은 세 필의 말을 끌고 나와서 안장을 얹었다. 그는 천막 안으로 들어가더니 소년 하나를 데리고 나왔다. 초등학교 2, 3학년이나 됐을까? 표정은 다부진데 말이 없고 키가 작은 아이다.

남자는 우리를 말 위에 태우고, 세 필의 말을 줄로 엮어서 한 줄로 만들었다. 꼬마는 선두에 선 송원의 말에 함께 올라탔다. 말 주인은 천막에 들어가버린다. 이러고 우리끼리 올라가는 건가?

걱정할 필요가 없었다. 꼬마가 능숙한 솜씨로 말을 몰아 산길을 올랐다. 누가 보면 송원이 꼬마를 뒤에 태우고 인솔하는 줄 알겠지만, 사실은 이 소년이 우리 성인 남자 셋과 말 세 필을 인솔해 가는 것이다. 송원의 등에 가려서 앞이 잘 보이지도 않을 텐데, 소년은 오른쪽 왼쪽으로 고개를 기웃기웃해가면서 용케 가파른 산길로 말을 몰아갔다. 감탄이 절로 나왔다.

"와, 진짜 이런 아이가 내 아들이면 너무 듬직하겠다."

산길은 생각보다 가팔랐다. 말들은 경사가 심한 진흙탕 지름길로 올라간다. 사람은 다니지 못하는 길이다. 오른쪽 아래로는 수십 미터 절벽과 계곡이 보인다. 20분 정도 되는 짧은 길이지만 말들과 꼬마 말몰이꾼과 함께한 길이 무척 비현실적으로 아름다웠다. 도중에 만난 사람도 없었다. 그리고 그렇게 도착한 케인디 호수 역시 신비로운 풍경을 보여주었다.

우체국

알마티를 떠나야 할 시간이 다가왔다. 내일이면 송원은 한국에 돌아간다. 나는 여기서 야간기차를 타고 우즈베키스탄 타슈켄트를 지나 고대 실크로드의 유적지 사마르칸트로 갈 생각이다. 떠나기 전에 할 일들이 있다. 이발소에 가서 머리를 자르고 중국에서 입었던 여름옷들을 한국으로 보내기 위해 우체국으로 향했다.

알마티 중앙우체국은 시내 한복판에 있었다. 그런데 우체국 안에서 뭔가 행사를 하는 듯했다. 풍선들이 잔뜩 올라가 있고, 누군가 마이크를 잡고 연설하는 중이다. 직원들이 그를 둘러싸고 박수를 쳤다. 이게 대체 무슨 상황인가? 일단 기다리는 수밖에 없었다. 연설을 끝낸 사람은 우체국 이곳저곳을 다니면서 사람들과 악수를 하는가 하면 어떤 책을 한 권씩 나눠주기 시작했다. 그는 나에게도 책을 주었다. 화산이 폭발하는 강렬한 이미지의 표지! 1000페이지는 될 듯한 엄청난 두께! 무슨 책인지 상상도 안 되고, 대체 왜 우체국에서 백과사전만 한 책을 나눠주는지도 알 수 없었다. 마침내 행사가 끝나고 우체국의 정상 업무가 시작됐다. 짐을 다 부치고 직원에게 번역기로 물었다.

"오늘이 무슨 특별한 날인가요?"

"네, '우편의 날'이에요."

그랬구나! 우편의 날이니까 우체국과 관련된 정부의 고위 인사가 와서 중앙우체국까지 와서 직원 격려 행사 같은 걸 한 것일 테다. 우체국을 나와 근처 공원에 앉았다. 아까 선물로 받은 책이 무언지 궁금해 견딜 수가 없었다. 구글 번역기로 표지를 스캔해 영어로 번역해봤다.

제목 DIANETICS - MODERN SCIENCE OF MIND
지은이 L. RON HUBBARD

현대 정신 과학? 책의 지은이 론 허버드는 우리가 익히 들어본 종교 '사이언톨로지'의 창시자다. 톰 크루즈가 다닌다는 그 종교단체 말이다. 이 책은 사이언톨로지 교인들에게 경전과 같은 책이라고 한다.

카자흐스탄 우체국에서는 왜 우편의 날 기념식에 미국인이 창시한 종교의 경전을 선물로 나눠준 것일까? 교인이신가? 너무나 궁금해서 나중에 기회가 되면 한번 읽어볼 수도 있겠지만 지금 이 책은 러시아어인데다가 너무 무겁고 두꺼워서 가지고 다닐 수가 없다. 선물로 받은 걸 버릴 수도 없고, 알마티 지역사회에 기증하는 마음으로 공원 벤치에 얌전히 두고 왔다.

약국

정말 마지막으로, 병을 고칠 때가 됐다. 중국 충칭을 떠날 때부터 몸살감기에 걸려서 오한에 시달려왔다. 공기 좋은 카자흐스탄에서 쉬면 좀 낫지 않을까 했는데 큰 차도가 없었다. 여전히 쉽게 피곤했고 술한 방울 먹기 힘들 정도로 오한이 있으며 목에서 녹색 가래가 쏟아져 나왔다. 우루무치 약국에서 사 온 중국 약들은 소용이 없었다. 중국에서는 코로나19 비슷한 새로운 바이러스성 독감이 갑자기 유행이라 항생제가 동이 났다던데 증상이 나랑 같다. 우한, 충칭 등 사람 많고 복잡한 동네를 돌아다니다가 걸릴 게 걸렸구나 싶다.

알마티 숙소 근처 약국에 가서 그냥 항생제를 달라고 해보기로 했다. 약사는 키가 큰 백인 여성이었다. 영어도 조금 통했지만 아무래도 확실히 하면 좋을 것 같아서, 구글 번역기로 러시아어를 썼다.

"감기에 걸린 것 같음. 몸이 춥고, 힘이 없고, 목에서 녹색 가래가 나온 지 일주일이 넘음. 항생제 주세요."

약사는 "오케이"라고 하더니 두 종류의 알약을 각각 세 알씩, 총 여섯 알을 주었다. 러시아어가 잔뜩 쓰인 것이 뭔가 믿음이 간다. 항생제를 약국에서 이렇게 쉽게 파는 게 맞나 싶어, 다시 번역기를 돌려 보여주었다.

"항생제 맞아요?"

약사가 내 눈을 똑바로 바라보며 영어로 답한다. '네가 감히 나를 못 믿어?'라는 표정이다.

"Yes. Antibiotics."

신뢰감 100퍼센트! 항생제를 남용하면 병원균에 내성이 생겨서 문제라고 하지만, 지금 내가 그런 걸 따질 때가 아니다. 삼시세끼 식후에 약을 한 번씩 머으니 몸이 확실히 좋아졌다. 더 이상 가래도 안 나오고 오한도 없었다. 한 가지 아쉬운 점은 그 약사가 약을 세 알씩밖에 안 준 것이다. 한국이라면 보통 사나흘 치를 줄 텐데. 컨디션이 많이 좋아지긴 했지만 확실히 낫기 위해 약을 더 먹어야 할 것 같았다. 그래서 다시 약국을 찾았다.

"안녕하세요. 어제 먹은 약하고 똑같은 걸로 이틀분 더 주세요"

약사가 흠칫 놀란다. 무표정한 그의 얼굴에 살짝 놀람과 공포가 스쳐 지나간다.

"어제 너에게 사흘분을 줬는데 그걸 다 먹었어?"

아…?!

뭐 어쨌든 나았으니 다행이고, 죽지 않았으니 다행이다. 약사는 '이런 바보…'라는 표정을 지었지만 서로의 얼굴을 보며 웃을 수밖에 없었다.

12
카자흐-우즈베크
야간열차

10월 9일. 송원은 오늘 밤 비행기로 한국으로 돌아가고, 나는 저녁에 떠나는 국제 야간열차를 타고 국경을 넘는다. 내일 오전 우즈베키스탄의 수도 타슈켄트에 도착할 예정이다. 여기서 잠깐! 카자흐스탄의 열차 예약은 ticket.kz라는 사이트에서 할 수 있다. 우즈베키스탄은 eticket.railway.uz, 러시아는 russianrailways.com이다. 12go.asia라는 사이트에서는 아시아 여러 나라의 기차표를 살 수 있지만 수수료가 있다.

타슈켄트에서 바로 기차를 갈아타 유네스코 문화유산의 도시인 사마르칸트로 가려고 한다. 중앙아시아에서 가장 큰 대도시 타슈켄트에서도 며칠 머물면서 구경할 수 있으면 좋겠지만, 다음 달 이탈리아에서 미국으로 떠나는 대서양 횡단 크루즈를 타려면 조금 서둘러야 한다.

서두르는 이유는 또 있다. 우즈베키스탄에서 러시아 남부의 볼고그라드까지 2600킬로미터를 2박 3일에 걸쳐 달리는 열차가 있다. 정확히는 57시간이 걸리고 중간에 사마르칸트나 부하라에서도 탈 수 있다. 그런데 이 열차가 일주일에 딱 한 번, 월요일에만 출발한다. 그 한 대를 놓치면 다시 꼬박 일주일을 기다려야 하니 조금 서둘러 보자 싶다.

우즈베키스탄의 첫인상

아침에 눈을 뜨니 기차는 황량한 초원을 달리고 있다. 식당칸에서 만난 어떤 남자가 카자흐스탄 화폐를 우즈베키스탄 화폐로 바꿔주겠다고 한다. 좋지! 국경을 넘을 때마다 환전하는 게 귀찮은 일인데 이렇게 쉽게 처리할 수 있어서 다행이다.

기차는 국경에서 멈춰 섰고 우즈베키스탄 쪽의 이민국 직원이 올라타 여권을 검사했다. 대한민국 여권은 무사 패스. 직원은 별다른 질문 없이 웃으며 내게 "웰컴 투 우즈베키스탄"이라고만 말한다. 이게 끝인가? 아니다. 곧이어 웬 검은 짐승 한 마리가 우다다다 방으로 뛰어들어오기에 깜짝 놀랐다. 마약감지견! 터프하게 생긴 녀석이 킁킁거리며 순식간에 우리의 짐가방들을 훑고 간다. 승객들을 버스에서 모두 내리게 해서 몇 시간 동안 출입국 심사를 받게 했던 카자흐스탄-중국 도로 국경과 달리 여기는 열차 객실에 가만히 앉아만 있어도 되니 너무 편하다.

국경을 넘으며 잊지 말아야 할 일은 손목시계의 시간을 늦추는 것이다. 중국에서 카자흐스탄으로 넘어올 때 두 시간을, 카자흐스탄에서 우즈베키스탄으로 넘어갈 때는 한 시간을 뒤로 돌려야 한다. 카자흐스탄의 11시는 우즈베키스탄의 10시. 그냥 공짜로 인생이 한두 시간씩 늘어난 것 같은 기분이다. 이렇게 늘어난 시차는 나중에 태평양 위의 날짜변경선을 건널 때 24시간 치를 몰아서 몽땅 반납하게 되겠지만, 당장은 한 시간이 늘어나 좋기만 하다.

밤낮으로 17시간 동안 달린 열차는 마침내 타슈켄트역에 정시 도착했다. 첫 느낌은, 덥다! 산악지대인 알마티는 늦가을처럼 쌀쌀했는데, 사막지대인 타슈켄트는 한여름처럼 쩽쩽하다. 기온 차이가 20도가량 난다. 알마티에서 겨울옷을 괜히 샀나 싶다.

내가 내린 곳은 타슈켄트역. 사마르칸트로 가는 기차를 타려면 여기서 10킬로미터 정도 떨어진 타슈켄트 남역South Station에서 타야 한다. 시내버스를 타고 타슈켄트 남역에 무사히 도착했다.

우즈베키스탄은 2011년부터 고속열차 아프라시아브Afrosiyob를 운행 중이다. 아프라시아브는 250킬로미터로 타슈켄트와 사마르칸트 사이 600킬로미터를 두 시간 반에 주파하지만 지금 나에게는 그림의 떡이다. 워낙 수요가 많아서 표는 한두 달 전에 매진이라고 한다. 혹시나 하고 취소표가 나오는 걸 기다려봤지만 여의치가 않다. 어쩔 수 없이 천천히 가는 일반열차표를 샀다. 아프라시아브가 두 시간 반에 갈 거리를 나는 네 시간에 걸쳐서 간다.

부하라의 사업가 딜숏

기차는 4인실 침대칸인데 우리 객실에는 40대로 보이는 통통한

남성 한 명과 나, 이렇게 둘이 탔다. 그는 아예 드러누운 상태로 편하게 통화를 하고 있다. 사업을 하는 사람으로 보인다. 나에게 잠깐 눈짓으로 인사를 하고 통화를 계속한다. 거의 한 시간 그렇게 통화를 하고 나서야 우리는 통성명을 했다.

그의 이름은 딜숏. 특이한 이름 같아서 다시 물어봤는데 딜숏이라 발음하는 게 맞다고 한다. 딜숏은 원어민처럼 영어를 잘했다. 신발 벗고 벌렁 누워 있던 첫인상과는 달리 교양도 풍부하다. 그는 런던대학교에서 MBA 과정을 마치고 왔다고 한다. '오, 그렇게 안 보였는데…'라는 생각이 들었다. 나도 영국 옥스퍼드대학교에서 MBA 과정을 이수했다고 말해주니 딜숏 역시 '오, 그렇게 안 보였는데…'라는 듯한 표정이다.

사업하는 사람들이 통상 그렇듯 딜숏은 생각도 빠르고 말도 빠르다. 몸 안의 긍정적인 에너지를 숨기지 못한다. 그는 우선 자기가 왜 이 일반열차를 타고 있는지 설명한다. 평상시 같으면 비행기를 탔거나 아프라시아브를 탔을 텐데, 오늘 아침 갑자기 출장 건이 생겨서 타슈켄트로 오는 바람에 돌아가는 편을 예약하지 못했다고 한다. 돈이 없어서 완행을 탄 게 아니라는 뉘앙스다.

그는 사마르칸트에서 두 시간 정도 떨어진 관광도시 부하라에서 건설업을 한다. 영국에 있을 때는 취업도 어렵고 인종차별도 지겨웠다면서, 졸업 후 바로 고향에 돌아와 사업을 시작했다고 한다.

우즈베키스탄은 어떻게 먹고사는지 궁금해서 딜숏에게 물었다. 그는 건설업이 호황이라 말한다. 요즘 우즈베키스탄 경제는 건설업이 이끈다고 해도 될 정도로 여기저기에서 빌딩들이 올라간단다. 그래서 딜숏 본인도 본거지인 부하라뿐 아니라 대도시인 사마르칸트와 타슈켄트까지 진출해 사업을 확장 중이라고 했다.

또 우즈베키스탄은 석유와 천연가스, 금, 은도 많다. 농사도 많이 짓는다. 주로 목화 농사다. 옛날 미국 남부에서 흑인 노예들을 이용해 면화를 재배했던 것처럼 옛 소련도 우즈베키스탄의 풍부한 인구를 이용해 면화 산업을 키웠다.

목화 농사는 성공적이지만, 몇 안 되는 강에서 물을 끌어다 쓰는 바람에 나라 전체적으로 물이 부족해졌다. 특히 이 나라에서 가장 큰 강인 아무다리야강Amu Darya이 문제다. 이 강은 타지키스탄에서 시작해 우즈베키스탄과 카자흐스탄에 걸쳐 있는 아랄해Aral Sea에서 끝나야 한다. 하지만 목화밭으로 물을 돌리다 보니 강이 중간에 다 말라버리는 일이 반복됐다. 한국인의 상식으로 강이라는 것은 본래 상류에서 졸졸 흐르기 시작해 하류로 갈수록 물이 많아져야 하지만, 우즈베키스탄에서는 거꾸로다. 상류에서는 동부 산악지대(타지키스탄, 키르기스스탄)에서 눈이 녹아내리는 수량이 꽤 많지만 하류 사막지대로 갈수록 땅으로 흡수되는 물도 많고 농장이나 공장, 도시로 빠져나가 수량이 줄어든다. 실제로 나중에 러시아로 이동하면서 아무다리야강 하류 지역을 몇 번 지나갔는데, 동네 개천 수준으로 졸졸대고 있었다.

아무다리야강의 종착지인 아랄해는 1960년대부터 면적이 줄어들기 시작해 2010년 무렵엔 거의 말라버렸다고 한다. 바닷물이 표면에서 증발되는 만큼 새로운 물이 유입되지 못해서다. 인간이 큰 바다를 이렇게 쉽게 말려버릴 수 있다니 놀랍다. 아무튼 목화는 여전히 우즈베키스탄을 대표하는 농작물이고 지금도 늦가을에는 학생과 군인을 비롯한 많은 국민이 동원되어 목화를 딴다고 한다. 수많은 사람이 하얀 목화꽃을 따는 광경은 그 자체로 장관이라서 그걸 보러 오는 외국 관광객들도 있다고 한다.

딜숏은 우즈베크의 인종 구성에 대해서도 말해주었다. 우즈베크 사람들은 크게 봤을 때 튀르키예 사람들과 같은 튀르크족이다. 그런데 딜숏의 가족은 우즈베크인이 아니라 이란계(페르시안)라고 한다. 카자흐스탄에 북쪽에서 내려온 러시아계 사람들이 꽤 많았듯이 우즈베키스탄에는 남쪽에서 올라온 페르시아계 사람들이 많다. 특히 남쪽 국경 쪽에 있는 사마르칸트와 부하라에는 많은 사람이 우즈베크어와 이란어Farsi 둘 다 말할 줄 안단다.

이게 특이한 것인가? 아니다. 오히려 단일민족 단일언어를 쓰는 우리나라가 특이한 경우다. 한국이나 일본을 제외한 전 세계 대부분의 나라들은 우즈베키스탄이나 카자흐스탄처럼 다양한 민족들이 적절히 섞여 있기 마련이며, 언어도 여러 언어가 다양하게 쓰인다. 특히 국경 지대일수록 주민들은 다국적 문화를 보여주곤 한다. 국경이라는 것이 꼭 민족 분포에 딱 맞게 그어져 있는 것은 아니다.

마지막으로 딜숏은 내가 나중에 부하라에서 머물 수 있는 호텔을 추천해주었다. 올드게이트 호텔Old Gate Hotel은 자기 친구가 운영하는데 주요 관광지에서 가깝고 시설도 아주 좋다며, 친구에게 내가 갈 것이라고 미리 말해두겠다고 했다.

한참 수다를 떨다가 딜숏은 다시 사업상 통화를 하느라 바빠졌다. 혼자 창밖의 황무지를 멍때리고 바라보다 보니 어느덧 날이 어둑어둑해지고, 기차는 사마르칸트역으로 미끄러져 들어간다. 딜숏은 여기서

두 시간 더 기차를 타고 부하라까지 간다. 인사를 나누고 기차에서 내렸다. 사마르칸트에서는 하루 아니면 이틀을 머무를 생각이다. 니콜로 폴로와 마페오 폴로가 걸어왔던 길을 나는 기차를 타고 역방향으로 짚어가고 있다.

13
사마르칸트에서 본
문명

레기스탄 광장

사마르칸트 기차역 출구를 나오니 택시기사들 몇몇이 호객 행위를 하고 있다. 호텔 주소를 보여주고 요금을 물어보니 우리 돈으로 8000원 정도를 부른다. 10킬로미터 정도를 가는데 그 정도면 저렴하다고 생각해서 "오케이!"를 외쳤다. 내가 흥정도 하지 않고 덥썩 좋다고 하니 되려 운전사가 당황한 표정이다.

덩치 큰 운전사와 한마디 말도 없이 20분 정도를 달려 호텔에 도착했다. 트렁크에서 짐을 내리는데, 운전사는 자기가 짐 내리는 걸 도와주어야 할지 말아야 할지 결정하지 못하고 쭈뼛쭈뼛한다. 원래는 도와주지 않지만 내가 많은 요금을 냈으니 도와주어야 하는지 고민하는 것 같다. 나도 조금 우물쭈물하다가 그냥 직접 가방을 꺼냈다. 나중에 찾아보니 우즈베키스탄은 세계에서 택시비가 가장 저렴한 나라이며, 사마르칸트 기차역에서 레기스탄 광장까지 요금은 2000원이 적당

하다고 한다. 호객꾼이 8000원을 불렀을 때 내가 덥석 받아들자 운전
사가 당황했던 이유를 알 것 같다. 그래도 한국의 택시비를 생각해보
면 싸게 온 편이니까 빨리 잊어버리자고 생각했다. 운전사가 짐만 들
어주었더라도 기분 좋게 더 줬다고 생각했을 텐데, 바가지를 씌우더라
도 서비스를 잘하면 기분 좋게 넘어갈 수 있다는 것까지는 이곳 택시
기사들이 잘 모르는 것 같다.

호텔에 짐을 풀고 레기스탄 광장으로 나왔다. 학교 운동장만 한
사각형 광장을 세 개의 마드라사(이슬람 학교)가 디근 자 형태로 감싸고
있다. 마드라사 하나하나가 서울 올림픽공원의 '평화의문'만큼 큰 크
기인데 주변에 고층 건물이 없어서 더 높아 보인다. 그중 가장 오래된
것은 14세기 티무르왕조의 티무르 황제가 세웠는데 셋 중 가장 원형
이 잘 살아 있다고 한다.

레기스탄 광장은 시원하게 트여 있지만 디근 자 안쪽 공간으로 들
어가려면 입장료를 내야 한다. 입장료는 5만 숨(약 5000원)이고 밤 11
시까지 개방한다. 그런데 『론리플래닛』 가이드북을 보니 약간의 뒷돈
을 주면 '비공식 타워 투어'를 할 수 있다는 팁이 실려 있었다. 아니나
다를까, 매표소에서 표를 사는데 제복을 입은 직원이 작은 목소리로
"탑 위에 올라가고 싶은가?"라고 묻는다. "그렇다"고 하니, 울루그 베그
마드라사 쪽을 가리키며 "저 앞에 있으면 안내원이 갈 것"이라고만 말
한다. 그가 하라는 대로 마드라사 문 앞에 가서 기다렸다. 밤 9시가 넘
은 시간이라 주변은 한적하다.

곧 어디선가 제복 아닌 사복을 입은, 젊고 마른 남자가 다가왔다.
말이 안 통해서 뭐라고 하는지 잘 알아들을 순 없었지만 아무튼 내게

서 돈 얼마를 받아 챙기고는 대문 오른편에 있는 작은 쪽문의 자물쇠를 열어주었다. 선진국에서는 경험할 수 없는 느슨한 시스템. 내 뒤로 젊은 우즈베크 아가씨 한 명이 같이 따라 들어왔는데, 돈을 내지 않았는데도 남자가 벙글벙글 웃으며 잘해주는 걸로 보아서 그와 안면 있는 사이인 것 같았다.

쪽문 안쪽으로 들어가니 긴 복도가 있고 복도 끝에는 나선형 계단을 따라 탑 꼭대기로 올라가게 되어 있었다. 이런 식으로 계단을 타고 올라가는 전망대들은 유럽의 오래된 교회나 탑에서도 가볼 수 있긴 하지만, 지금 내가 올라가는 탑은 (적어도 공식적으로는) 관광객을 위해 정돈된 공간이 아니라서 옛 모습이 거칠게 많이 남아 있다. 14세기 티무르 대왕도 나처럼 여기 이 벽돌 벽을 붙잡고 계단을 올라갔을 거라 생각하니 기분이 묘하다.

아찔할 정도로 가파른 계단을 따라 끝까지 올라가니 머리를 내밀 수 있는 나무 뚜껑이 열려 있다. 따로 전망대가 있는 게 아니라 계단 끝에 서서 구멍으로 머리만 내밀고 밖을 구경하게 되어 있다. 멋있다기 보다는 좁은 계단을 딛고 있는 발이 후들거려서 무섭다는 생각이 든다.

탑을 나와 광장의 야경을 천천히 구경하고 있는데, 중학생쯤 되어 보이는 아이 하나가 내게 오더니 레이저쇼를 하니까 뒤쪽으로 나오라고 한다. 이 아이는 아까 그 탑 문 열어준 남자와 같이 어울리는 걸로 봐서 이 유적지를 운영하는 가족의 일원인 것 같다. 아이를 따라서 광장 한쪽으로 이동하니 거기엔 레이저 조명을 쏘는 장치들이 한가득 설치되어 있다.

많은 사람이 지켜보는 가운데, 20분짜리 레이저 쇼가 시작됐다. 중국의 여러 도시에서 봤던 것처럼 그냥 예쁘게 빛을 쏴준다거나 '우즈베키스탄이여 전진하라' 등의 문구를 보여주는 정도가 아닐까 생각했다. 하지만 그런 수준이 아니었다. 레기스탄 레이저쇼는 유라시아를 잇는 실크로드 교역의 중심지로서 인류 문명 1만 년을 압축해서 보여주겠다는 욕심으로 만든 초대형 스펙터클 대하드라마였다.

이집트 파라오부터 시작해 그리스의 알렉산더대왕, 중국의 진시황제와 몽골의 징기스칸, 티무르 황제 같은 인물들이 줄줄이 등장하고 역사상 대전쟁과 문명사의 중요한 순간들이 차례로 묘사됐다. 마치 역사 게임 〈문명Civilization〉에 나오는 시네마틱 영상을 보는 것 같았는데, 마드라사의 디귿 자 형태를 스크린X 상영관처럼 사용하다 보니 감동이 배가됐다. 누군진 몰라도 대단한 실력자가 만든 게 틀림없다. 물론 "이 모든 인류 문명의 중심에는 실크로드와 우리 사마르칸트가 있었다"는 우즈베키스탄 국가 찬양이 첨가되긴 했지만, 그걸 감안하고서도 볼만한 쇼였다. 숙소로 돌아가는 길에 근처 양꼬치와 소고기 꼬치, 만두로 배를 채웠다.

둘째 날 찾은 곳은 비비-카늼Bibi-Khanym 모스크라는 곳이다. 레기스탄의 마드라사와 비슷하게 생겼는데 나는 이곳이 참 마음에 든다. 말끔하게 복원된 레기스탄과는 달리, 이 모스크는 앞에만 멀쩡할 뿐 뒤쪽은 지진이나 세월의 풍파로 인해 부서지고 무너진 곳들이 적당히 노출되었다.

비비-카늼 모스크는 건설된 사연도 재미있다. 공식적인 설명은 티무르가 인도 원정에서 돌아온 후 부하들에게 큰 모스크를 지으라고 명령했다는 것. 하지만 모스크 현장에 있는 안내판은 조금 다르게 설명한다. 티무르가 원정을 떠난 동안 그의 아내가 남편을 위한 깜짝 선물로 준비했다는 것이다. 당시엔 해외 원정이라는 게 한 번 떠나면 3~4년씩 걸리니까 아내가 이런 초대형 깜짝 파티도 준비할 수 있었던 것 같다. 돔의 높이는 40미터나 된다.

다른 유적지들도 몇 군데 둘러보고, 심카드를 구입한 후 레기스탄 광장으로 돌아와 광장 앞 한식당에서 제육볶음 정식을 먹었다. 어제 이 앞을 지나가다가 발견하고 '아니 여기에 한식당이?' 하고 놀랐던 곳이다. 사장님이 한국분이시고 대형 TV에서는 한국 뉴스가 나와서 밥 먹는 동안은 여기가 한국인가 싶었다. 맛도 가격도 만족스러웠다.

밥을 먹고는 호텔에 돌아와 짐을 챙겼다. 바로 내일 러시아로 떠나는 기차를 타야 하기 때문이다. 이 기차를 놓치면 일주일을 기다려야 한다. 사마르칸트와 부하라를 천천히 둘러보면서 일주일을 기다릴까도 생각해봤는데 오늘 사마르칸트를 보고 나니 일찍 떠나도 되겠다는 판단이 섰다. 이슬람 유적들이 멋있긴 하지만 혼자서 여행하기에 좀 외로운 동네라는 기분이 든다. 원래 2박을 예약했던 호텔에서는 내가 오늘 떠나겠다고 하니 흔쾌히 1박치를 돌려줬다.

우리나라의 국민 경차가 이곳에?

사마르칸트에서 부하라까지는 약 200킬로미터고 기차로는 세 시간이 걸린다. 기차를 타려고 했는데, 우즈베키스탄의 택시비가 싸다는 이야기를 들으니 택시를 타볼까 하는 생각이 들었다. 나는 오늘 안에 부하라 구경도 끝내야 한다. 두 도시 모두 기차역이 외곽에 있어서 역까지 오가는데도 시간이 꽤 걸린다는 걸 생각하면 그냥 기차 말고 택시를 타는 게 나을 것 같기도 하다. 마침 심카드도 새로 사서 끼웠기 때문에 얀덱스 택시 앱도 쓸 수 있다.

얀덱스 앱은 여기서 부하라까지 가는 요금은 소형택시 기준 약 5만 원 나온다고 보여준다. 비싸다면 비싸지만, 서울에서 부산 가는 KTX 값이라 생각하면 못 낼 정도도 아니다. 조금이라도 시간을 아껴 구경을 더 하자는 생각에 과감하게 택시 호출 버튼을 눌렀다. 잠시 후 호텔 앞에 나타난 차는⋯ 귀염둥이 마티즈. 소형택시라고 해서 경차가 올 줄은 몰랐다.

검은색 구형 모델이고 딱 보기에도 엄청 낡았다. 마일리지가 궁금해서 계기판을 보니 계기판 전체가 고장이 나서 죽어 있다. 지금 달리는 속도가 몇인지, 기름은 얼마나 남았는지 알 방법도 없다. 한 100만 킬로미터는 달리지 않았을까. 청소 상태도, 관리 상태도 엉망이었다. 굴러가는 게 신기할 정도다.

뒤에 앉으면 멀미가 날 것 같아 앞자리에 앉았지만 승차감이 워낙 나빠서 고문당하는 것 같다. 옆으로 멀쩡한 자동차들이 쌩쌩 추월해가고 우리 마티즈는 터덜터덜 완행버스처럼 천천히 간다. 경치도 볼 게 없다. 일반 택시였다면 세 시간이면 갈 사마르칸트-부하라 구간을 여섯 시간이 걸려서 도착했다. 아니 이럴 거면 손님을 태우지 말았어야 하는 것 아닌가? 아저씨도 답답하겠지. 인상도 무서워서 화도 못 내겠다. 그냥 조용히 앉아서 부글부글 끓다가, 그냥 오늘 부하라 구경은 포기했다. 포기하니 마음이 편해진다.

어제 기차에서 사업가 딜숏이 소개해준 부하라 올드게이트 호텔에 도착하니 밤 10시가 다 된 시간이었다. 운전기사도 이 차를 몰고 장거리 운전은 처음인가 보다. 나를 호텔 앞에 내려놓고는 집에 돌아갈 생각을 안 한다. 본인이 여행이라도 온 듯, 처음 만나는 호텔 직원과 한참 동안 웃고 떠들었다. 고물차 타느라 5만 원이나 내고, 시간은 늦을 대로 늦어버린 나만 허탈할 뿐이다. 그런데 이 아저씨는 집에 어떻게 돌아갈 것인가? 이 깜깜한 밤길을 다시 여섯 시간 달려서? 아니면 근처 어디에서 적당히 잠을 자고 갈까? 어쩌면 올드게이트 호텔에서 자고 갈지도 모르겠다.

대우의 흔적

우즈베키스탄에는 마티즈나 다마스 같은 옛 대우차들이 많다. 당시 세계 경영을 추진하던 대우그룹과 자국 내 자동차 생산을 꿈꾸던 우즈베크 정부의 이해관계가 맞아서, 중앙아시아 최초의 자동차 공장을 우즈베키스탄에 설립했다고 한다. 우즈베크 사람들의 자존심을 세워준 것이다.

IMF 위기 때 대우그룹이 해체되고 이 자동차 공장은 미국 GM사에 넘어갔다. 대우는 공장을 만들기만 하고 별로 사용하지도 못했다. 그래도 대우 브랜드에 대한 우즈베크 국민의 신뢰가 높아서, 그 후로도 10년 이상 GM은 여기서 생산되는 자동차에 대우 로고를 달았다.

지금까지도 마티즈와 다마스 모델이 계속해서 생산되고 있다. 우즈베크의 국민차다.

예전에 파키스탄에 여행 갔을 때도 대우 브랜드파워에 놀란 적이 있다. 그 나라에서 가장 신뢰받는 고속버스가 '대우 버스'였다. 알고 보니 대우건설이 1997년에 파키스탄 최초의 고속도로를 부설했고, 그때 고속버스 노선도 같이 구축해주었다고 한다. 그때까지 파키스탄에서 버스라 하면 정시 출발이 아니라 사람이 다 찰 때까지 기다려서 떠나는 서비스였는데, 대우가 최초로 정시에 칼같이 출발하는 고속버스 서비스를 선보인 것이었다. 파키스탄에서도 대우라는 브랜드는 선진 문명의 상징이었다.

딜숏의 친구가 운영한다는 올드게이트 호텔은 부하라의 오래된 요새 성벽 바로 앞에 있다. 붙임성 좋은 고양이 한 마리와 아저씨 직원이 날 맞아주었다. 방값은 30달러. 이번 여행에서 현재까지 가장 저렴한 숙소다. 동시에 가장 마음에 드는 숙소이기도 하다. 2층에 있는 내 방은 아주 널찍했고, 인터넷도 잘되고, 드레스룸과 발코니까지 있었다. 최소한 20년 전, 땅값이 저렴하던 시절 누군가 큰맘 먹고 제대로 된 숙박시설로 만든 집 같았다. 내부 장식도 멋지다. 로비에 있는 고양이도 무척 붙임성이 좋고 귀엽다.

거리엔 시원한 가을밤을 즐기는 관광객들이 많았다. 부하라 역시 사마르칸트처럼 관광지로 잘 가꿔진 도시였고, 자동차가 들어오지 않는 인도를 따라 이슬람 유적들과 식당, 카페들이 적절히 잘 어우러져 있었다. 사마르칸트가 대도시인데 반해 부하라는 오직 관광이라는 목적을 갖고 짜인 소도시라서 놀러 다니기에는 더 좋아 보였다. 올드게이트 호텔에 좀 더 오래 머물면서 충분히 구경하면 좋겠지만, 내일 아침 8시에 러시아로 떠나는 기차를 타야 하니 이제 돌아가야 한다. 한 시간 정도 아름다운 밤거리를 걷고 사진을 찍다가, 늦게까지 문을 여는 카페에서 티라미수 케이크를 먹고 호텔로 돌아왔다.

다음 날 아침 6시 30분에 방을 나서니 호텔 식당에 이미 내 아침 식사가 차려져 있다. 우아한 외모의 젊은 부인이 음식을 가져다주며 인사를 건넨다. 딜숏에게 내가 온다는 이야기를 들었다며, 자기가 딜숏 친구의 아내라고 한다. 어젯밤엔 너무 늦어서 인사를 못 했기에 오늘 새벽같이 일어나 본인이 직접 내 아침을 만들었단다.

사장님은 신선한 치즈와 요구르트, 그리고 다른 우즈베크 음식들을 정말 많이 차려주었다. 내 입맛에 꼭 맞지는 않아서 약간 억지로 먹은 감도 있지만, 어쨌든 그 마음이 고맙다. 사장님은 택시도 불러줬다. 이번엔 마티즈가 아니고, 속도 씽씽 나오는 세단 차량이다. 휴… 감사 인사를 남기고, 의자 위에서 배를 드러낸 고양이를 한 번 쓰다듬어준 후 올드게이트 호텔을 나왔다.

14
볼가-타슈켄트
철도

10월 12일 아침 8시 13분. 우즈베키스탄의 부하라역에서 러시아 볼고그라드로 떠나는 기차에 올랐다. 예상 도착시간은 이틀 후인 10월 14일 오전 9시 31분. 표에 나와 있는 시간으로는 49시간 18분이 걸리지만 두 도시 사이에는 두 시간 시차가 있어서 실제로는 51시간 18분이 걸린다. 중앙아시아를 거쳐 러시아로 빠져나가는 이 구간은 볼가-타슈켄트Volga-Tashkent 철도라고 불린다. 러시아 볼가강 유역과 우즈베키스탄의 타슈켄트를 잇는다는 뜻. 길이도 길지만 옛 소련 때 만들어진 구형 열차만 다녀서 이번 여행에서 가장 육체적으로 피곤한 구간이 될 것 같다.

사실 이런 기차 노선을 찾아낸 나 자신이 대견했다. 실크로드 여행 백과사전인 카라바니스탄Caravanistan 사이트에서 존재를 알게 됐고, 러시아와 카자흐스탄과 우즈베키스탄 철도 사이트를 뒤져서 결국 표를 발견했다. 코로나19 이전에는 카스피해까지 가서 배를 타고 아제르바이잔으로 넘어갈 수도 있었다고 하는데 현재는 화물만 싣는다

고 한다. 그러니 내게는 러시아를 거쳐 가는 이 볼가-타슈켄트 철도가
유럽으로 나가는 유일한 대안이 됐다.

　그런데 러시아는 우크라이나와 전쟁 중이다. 이 철도의 종착역인
볼고그라드는 우크라이나 전선에서 그리 멀지 않다. 한국인 입국 금지
지역은 아니지만 그래도 불안하긴 하다. 과연 안전할까? 한국에서 온
사람에게 적대적이지 않을까? 여러 정보를 찾아보고 조언을 들어보니
내가 정신만 똑바로 차리면 괜찮겠다는 판단이 선다. 특히 러시아에서
오래 살아 현지 네트워크가 많은 친척의 조언이 도움이 됐다.

열차 내부는 낡았지만 깨끗했다. 우리 칸에는 나, 그리고 나의 이모와 닮은 아주머니가 한 분 타셨다. 둥그런 얼굴에 방글방글 웃는 인상이 좋으시다. 아주머니는 루마니아에서 혼자 여행을 왔는데 사마르칸트와 부하라를 구경하고 키바로 가는 길이었다. 키바는 여기서 여섯 시간 반만 가면 되는 거리다. 왠지 학교 선생님 같아서, 영어로 "혹시 교사이신가요?"라고 물으니 거의 바닥에 누울 정도로 배를 잡고 웃는다.

"맞아. 교사로 일했고 지금은 은퇴했어. 어떻게 알았어?"

"교사 같아 보이세요."

그랬더니 또 킥킥 웃는다.

"사실 루마니아에서도 그런 얘기 많이 들어!"

세계 어디나, 학교 선생님으로 오래 일하신 분들은 다 인상이 비슷한가 보다. 콕 집어서 무엇 때문이라고 말은 못 하겠지만 말이다.

아주머니 혼자서 중앙아시아 여행하시는 게 힘들거나 무섭지 않으신가 싶기도 했는데, 일단 옛 소련 시절에 교육받은 세대라 러시아어를 제2 외국어로 배웠고 우즈베키스탄에서도 말이 잘 통한다고 한다. 와 그렇구나. 서구 사람들과 한국 사람들이 영어로 소통하는 것처럼, 동유럽 사람들과 중앙아시아 사람들은 러시아어를 공용어로 소통할 수 있다는 걸 처음 깨달았다. 물론 동유럽에서도 소련 연방이 붕괴된 후에 학교를 다닌 40대 미만은 러시아어보다 영어를 더 많이 배웠겠지만, 나이 드신 분들은 여전히 러시아어가 편할 것이다.

차창 밖으로는 사막도 보이고 목화밭도 보인다. 수확 철이 다가오는지, 목화밭에는 목화송이들이 많이 맺혔다. 저 넓은 밭에서 다 어떻게 손으로 따나 싶다. 미국에선 기계로 목화를 수확한다는데, 우즈베키스탄은 여전히 사람 손으로 딴다고 한다.

루마니아 선생님은 러시아어에 비해 영어 어휘는 짧으시다. 서로 할 말이 떨어져서 조용히 앉아 있는데, 한 남자가 노크를 하고 우리 방문을 열었다. "한국 사람이세요?" "네!"

우리 방을 찾으신 분은 여행사 대표이자 여행작가인 서병용 작가님. 선생님은 러시아어를 아셔서 중앙아시아를 비롯해 조지아와 코카서스 지역을 많이 다니셨고 우리나라 최초의 조지아 여행 가이드북도 출간하셨다고 한다.

우리는 루마니아 선생님께 폐가 되지 않기 위해 비어 있는 서 작가님의 객실로 옮겼다. 서 작가님은 식당칸의 주방장을 불러서 객실로 음식을 주문하셨다. 와, 이런 것도 가능하구나. 여행 전문가는 역시 다르시다. 내가 이제 러시아 남부를 거쳐 조지아에 들어갈 거라고 하니 마치 고향에 가는 사람을 만난 것처럼 반가워하며, 조지아에서 가봐야 할 곳들과 먹어야 할 음식들, 주의해야 할 점들을 알려주셨다.

간밤의 추위

몇 시간 후. 서 작가님과 루마니아 선생님을 포함한 대부분의 승객은 키바 인근의 기차역에서 내렸다. 열차 안은 조용해졌다. 내 방엔 나 혼자이고 우리 객차를 다 털어봐도 10명 정도만 남았다. 기차는 완행이라 역마다 정차한다. 복도를 오가는 객차 차장과 안면이 익어서 "언제 출발하냐"고 물어볼 정도의 말문을 텄다. 꽤 길게 정차하는 역에서는 열차에서 내려 화장실도 가고 커피와 간식도 산다.

저녁을 먹고 잠시 멈춘 어느 역에서 나의 객실에 새 동행이 생겼다. 레슬러 같은 거구의 남성으로 제복 차림이다. 그는 나에게 무표정하게 눈인사만 하더니 입고 있던 옷을 벗고 침대에 눕는다. 분명 여행객은 아니고 업무적인 필요로 기차를 탄 사람 같다. 열차 차장과도 이야기를 나누는 걸 보니 우즈베크 철도청 소속이 아닌가 싶다.

밤이 되니 열차 안의 기온이 뚝 떨어진다. 사막이라 그런가. 입김이 나올 정도의 추위는 아닌데 덜덜 떨리게 으슬으슬하다. 덩치 큰 사내는 추위를 잘 견디는 것 같지만 나는 그렇지 않다. 온갖 옷을 꽁꽁싸매 입었는데도 춥다. 너무 추워서 뭔가 해결책을 강구하고 싶지만, 철도회사 소속인 사내는 너무 태평하게 자고 있으니 나 혼자 뭐라고할 수가 없다. 이 기차는 원래 이런가. 내가 너무 곱게 살아왔나. 덜덜떨면서 잠을 설친다.

아직 깜깜한 새벽인데, 기차가 멈추고 밖에서 시끌시끌한 소리가들린다. 우즈베키스탄과 카자흐스탄의 국경에 도착한 것이다. 카자흐스탄에서 우즈베키스탄으로 들어올 때 그랬던 것처럼 여기서도 방 안에 가만히 앉아 있으면 심사원이 방에 들어와 여권을 검사한다. 마약견도 들어와 냄새를 맡고, 간단히 가방 안도 훑어본다. 전 세계에서 환영받는 한국인은 역시나 무사 통과. 룸메이트였던 덩치 큰 사내는 제복을 갖춰 입고 손을 흔들더니 밖으로 나가고 돌아오지 않는다. 국경이 그의 목적지였나보다. 나는 다시 혼자다.

국경을 넘었으니 시계도 다시 맞춰야 한다. 이 볼가-타슈켄트 철도는 독특하게도 시계를 앞으로 한 시간, 뒤로 세 시간 돌려야 한다.

카자흐스탄 때문이다. 원래 카자흐스탄, 우즈베키스탄, 러시아의 표준시간대는 차례대로 이렇게 정해져 있다.

카자흐스탄: 한국 +3시간
우즈베키스탄: 한국 +4시간
러시아(모스크바): 한국 +6시간

카자흐스탄은 우즈베키스탄을 보쌈하듯이 양쪽에서 감싸고 있다. 그런데 이 나라의 표준시간대는 동쪽 끄트머리에 있는 알마티 기준으로 되어 있다. 그러다 보니 우즈베키스탄에서 서쪽으로 기차를 타고 카자흐스탄으로 넘어갈 때는 시계를 뒤로 늦추는 게 아니라 오히려 알마티 시간에 맞춰 앞으로 당겨야 하는 상황이 발생하는 것이다. 그러다가 몇 시간 후 러시아로 국경을 넘어가면 다시 뒤로 시계를 돌려 1+2=3시간을 뒤로 늦춰야 한다. 육로여행을 하면서 희한한 경험을 다 해본다.

카자흐스탄 국경경비대가 입국심사를 마치고, 열차는 다시 출발한다. 불도 꺼진다. 하지만 나는 다시 잠에 들지 못하겠다. 너무 춥다. 살면서 이렇게 추웠던 적이 없는 것 같다. 옆자리 덩치 큰 사내가 덮던 이불까지 가져와 덮어 보지만 소용이 없다. 다른 칸에 탄 사람들은 어떻게 견디는지 알 수가 없다. 참다못해 차장을 찾아가 너무 춥다고 말했더니 알겠다고 하며 일단 방에 가 있으라고 한다. 하지만 달라지는 건 없다. 계속 춥다. 그나마 식수대에서 따뜻한 물을 받아서 차를 타 마시면서 밤을 버텼다.

냉골 기차의 수수께끼는 둘째 날 점심때 풀렸다. 낙타들이 노니는 카자흐스탄 황무지를 달리는 와중에, 더운 물이라도 마실까 해서 다시 복도에 나왔다. 그때 건너 방에서도 누군가 문을 열고 나오는데, 아니 글쎄 따뜻한 온기가 안에서부터 확 풍겨 나오는 것이었다. '어? 이게 뭐지?'라는 생각이 들어 안을 슬쩍 들여다보니 그 방에 있는 사람들은 아예 반소매 차림이네?

분노와 안도감이 동시에 들었다. 나만 춥게 지낸 건 화가 나지만, 이제부터라도 따뜻하게 지낼 수 있어서 다행이다. 차장에게 달려가, 내 방으로 좀 와보라고 했다. 나는 이렇게 얼어 죽을 것 같은데 다른 방에선 반소매를 입고 있는 게 말이 되는가! 라고 불쌍한 표정을 지으며 번역기를 돌려 항의했다. 지금까지는 내 말에 별 관심이 없던 차장이 창문 아래쪽 바닥에 손을 넣어보더니 깜짝 놀란다. 원래 거기가 따뜻한 바람 나오는 곳인가 보다. 이번에는 천장을 열고 그 위로 훌쩍 올라가 파이프들을 이리저리 만져보더니, 가망이 없다는 표정으로 내려온다. 그는 나에게 옆 칸으로 이동하라고 손짓한다.

옆 객실은 초여름 기온이다. 아늑하고 따뜻하기 그지없다. 하긴, 아무리 열차가 낡고 오래됐다고 해도 난방이 전혀 없을 리야 없다. 내 방만 난방장치가 고장 났던 것이다. 지금까지 덜덜 떨었던 것을 생각하면 억울하지만(표도 수십만 원인데!), 그래도 당장 추위에서 벗어났단 사실에 행복하다.

둘째 날 밤. 기차는 가다 서다를 반복하다 밤늦은 시간 러시아 국경에 도착했다. 국경경비대원은 타이프라이터처럼 생긴 통신장비를 이용해 여권을 스캔하고 입국심사 카드에 도장을 찍어준다. 러시아는 우크라이나와 전쟁 중이고 우리나라를 비롯한 여러 나라의 경제 제재를 받고 있지만, 한·러 양국 국민은 여진히 양국에 무비자 입국이 가능하다.

드디어 러시아다! 러시아 땅에 들어오니 주변 환경이 확 바뀐다. 낙타가 노닐고 목화꽃이 피는 중앙아시아의 사막은 사라지고, 대신 풀이 자라는 들판과 고층건물이 있다. 강도 있다. 우즈베크처럼 냇물같이 졸졸거리는 강이 아니라, 한강보다도 넓고 바다처럼 거대한 볼가강이 기찻길과 교차해 흐른다. 열차가 볼가강을 건널 때는 객차에 있는 사람들 모두 복도에 나와서 감탄사를 연발한다. 이 기나긴 기차여행을 참아내고 드디어 목적지에 다다르자 설레고 기쁜 표정들이다.

볼고그라드 시내에 다가가며 기차는 이곳의 명물인 '조국의 어머니Motherland Calls' 조각상을 지나간다. 옛날에 유럽을 떠나 미국으로 이주하는 이민자들은 배가 뉴욕항에 들어설 때 자유의 여신상을 보면서 새로운 인생이 시작됨을 느꼈다고 한다. 마찬가지로, 냉전 시절 중앙아시아에서 러시아로 기차를 타고 들어오는 사람들 역시 이 조국의 어머니상을 보면서 소련 연방의 힘을 느꼈을 것이다. 일부러 그런 위치에 조각상을 세운 게 아닌가 싶다.

지난 2박 3일 동안 사무적이고 경직된 얼굴로 일했던 객차 차장도 어느새 사복으로 갈아입고 표정도 능청스러워졌다. 그는 내게 볼고그라드에 왜 가냐고 묻는다. 내가 '조국의 어머니' 상을 구경할 거라고 하자, 그는 칼을 든 모습을 흉내낸다. 그러더니 갑자기 흥분해서는, "아메리카! 스태추 오브 리버티! 헤드! 컷! 컷!"이라 외치고, 칼을 들어

누군가의 목을 베는 듯한 몸짓을 한다. '조국의 어머니상'이 들고 있는 칼로 미국 '자유의 여신상'을 벤다는 듯하다. 갑자기 왜 저러지. 항상 차분하고 조용한 모습만 보여주던 차장이 갑자기 흥분하니 조금 당황스럽다. 미국인들은 이 지역을 여행하기 어렵겠구나.

차장의 몸 개그와 함께, 우리 열차는 출발한 지 51시간만인 10월 14일 오전 9시 러시아 남부의 중심도시 볼고그라드역에 도착했다. 마티즈 택시 탑승으로 골병이 들고 곧이어 난방 안 되는 기차를 탄 나는 지난 사나흘간 팍삭 늙은 기분이다. 동시에 아시아를 지나 이제 유럽에 도착했다는 사실이 공기에서부터 느껴지는 것 같아 설레기도 한다. 내 주변에서 가본 사람이 하나도 없는 미지의 도시, 볼고그라드는 과연 어떤 곳일까. 왜 이 도시에 칼을 든 여성의 거대 조각상이 있을까. 이제 내 눈으로 확인해볼 차례다.

15
루블 환전
대환장 쇼

볼고그라드는 2차 세계대전에서 독일군에게 패퇴하던 소련군이 처절한 반격에 성공해 전쟁의 흐름을 바꿨던 곳이다. 그래서 이 도시는 인류 역사상 가장 많은 사람이 가장 짧은 시간에 죽은 전투의 현장이기도 하다. 독일군과 소련군이 맞붙어 단 199일 동안 양측 군인과 민간인이 200만 명 사망했다. 200명도 아니고, 2만 명도 아니고, 200만 명이다. 하루 1만 명씩 200일 동안 죽어 나간 셈.

배우 주드 로가 주연한 영화 〈에너미 앳 더 게이트(2001)〉를 보면 이 전투의 참상이 잘 그려져 있다. 먼저 서쪽에서부터 쳐들어온 독일군이 우월한 화력을 이용해 볼가강 서안의 스탈린그라드(볼고그라드의 옛 지명) 도심을 점령했는데, 소련군은 강 건너 동쪽에서 계속 기차와 통통배로 병사들을 실어 나르며 인해전술로 반격한다. 무기가 부족하니 병사 2인당 총은 한 자루만 주면서 "앞사람이 쓰러지면 뒷사람이 그 총을 들라"고 명한다. 이렇게 막대한 희생을 감수하면서 끝없이 밀려오는 소련군에 질려버린 독일군. 겨울이 오며 추위에 지치고 탄약까지 떨어진 독일군은 스탈린그라드에 갇혀 소련군에 포위당해 전멸한다. 물량 앞엔 장사 없다. 이 전투가 2차 세계대전 전체에서 가장 중요한 분수령이 됐다. 영국 배우 주드 로는 소련군의 전설적인 스나이퍼 바실리 자이체프 역을 연기했다. 몇 번을 봐도 질리지 않는, 내가 정말 좋아하는 영화다.

중앙아시아에서부터 기차를 타고 볼가강을 내 눈으로 보며 볼고그라드에 도착하니 히틀러와 스탈린이 왜 이 도시에 그렇게까지 집착하며 수백만 명의 목숨을 희생시켰는지 알 것도 같다. 볼고그라드는 러시아와 캅카스 유전지대, 중앙아시아를 잇는 요지다. 볼가강을 따라 위로는 모스크바부터 아래로는 카스피해까지 물자를 대규모로 이동시킬 수 있는, 철도 물류와 해운 물류의 교차점이다. 심지어 마르코 폴로의 『동방견문록』에도 이 지역이 등장한다. 니콜로 폴로와 마페오 폴로가 처음 중국으로 떠났을 때도 볼가강을 따라 올라와 한동안 머물다가 중앙아시아로 떠났다는 대목이 있는데 현재의 볼고그라드 부근일 것으로 추측한다.

내 달러를 받아다오

열차에서 내려 볼고그라드역 안의 환전소를 찾았다. 내 수중에는 러시아 돈, 루블화가 전혀 없다. 달러만 두둑이 가져왔다. 카자흐스탄에서 우즈베키스탄으로 넘어갈 때 누군가 나타나 환전해줬던 것처럼 여기서도 기차 안에서 누군가에게 돈을 바꾸면 되겠지 생각하고 있었는데 추위에 시달리다 보니 환전하는 걸 그만 잊었다. 기차역 안에 있는 ATM 기계에 비자카드와 마스터카드와 은행 체크카드를 차례로 넣어봤지만 모두 현금인출이 되지 않았다. 우크라이나 전쟁으로 인한 서방의 경제 재제 때문이다. 그래도 달러는 전 세계에서 통용되는 화폐니까, 내 달러를 루블로 바꿔줄 만한 사람이 있을까 해서 기차역 안을 한 바퀴 둘러보았지만 돈을 바꿔줄 만한 사람은 보이지 않는다. 총을 메고 있는 경찰에게 물어보니 이 주변엔 환전소가 없다면서, 은행에 가보라 했다.

너무나 달라진 분위기에 적응이 잘 안 된다. 중앙아시아에서는 기차역에 내리면 모든 사람이 외국인인 나를 주목하고, 내게 뭔가를 팔고 싶어하고, 나를 자기 택시에 (바가지 가격으로) 태우고 싶어했는데 여기 러시아에선 아무도 나에게 신경을 안 쓴다. 괴롭히는 사람도 없지만 먼저 도움을 주려는 사람도 없다. 뭐 그것도 나쁘진 않다. 문제는 내가 지금 물 한 병 사 먹을 방법이 없다는 것이다. 목이 탄다.

내가 예약한 민박집 주인과는 오후 2시에 만나 열쇠를 받기로 했다. 지금은 경제 제재 때문에 부킹닷컴, 에어비앤비 등 서구의 숙박 예약 사이트들은 러시아에서 사용할 수 없다. 대신 오스트로보크 Ostrovok.ru에서 신용카드로 예약할 수 있다. 민박집은 기차역에서 걸어갈 수 있는 거리다. 지금이 오전 10시니까 약속 시간까지는 네 시간이나 남았는데, 돈이 없으니 밥도 먹을 수 없고 카페에 갈 수도 없다. 공원에 앉아서 기다려볼까 했는데 그러기엔 날씨가 쌀쌀하고 노숙자 같아 보일까 걱정이다. 빨리 환전해서 따뜻한 카페에 가서 따뜻한 커피 한잔하고 세수도 좀 하고 싶다. 2박 3일 동안 씻지도 못하고 제대로 눕지도 못해 힘들다. 게다가 자동 로밍을 켜둔 휴대전화도 '하루 데이터 용량을 모두 소진했다'면서, 카톡만 보낼 수 있을 정도의 속도로 내려가버렸다. 이 속도로는 구글맵 보는 것도 잘 되지 않는다. 어떻게든 환전을 해줄 만한 사람을 찾아보자 싶다. 그래도 도시니까 어딘가엔 환전소가 있겠지.

그나마 다행인 것은 문자로로 나를 지원해줄 사람들이 있다는 것. 특히 친척 가운데 러시아에서 오래 살아서 러시아어도 능통하고 지인도 많은 분이 하나 있다. 공원 벤치에 앉아 친척에게 문자를 보내서 '이 근처에 있는 은행들을 좀 찾아달라'고 부탁했다. 한국시간으로 토요일 오후라서 집에서 쉬고 있던 그는 바로바로 검색해서 답을 주었다. 그렇게 받은 주소를 들고 무거운 짐가방을 끌면서 근처 은행들을 찾아 나섰다. 루블화 환전 대환장 쇼의 시작이다.

알파뱅크 처음 찾아 들어간 은행은 고급스러운 프라이빗 뱅크 느낌이다. 직원들은 모두 다른 손님과 상담 중이고 내쪽을 쳐다보지도 않는다. 세수도 못 해 꾀죄죄한 나의 모습이 내가 보기에도 부끄럽다. 직원 한 명의 말을 끊고 "익스큐즈 미"라고 말하니 그는 화를 내듯이 인상을 쓰면서 "웨이트!"라고 말한다. 한참을 기다리다가 다시 말을 걸었다. "질문 하나만 합시다. 환전하고 싶은데 여기서 해줍니까?"라고 물으니 그는 "노"라고 짧게 답하고 휙 돌아선다.

MTS 뱅크 두 번째 은행. 창구에 가서 달러를 보여줬더니 "달러는 환전이 안 된다"고 한다. 아니 세상에 달러를 환전 안 하면 무슨 돈을 환전하는데? 그놈의 전쟁 때문이다. 엄밀히 말해 러시아가 달러화를 금지한 게 아니고 미국을 비롯한 서구 국가들이 경제 제재의 일부로 러시아 은행들과 금융전산망을 끊어버렸다. "그럼 어디서 달러를 바꿀 수 있습니까?"라고 물으니 "스베르방크에서는 해줄지도 모르지만 확실하진 않습니다. 한번 가보세요"리고 말한다.

스베르방크 스베르방크는 러시아 국영은행이다. 멀리 있다. 캐리어를 덜덜덜 끌고 또 한참을 걸어갔다. 20분 정도 걸어갔는데 문이 닫혀 있다. 국영은행이라 토요일은 영업을 안 한다.

우체국 은행 다시 역 근처 우체국으로 돌아갔다. 은행 업무도 취급하는 것 같아 번호표를 뽑았다. 잠깐 기다리는데 할머니 두 명이 러시아말로 뭔가를 물어보신다. "저는 외국인인데요?"라고 말하려다가 할머니들 원하시는 게 번호표 같아서 웃으며 번호표를 뽑아드렸다. 다른 고객들도 나이 드신 분이 많다. 아무래도 달러 환전은 안 해줄 것 같아서 그냥 나왔다.

은행 네 곳에서 허탕을 치고 터덜터덜 걷다가 여행사 같아 보이는 곳을 만났다. 문을 열고 들어가니 신경질적인 표정을 하고 여기저기 문신을 한 여자가 일하고 있다. "달러를 환전해주나요?"라고 물으니 나를 쳐다보지도 않고 스마트폰만 보며 "노"라고 말한다. 다른 손님도 없는데 너무 차갑네. 난 정말 울고 싶은 기분이다. 다시 "그럼 어디서 환전해주는지 알려줄 수 있나요?"라 물으니 직원은 '에이 귀찮게…' 하는 표정으로 휙휙 주소를 적어준다. 거의 인간 취급을 못 받는 기분이지만 그거라도 고마워서 큰절을 하고 나왔다. 종이에 적혀진 번지수로 다시 20분을 걸어갔다. 작은 쇼핑센터 같은 시장 건물이다. 아무리 둘러봐도 은행도, 환전소도, 환전소 비슷한 것도 없다. 옷 가게, 휴대전화 가게, 구두수선소 같은 것뿐. 혹시 이 쇼핑센터의 ATM에서 돈을 찾으라는 말인가. 쇼핑센터 문 앞에 ATM 기계가 몇 대 몰려 있기에 그중 가장 온순해 보이는 초록색 기계에 내 카드를 넣었다. 제발 이중 하나라도 현금인출이 되기를! 온순해 보였던 녹색 ATM 기계는 내 카드를 받자마자 먹통이 되고 화면도 녹색으로 바뀌었다. 윈도에 블루스크린이 있다면 ATM에는 그린스크린이 있나 보다. 아무것도 작동하지 않고 카드도 밖으로 나오지 않는다. 정말 울고 싶어진다.

이제 환전은 필요 없으니 신용카드만이라도 돌려달라고 울부짖고 싶다. 바로 앞에 경비실이 있길래 경비 할아버지에게 도움을 요청한다. "저 기계가 내 카드를 먹었어요"라고 영어로 이야기했다. 할아버지는 당연히 영어를 모르시고 나에게 큰 관심도 없지만, 내가 거의 붙잡다시피 해서 ATM의 그린스크린 화면을 보여주니 그제야 상황을 파악하신다. 하지만 자기가 할 수 있는 건 없다는 표정으로 ATM 기계에 붙어 있는 안내 전화번호를 가리킨다. 전화를 걸었다. 러시아어 안내 멘트를 알아들을 수 없으니 그냥 0번을 눌렀다. 조금 기다리니 어떤 남자가 전화를 받았다. 그에게 영어로 상황을 설명하는데 서로 말이 잘 안 통해서 대화에 진전이 없다. 다시 경비 할아버지를 불러서 전화를 바꿔줬다. 할아버지가 싫다고 손을 젓는데 나는 그냥 막무가내로 전화기를 할아버지 손에 쥐어드렸다.

나의 강요에 전화를 대신 받은 경비원 할아버지는 한참 이야기를 했다. 나를 대신해서 은행 측에 항의하는 듯했다. 그러더니 메모지 두 장에 뭔가를 적어주었다. 구글 번역기로 할아버지의 말을 통역하니 "오늘은 이미 은행 문을 닫았으니 월요일에 이 주소로 찾아가면 신용카드를 받을 수 있다"고 하신다. 첫 번째 메모지는 그 은행 주소이고 두 번째 메모지는 이곳 쇼핑센터의 주소다. 딱딱했던 첫 모습과 달리 열심히 도와주신 할아버지가 고맙다. 다소 가벼워진 마음으로 쇼핑센터를 나와 볼가강 강변에 가서 앉았다. 현금만 없던 30분 전에 비하면 이제는 현금뿐 아니라 신용카드까지 없으니 마이너스가 된 상황. 그래도 아까는 혼자서 정말 지치고 힘들었었는데 할아버지 경비원의 친절을 경험해서 마음은 오히려 따뜻해졌다.

어쨌든 지금까지 고생한 꼴을 보아하니 내가 가진 신용카드나 달러 지폐로는 루블화 현금을 구할 수 없는 게 틀림없다. 러시아에서 어떻게 생활해야 한단 말인가. 그런데 친척이 문자로 해결책을 제시해주었다.

"내가 (집주인에게) 송금해주고 너한테로 줄 수도 있는데."

"오오, 그런 해결책이? 그래 그렇게 해줘!"

잠깐 기다리라고 하더니 친척이 "될 것 같다"고 한다. 그러면서 민박집 주인의 전화번호를 알려달란다. 우선 집주인에게 앱으로 연락해 돈을 전해줄 수 있는지 물으니 집주인은 흔쾌히 허락한다. 친척은 민박집 주인과 직접 통화하고 그에게 500달러를 바로 송금해주었다.

민박집 주인은 올가라는 이름의 여성이다. 그는 여기서 30분 정도 떨어진 곳에서 가족과 산다고 한다. 내가 지금 짐가방을 끌고 길바닥에 나앉아 있는 상태라는 걸 알고는 약속 시간보다 한 시간 빠른 오후 1시에 숙소 앞으로 왔다. 그리고 꾀죄죄한 행색의 나를 보자마자 내 손에 두툼한 루블화 다발을 꼭 쥐어주었다. "이게 네 돈이야."

이제 살았다! 디스 이즈 유어 머니. 정말 반가운 말이다. 평생 들어도 지겹지 않을 것 같다.

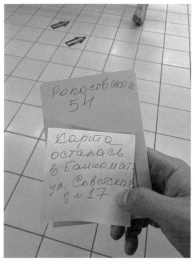

민박집은 옛 소련식 아파트 건물이지만 집 안은 고급스럽게 리모델링을 했다. 집주인 올가는 필요한 게 있으면 언제든 알려달라고 하고 아이들을 태우러 가야 한다며 떠났다.

일단 수돗물부터 벌컥벌컥 마셨다. 이 동네 물맛 좋네. 그리고 밖으로 나왔다. 여전히 세수도 못 해 꾀죄죄한 얼굴인 건 마찬가지이지만 주머니에 돈이 충분히 있으니 자신감이 하늘을 뚫는다. 집주인이 추천해준 집 앞 러시아 레스토랑의 문을 박차고 들어가 가장 고급스러워 보이는, 연어알이 올라간 팬케이크 요리를 주문해 먹었다. 그리고 자랑스럽게 고액 지폐로 계산하고 팁까지 두둑이 얹어주었다. 스파시바!

아파트에 돌아와 더운물로 오랫동안 샤워를 하고 나니 이제야 정신이 좀 드는 것 같다. 러시아가 경제 제재를 받는 중이라는 걸 알면서도 '달러 안 통하는 나라가 있겠어? 달러만 있으면 어떻게 되겠지'라고 생각했던 안이함이 문제였다. 어떤 나라에서는 사람들이 달러만 보면 달려들어서 도움을 줄 수도 있겠지만, 러시아는 그런 나라가 아니다.

오전 내내 은행과 여행사를 돌아다니면서 나는 달러를 바꿔 달라는 내 요청에 여기 사람들이 자존심을 부리는 듯하다고 느꼈다. 현재 러시아에 미국은 적국이다. 적국의 화폐를 들고 와서 루블을 달라고 하니, 공개된 장소에서 좋은 반응을 보여주기 어려웠던 게 아닐까.

그럼 민박집 주인 올가는 어떻게 친척에게 송금받았을까? 그것도 쉬운 일이 아니었다. 친척은 자신도 직접 러시아로는 송금이 안 되어서 카자흐스탄에 사는 친구에게 부탁했다고 한다. 친척이 카자흐스탄 친구에게 송금하고, 카자흐스탄 친구가 우리 집주인 올가에게 송금한 것이다. 내 여행을 위해 낯 모르는 사람들끼리 이렇게 국제적 금융 네트워크를 만들어 돈을 보내다니, 고맙기도 하고 신기하기도 하다.

바꿔 이야기하면, 러시아에 대한 서방의 경제 제재라는 게 과연 큰 의미나 효용이 있는지 의심이 되기 시작했다. 직항 항공편이 끊겼고 해외 신용카드 사용이 막혀서 일반 여행자들은 고생이겠지만 정작 제재의 대상이 되어야 하는 러시아 정부나 사업가들은 카자흐스탄이나 우즈베키스탄, 중국 같은 제삼국을 이용해 필요한 상품과 외화를 얼마든지 거래하고 있다.

미국은 과연 그걸 막을 능력이 있을까. 어제 내 앞에서 자유의 여신상 목을 베는 퍼포먼스를 벌였던 우즈베크 기차 차장을 떠올려보면, 옛 소련 국가들이 러시아가 아닌 미국의 편을 들어서 러시아 제재에 동참할 가능성은 사실상 제로에 가까워 보인다.

원래 오늘은 오후 5시에 볼고그라드 발레 극장에서 공연을 보고 싶었는데, 한바탕 환전 때문에 전전긍긍했더니 기운이 없다. 침대에 누워 TV로 유튜브를 보며 조용히 하루를 마무리했다.

아참, 쇼핑센터 ATM이 먹어버린 내 신용카드는 잘 찾았다. 경비 할아버지가 꼬깃꼬깃 적어주신 주소로 월요일에 은행으로 찾아갔다. 최대한 진지하게 보이고 싶어서 긴 팔 셔츠에 캐시미어 스웨터 차림을 하고 찾아간 곳은 시내에서 20분 정도 떨어진 주택가에 있는 센터인베스크라는 작은 은행. 아마도 우리나라 농협 같은 곳인가 보다. 딱 농협 팀장님처럼 생긴 아저씨와 함께 굉장히 정중한 대화를 나누고 한 시간 정도 카페에서 기다린 후 역시나 굉장히 친절한 직원에게 카드를 무사히 돌려받았다. 사실 잘못은 은행이 한 것이고 나는 사과를 받아야 할 입장이지만 그땐 그저 너무 기뻐서 "땡큐, 스파시바"를 연발하고 나왔다.

마지막으로, 풀리지 않았던 수수께끼 하나. 문신을 한 여행사 직원은 왜 내게 구시렁거리면서 환전소가 아닌 엉뚱한 쇼핑센터 주소를 알려줬을까? 돌이켜 생각해보니 그 쇼핑센터 안에 몰래 달러 환전을 하는 암달러 환전상이 있었던 게 아닌가 싶다. 우리나라에서도 남대문 시장 같은 데서 외국돈 환전해주는 상인들이 있지만, 미리 알고 가지 않으면 찾기 어렵지 않은가. 그 쇼핑센터도 약간 시장 같은 분위기였고 분명 몰래몰래 달러 환전해주는 상인들이 있었을 것 같다. 여직원이 나를 불쌍히 여겨서 팁을 방출한 것 같은데, 내가 그 팁을 잘 물지 못했다. 마음의 여유가 있었다면 상인 아무나 잡고 물어봤을 텐데, 그땐 가는 곳마다 거절만 당하던 상황이라 차마 물어볼 만한 용기가 없었다. 또 거절당할 게 두려웠기 때문이다.

여행지에서는 마음의 여유를 갖는 게 정말 중요한 것 같다. 도움을 주고자 하는 사람들이 주변에 있더라도 도움을 받는 사람이 마음의 준비가 되어 있지 않으면 소용이 없다.

16
전쟁의
여신

조국의 어머니상

볼고그라드는 도시 자체가 소련의 2차 세계대전 승전을 기념하기 위해 만들어진 것 같다. 스탈린그라드 전투에서 도심이 문자 그대로 '가루처럼' 파괴되었지만 승전 후 소련 연방 차원에서 많은 투자를 해서 재건했다. 언제 전쟁을 겪었는지 모를 만큼 고풍스러운 유럽식 건물들이 시가지를 형성하고, 곳곳에 전쟁 관련 기념물들이 있다. 중심가에서 전쟁 이전부터 있었던 건물은 벽돌로 지은 6층짜리 방직공장 딱 하나 남았는데 지금은 유적지로 보존되고 있다.

수많은 기념물 중에서도 가장 크고 가장 유명한 전승 기념물은 시 외곽에 있다. 오늘은 어제 기차 타고 오면서 스쳐 지나갔던 '조국의 어머니상'에 간다. 이 상은 앞서 말했듯이 기단을 제외한 상 자체는 미국 자유의 여신상보다 크다.

택시를 타고 입구에 내리니 마마예프 쿠르간 언덕 위로 조국의 어

머니상이 보인다. 조각상을 향해 앞으로 걸어가는 동안 왼쪽 오른쪽 양편으로 2차 세계대전의 주요 장면들을 묘사한 작은 동상들과 벽화들이 늘어서 있는데 그것들 하나하나가 수준이 높다. 옛 소련의 예술 역량이 총집합되어 만들어진 공원. 그래서 걷기에 꽤 먼 길이지만 지루하지 않다. 공산주의 특유의 장엄미와 드라마틱한 연출이 돋보이는데 비판적으로 보자면 이 조각들은 2차 세계대전에서 사망한 수백만 소련인의 희생을 위로하고 또 정당화하려는 정치적 예술이기도 하다.

조각상 앞까지 오면 상 아래에 움푹 파인 지하공간으로 들어가 나선형 통로를 따라 위쪽으로 돌아 나오게 되어 있다. 내부는 전사자를 추모하는 공간으로, 로마의 판테온처럼 천장 가운데가 둥글게 뚫려 있다. 아래에는 불길이 타오르는 횃불을 든 손 하나가 조각되어 있고 근위대

병사가 엄숙한 표정으로 그 곁을 지키고 있다. 횃불은 365일 24시간 타오른다고 한다. 누구나 저절로 숙연해지게 만드는 공간 연출. 관람객은 그 원형의 벽을 따라 돌면서 위쪽으로 올라간다. 벽은 금빛 모자이크로 멋지게 치장되어 있고 그 위엔 스탈린그라드 전투에서 희생된 소련 병사들의 이름이 적혀 있다. 수십만 명이다.

마침내 언덕으로 나왔다. 여기서 다시 잔디밭을 따라 위로 올라가면 조국의 어머니상 발밑에 이른다. 이 상은 1967년 스탈린그라드 전투 25주년을 기념하며 세웠다. 마마예프 쿠르간 언덕 자체가 전투의 격전지였고 이곳에서 소련군이 궁지에 몰린 독일군에게 마지막 한 방을 먹였다. 설계자는 레닌 훈장을 두 번이나 받은 인민 예술가 예브게니 빅토로비치 부초티치Yevgeny Viktorovich Vuchetich. 높이 87미터로 제작 당시에는 세계에서 가장 높은 상이었고, 지금도 여성을 묘사한 상으로서는 여전히 세계에서 가장 크다.

조국(motherland)을 상징하는 여성이 서쪽 방향(독일쪽)을 향해 칼을 들고, 얼굴은 동쪽을 향해 외치고 있다. 이 상이 상징하는 바는 명확하다. '동쪽에 있는 젊은이들이여, 어서 와서 서쪽의 적들과 맞서 싸우라!' 그런데 제작 과정에서 어려움이 많았다고 한다. 횃불을 똑바로 치켜들고 있는 뉴욕 자유의 여신상과 달리 조국의 어머니상은 칼을 비스듬하게 들고 있어서 구조적으로 불안정하다. 게다가 이 칼은 스테인리스스틸로 만들어져 무게만 14톤이다. 바람이 세게 불 때마다 육중한 칼이 휘청거리며 손목 부분에 구조적 부담을 줘서, 나중에 소련 정부가 칼날 위쪽에 바람이 통하도록 구멍을 뚫었다고 한다.

바실리 자이체프의 묘

조국의 어머니상 아래에는 러시아 전쟁 영웅들의 묘도 늘어서 있다. 가장 유명한 건 2차 세계대전의 영웅인 게오르기 주코프 장군의 묘. 주코프는 소련 사람들에게 너무 인기가 좋아서 독재자 스탈린도 함부로 어쩌지 못했다는 인물이다. 주코프의 묘는 이 언덕에서 가장 좋은 위치에 있었는데 딱히 호화롭지는 않았다. 그저 남들보다 좋은 위치에, 조금 더 큰 묘비를 가지고 있다는 정도였다. 그러나 꽃다발들은 많았다.

나는 주코프가 아닌 스나이퍼 바실리 자이체프의 묘가 가장 궁금했다. 앞서 말했듯 영화 〈에너미 앳 더 게이트〉에서 주드 로가 연기한 바로 그 사람이다. 적군 225명을 사살한 자이체프는 전쟁에서 무사히 살아남아 1991년 일흔여섯의 나이로 사망했는데, 원래는 다른 곳에 묻혔다가 2006년 이곳 마마예프 쿠르간 언덕으로 이장되었다고 한다. 유명인이니까 눈에 띄는 표시가 있지 않을까 했는데 그런 건 없었다. 오륙십 개나 되는 묘비가 조각상까지 올라가는 언덕길 옆으로 줄줄이 이어져 있어 내 어설픈 러시아어 실력을 총동원해서 찾았다. 그의 묘는 가장 최근에 이장되었으므로 가장 높은 곳, 어머니상에서 가장 가까운 곳에 있었다. 이름은 작게, '영원한 영광을'이란 글씨는 크게 적혀 있다.

책과 영화로도 만들어진 전설적 스나이퍼 자이체프의 묘를 보고 왔다는 이야기를 친척에게 했더니, 그는 '러시아 사람들도 잘 모르는 걸 너는 어떻게 아느냐'고 신기해한다. 아닌 게 아니라 자이체프의 묘에는 장미꽃 두 송이가 놓여 있을 뿐, 나를 제외하고는 이 묘에 관심을 주는 사람이 없다. 나는 러시아 사람들이 이 사람에 관심이 없는 게 더 신기하다.

1944년 승전 후 자이체프는 민간인의 삶으로 돌아갔다. 여기서 또 역사의 아이러니가 있다. 소련의 전쟁영웅인 그가 제대 후 정착해서 죽을 때까지 산 곳은 바로 우크라이나의 키이우(키예프)다. 그는 키이우에서 대학을 다니고 그곳에 있는 방직공장에서 엔지니어로 일했다. 자이체프는 이렇게 키이우에서 평화로운 삶을 살다가 1991년 12월 15일 사망했는데, 그 직후 소련 연방이 해체되고 우크라이나와 러시아는 다른 나라가 됐다. 젊었을 때는 소련 연방의 전쟁영웅이었고 나이 들어

서는 우크라이나에서 엔지니어의 삶을 살았던 자이체프는 머지않은 미래에 러시아와 우크라이나가 갈라지고 서로 전쟁까지 벌이게 된다는 걸 상상할 수 있었을까. 또 하나의 아이러니가 있다. '조국의 어머니'상의 설계자인 부체티치 역시 우크라이나 사람이었다.

날이 뉘엿뉘엿 넘어간다. 조국의 어머니상에서 고개를 반대편으로 돌리면 볼가강이 내려다보인다. 넓고, 깊고, 유럽에서 가장 긴 강이다. 이 강은 남쪽으로 흘러가다가 육지 안에 고여버리는데, 그게 바로 카스피해다. 나는 강을 바라보며 언덕에서 천천히 걸어 내려온다.

이미 폐허가 된 도시 하나를 차지하기 위해 양쪽에서 수백만 명이 죽어갔다는 사실이 나는 믿기지 않는다. 쳐들어온 쪽이나 맞서 싸운 쪽이나 이게 과연 그럴 만한 가치가 있는 일이었는지. 조국을 지킨다는 명분은 그럴듯하지만 그 명분을 위해 타인의 목숨을, 수백만 명이나, 요구할 수 있는가? 본인의 가족부터 그렇게 희생시킬 지도자가 있을까? 이 질문은 오늘날 벌어지고 있는 전쟁에도 적용된다. 전쟁이 옳다고 생각하는 사람은 없지만 그렇다고 전쟁을 없애는 방법을 아는 사람도 없다. 전지전능한 신이나 AI 같은 것이 나와서 인간들 사이의 갈등과 이해관계를 완벽하게 조정해주기 전까지 인류의 비이성적인 행동은 계속되리라.

17
블라블라카로
블라디캅카스

율리아 아빠

물가 싸고 볼 것 먹을 것 많은 볼고그라드에서 꿀 같은 4박 5일을 보냈다. 영어가 거의 통하지 않고 외국인도 찾아보기 힘든 동네지만 시릴(러시아) 알파벳 정도 읽게 되니 단어들이 영어와 비슷해 여행하기에 어렵지 않았다. 러시아 알파벳은 영문 알파벳과 몇 글자가 다르게 읽힌다. 이것만 알면 여행이 퍽 쉬워진다. 영어의 P는 R로 발음하고, C는 S, H는 N이다. 예를 들어 PECTOPAH은 레스토랑.

요즘 러시아는 생활 수준에 비해 물가가 저렴해서 아무리 생각해도 루블화가 너무 저평가된 상황이 아닌가 싶다. 친척 우성은 2014년 루블화가 처음 폭락하기 시작할 때를 기억한다. 그때 하루가 다르게 루블화의 가치가 떨어지니 사람들이 ATM 기계에 줄을 서서 현금을 찾은 후 각종 상품을 사재기했다. 중국 학생들은 모스크바에서 명품들을 사다가 본국에서 되팔아 학비를 마련했고, 독일 사람들은 러시아에서 독일제 자동차를 사서 다시 독일로 몰고 갔다고 한다.

푹 쉬었으니 길을 떠날 때가 됐다. 볼고그라드에서 직선거리로 700킬로미터 남쪽에는 '저렴한 스위스'로 알려진 조지아가 있다. 경치 좋고 물가도 싸고 음식이 맛있어서 한국 사람들이 '유럽 한 달 살기' 하러 간다는 그 나라. 나는 조지아를 통해 튀르키예, 그리스, 이탈리아로 쭉 이동한 후 11월 26일 이탈리아 로마에서 크루즈를 타고 미국으로 넘어갈 예정이다.

조지아로 가기 위해서 우선 러시아와 조지아 국경에 있는 블라디캅카스Vladikavkaz라는 멋있는 이름의 도시에 하룻밤 들를 예정이다. 블라디캅카스에서 국경까지는 30분이면 간다. 여기가 내 노플라잇 세계여행의 마지막 고비가 될 것 같다. 며칠을 고민하고 인터넷을 검색해봐도 볼고그라드에서 블라디캅카스까지 이동하는 게 만만치 않다. 대중교통은 사실상 없다.

기차를 갈아타면 갈 수는 있지만 우크라이나 국경 인근까지 멀리 돌아가는 데다 전쟁지역이라 불안하다. 시간도 24시간이나 걸린다. 고작 700킬로미터 내려가는데 24시간 걸리는 건 좀 심한 것 같다. 침대칸도 없어서 고생길이 될 게 뻔하다. 그럼 버스는? 정규 고속버스 노선 같은 건 찾을 수 없었고, 미니버스가 다닌다고 하는데 역시 우크라이나 국경 쪽을 거쳐 가고 중간에 한 번 갈아타야 하는 것 같다. 그 먼 거리를 미니버스에 앉아서 가고 싶은 마음은 전혀 없다.

그렇다면 혹시 장거리 택시 같은 게 있지 않을까? 지금 이 나라는 택시비가 저렴하다. 비록 고물 마티즈였지만 우즈베키스탄에서 5만 원으로 300킬로미터를 이동했으니까 여기서 600킬로미터 가는데 10

만 원 정도면 해볼 만할 텐데. '볼고그라드 블라디캅카스 택시'라는 영문 키워드로 구글로 검색해보니 '블라블라카BlaBlaCar'라는 서비스가 뜬다.

들어본 적이 있다. 블라블라카는 프랑스에서 시작한 장거리 카풀 서비스. 유럽 여러 지역에서 서비스 중인데 러시아에서도 운영하는지는 몰랐다. 경제 제재에 걸리지 않았나 보다. 앱을 깔아서 'Volgograd to Vladikavkaz'라고 검색했더니 몇 사람의 운전사가 나왔다. 마침 내가 떠나고 싶은 10월 18일에 출발하는 차가 하나 있다.

드라이버 이름은 율리아. 여기서 블라디캅카스까지는 1000킬로미터가 조금 넘는 거리인데 율리아는 카풀 승객 요금을 불과 1750루블(2만 6000원)로 올려두었다. 와, 너무 싸잖아. 여자 드라이버가 낯선 남자를 흔쾌히 태운다는 것도 이상하고 거리에 비해 가격이 너무 저렴한 것도 이상해서 친척에게 카톡으로 물어봤다. 러시아어권을 여행하는 동안 나의 컨트롤타워이자 AI 역할을 해주고 있는 친척은 '여자 이름으로 모객만 하고 실제 운전은 남자가 하는 게 아닐까?'라고 추측했다.

승객 신청을 했다. 곧 블라블라카 앱으로 말을 걸어온 율리아는, 아니나 다를까 "운전자는 나의 아버지"라고 말한다. 아버지가 외국어나 인터넷에 능숙하지 않아 자신이 대신 답을 해준다고. 아무튼 내게는 귀인이 나타난 셈이다. 대중교통이 없는 먼 길을 어떻게 가야 하나 고민하며 필요하면 큰돈이라도 내고 택시를 타려고 했는데, 커피 몇 잔 값에 1000킬로미터를 달려주는 택시를 만나다니!

출발일에 약속 장소에 나가서 두리번거리고 있으니 빨간 모자를 쓴 아저씨가 멀리서 나를 부른다. "진쎄오?"

율리아 아빠는 쉰 살 정도로 보이는데, 체구가 단단하고 웃을 때 드러나는 모든 이빨이 금니다. 처음엔 내 눈을 의심했다. 무슨 만화영화 캐릭터도 아니고 이럴 수가 있나? 그는 인상이 좋지만, 의식적으로 금니를 숨기려는지 말수도 적고 좀처럼 웃지 않으려 한다. 그가 몰고 온 차는 혼다 브랜드의 검은색 소형차였는데 거의 새것 같았다. 차는 좋았지만 온통 흙탕물이 튀어 있어서 창문 밖 경치를 보기 힘들다. 한 번만 닦아주면 좋을 텐데 왜 안 닦았을까. 그리고 뒷창문에는 알 수 없는 러시아말과 전화번호가 적혀 있다. 이 차로 무역이나 사업을 하시는 분인가 보다.

카풀 승객은 나 말고도 현지인 한 명이 더 있다. 정말 아무런 특징이 없는 젊은 남자였는데, 조금 동양계 느낌이 났다. 그는 스스럼없이 내게 앞자리 조수석을 양보해줬다. 에어컨도 빵빵하고, 율리아 아빠의 운전 실력도 깔끔하다. 남자 셋이 한마디 말없이 네 시간을 달렸다. 볼고그라드를 벗어나는 데 30분 정도 걸렸고 그다음부터는 광활한 평야를 배경으로 왕복 2차선의 시골길이 끝없이 이어진다. 율리아 아빠는 러시아어로 된 락 음악들을 틀었다. 선곡이 꽤 괜찮다. 뒷좌석에 탄 제3의 사나이는 오후 2시쯤 어느 마을에서 내렸다.

현실판 매드맥스

율리아 아빠와 구글 통역기를 이용해 대화를 나눴다. 그는 러시아 사람이 아니라 아르메니아 사람. 러시아에는 사업상 거주하는 것이며, 옛 소련 지역 사람들이 대부분 그렇듯 러시아말도 구사하기 때문에 오가며 사는 데는 문제가 없다. 직업은 중고차 판매업. 러시아 볼고그라드에서 중고차를 사서 아르메니아의 수도 예레반에 가져다 판다. 지금 우리가 타고 있는 이 혼다 승용차가 바로 그런 판매용이라고 한다. 차를 운반하면서 비어 있는 좌석에 블라블라카로 카풀 승객을 태우는 것이었다. 듣고 나니 카풀 요금으로 2만 6000원만 받은 것도 이해가 된다. 승객이 있든 없든 어차피 떠나야 하는 입장이니까.

율리아 아빠는 나더러 최종 목적지가 어디냐고 묻는다. 아르메니아로 가려면 조지아를 거쳐야 하기 때문에, 내가 조지아로 간다면 내

일도 같이 이 차를 타고 국경을 넘자고 한다. 나도 환영이다. 국경을 어떻게 넘어야 할지 정보가 전혀 없었는데 이 차를 계속 타고 가면 너무 편하다. 다만 값은 거리에 비해 높게 부른다. 이틀 치를 더하면 총 6만 원 정도가 되지만, 내가 절약할 수 있는 시간과 수고를 생각하면 이 정도는 감수할 만하다 "오케이. 스파시바!" 일이 쉽게 풀린다.

차는 한참 더 달린다. 그런데 도중에 길이 뚝 끊긴다. 이게 뭐지 하고 있는데, 율리아 아빠가 핸들을 꺾어 길 왼쪽 황무지로 차를 몰고 들어간다. 그리고 길이 나 있던 방향으로 무작정 달린다. '길이라도 좋다, 아니라도 좋다!' 뭐 이런 정신이다. 이래도 되는 건가? 옆을 보니 커다란 화물차들도 그냥 제멋대로 모래 풀풀 날리면서 끝없는 황무지 위를 질주하고 있다. 영화 〈매드맥스〉에서나 보던 장면이다. 땅이 넓은 나라니까 별일이 다 있네. 다행히 황무지 질주는 10분 정도만 했고 어딘가에서 아스팔트 도로가 다시 나타났다. 좀 더 달려도 재밌었을 텐데 아쉽다.

오전 9시 30분에 떠난 차는 내비게이션을 쓰지 않는 율리아 아빠가 조금 헤매는 바람에 밤 9시가 되어서야 블라디캅카스에 도착했다. 율리아 아빠는 나를 호텔 앞에 내려주었다. 내일 아침 8시에 여기로 데리러 오겠다고 한다. 그는 어디서 자는지 모르겠다. 터프가이니까 노숙할지도 모른다.

오늘 하루 종일 먹은 게 거의 없어서, 호텔 근처 술집에 들어가 생맥주와 버팔로윙을 주문했다. 값은 미안할 정도로 저렴하고 맛은 인생 생맥주, 인생 버팔로윙이었다. 여기까지 오기가 힘들어서 그렇지, 러시아 남부는 마음에 든다.

이제 조지아로

다음 날. 아침 일찍 일어나 조깅도 할 겸 동네를 구경했다. 동네가 예쁜 것 같아서 율리아에게 메시지를 보내 "혹시 오늘 좀 늦게 출발해도 되는지 아버지에게 물어봐 달라"고 했는데, 그건 안 된단다. 다른 사람과 중간에 만나기로 한 약속이 있다고 한다. 하는 수없이 약속 시간 전까지 빠르게 뛰어다니면서 돌아봤다.

블라디캅카스는 미국 중서부의 쇠락한 마을들과 비슷한 분위기다. 한때 잘 살았던 과거가 있었을 것이다. 멋있게 지어졌지만 쓰지 않고 버려진, 100년 정도 된 건물들이 많다. 20세기 초 카스피해에서 유전이 터지면서 블라디캅카스에 영국을 비롯한 외국 자본이 많이 들어와 도시가 융성했다고 한다. 지금도 도심에는 영국 지명을 딴 건물이 많다. 내가 묵은 호텔도 '브리스톨' 호텔이다.

율리아 아빠를 아침 8시 30분에 만나기로 했는데 8시에 달리기를 마치고 돌아오니 그는 이미 호텔 앞에서 기다리고 있었다. 방에 들어가 얼른 샤워하고 짐을 챙겨 나왔다. 여기서 국경까지는 차로 30분도 안 걸리는 거리. 하지만 코카서스산맥 깊이 들어가느라 계속 오르막길이다.

러시아-조지아 국경은 뾰족한 봉우리 사이로 흐르는 계곡물 옆에 위치했다. 사방 수십 킬로미터에 유일한 외길이다. 우크라이나 전쟁에 따른 경제 제재에도 짐을 잔뜩 실은 대형 트럭들이 몇 킬로미터씩 줄지어 세관 통과를 기다리고 있으며, 아예 국경검문소를 확장하는 공사를 하느라 분주한 모습이었다. 러시아와 조지아는 10여 년 전 짧은 전쟁을 했지만 아주 나쁜 사이는 아닌가 보다. 창문에 비닐도 안 뗀 독일제 신차 트럭들도 줄지어 러시아 쪽으로 들어가고 있다. 분명 경제 제재 위반일 텐데. 하지만 저런 걸 어떻게 다 막나 싶다.

운전자인 율리아 아빠는 차에 탄 채로, 승객인 나는 차에서 내려 건물 안에 들어가 입출국심사를 받았다. 러시아 측 출국 수속과 조지아 측 입국 수속은 순식간에 끝났다. 조지아는 관광 활성을 위해 2015년부터 한국을 포함한 여러 국가와 1년 무비자 정책을 시행 중이다. 한국인이 전 세계에서 비자 없이 가장 오래 머무를 수 있는 나라가 바로 조지아다. 우리는 다시 차를 타고 고갯길을 달려 내려갔다. 경치는 좋아 보이지만 날이 흐리고 안개가 끼어 잘 보이진 않는다. 30분 후, 조지아의 첫 마을인 카즈베기Kazbegi가 나왔다. 나는 여기서 며칠 머물고 율리아 아빠는 바로 오늘 아르메니아의 수도 예레반까지 돌파할 예정이다.

카즈베기 마을 입구에서 마지막으로 인사를 나누고 사진도 같이 찍었다. 이틀간 서로 나눈 대화는 5분도 안 될 테지만 그래도 조금은 정이 든 것 같은 아저씨다. 이번 여행에서 내가 미리 계획하지 못하고 교통편도 찾지 못한 유일한 구간이 바로 이 볼고그라드-조지아 카즈베기 구간이었는데, 율리아 아빠 덕분에 멀고 황량한 길을 편안하게 넘어올 수 있었다.

18

조지아 빨래방에서
한국 축구를 보다

지난 며칠 동안 북부 산악지방 카즈베기에서 휴식을 취한 후 미니버스로 네 시간이 걸리는 수도 트빌리시Tbilisi에 내려와 미술관과 박물관 등을 보며 한가로운 시간을 보냈다. 오늘은 튀르키예로 넘어가기 위해 기차를 타고 국경도 바투미Batumi로 넘어가는 날이다.

백화점 식당가에서 장을 보고 빨래하러 빨래방에 들렀다. 여기 주인 할아버지가 노트북으로 보고 계시던 건 AFC 챔피언스리그, 우리나라 포항 스틸러스와 우라와 레즈의 축구 경기다. 심지어 생중계네. 아니 무슨 동유럽 구석에 있는 조지아 빨래방에서 한국과 일본 프로축구팀의 경기를 생중계로 보고 계시나? 심지어 한국 사람들도 잘 안 보는 경기를.

그냥 시청만 하는 게 아니다. 말을 걸어보니 할아버지는 AFC아시아축구연맹에 속한 나라들을 쫙 꿰고 계셨다. 심지어 나보다도 잘 알았다. 내가 AFC에 카자흐스탄, 우즈베키스탄 등 옛 소련 국가들도 속해 있다고 말하니 할아버지가 '이 무식한 놈 보소'라는 표정으로 "노노노노"를 외치며, "카자흐스탄은 아시아축구연맹이 아니라 유럽축구연맹 UEFA에 소속되어 있다"고 한다. 인터넷을 검색해보니 진짜로 중앙아시아 5개 '스탄' 국가 중에서 카자흐스탄만 2003년부터 유럽축구연맹으로 소속을 바꿨다. 할아버지는 대체 어떤 사람이기에 이런 디테일까지 다 알고 있는 것인가.

이것도 나중에 알게 됐는데, 중동과 유럽에서 의외로 아시아 축구 경기를 생중계로 보는 사람들이 많단다. 그쪽 지역 시간으로 오전이나 이른 오후에 열리는 생중계 경기는 아시아 쪽 경기밖에 없기 때문이다. 하루 종일 축구를 보는 사람이라면 오전에 한국, 일본 등에서 열리는 경기를 틀어놓는 것이다. 온라인 축구 도박 때문이기도 하다. 도박의 세계에서는 경기 수준에 상관없이 그냥 돈을 걸 수 있는 경기가 있으면 된다. 이유야 어쨌든, 축구 덕분에 국가 브랜드 홍보가 되는 셈이라 이것도 나쁘지 않다. 조지아 빨래방 할아버지가 포항이 한국의 철강 도시라는 걸 알 정도가 되었으니 말이다.

볼 일들을 다 보고, 트빌리시역에서 바투미행 기차에 올랐다. 조지아 국기 색깔로 칠해놓은 앙증맞은 3량짜리 기차다. 비즈니스석 옆자리 아주머니가 전화기로 쉴 새 없이 떠들기에 이어폰의 노이즈캔슬링 기능을 켰다. 창밖으로는 아름다운 쿠라강의 경치가 펼쳐진다. 기차는 해가 넘어가 밤이 될 때까지 달렸다. 360킬로미터 거리를 여섯 시간에 달리니 시속 60킬로미터 정도. 느리지만 미니버스보다 쾌적하고, 드디어 내륙지방을 벗어나 바다를 보러 간다는 생각에 내 마음은 들뜬다.

노플라잇 세계여행에서 가장 걱정했던 구간들이 끝나간다. 튀르키예에만 들어가면 거기서부터는 그냥 서유럽이니 어려울 것도, 걱정할 것도 없다. 설마 없겠지? 튀르키예로 넘어가기 전 마지막 관문인 바투미는 느긋한, 그러나 다소 상업적인 휴양도시라고 한다.

19
바투미
수영 전훈

귀여운 3량 기차는 밤 9시 너머 바투미에 도착했다. 바투미는 조지아 제2의 도시이며, 튀르키예로 넘어가는 흑해 연안 길목에 있다. 옛 소련에서 가장 남쪽에 위치한 바닷가이기도 하다. 10월 말이지만 낮 기온은 20도 중반으로 따뜻해서 해수욕도 가능할 것 같다. 바투미에서 며칠 머물고 튀르키예로 넘어갈 예정이다.

이 동네는 여름철 한 철 장사를 하는 경포대 같은 느낌이다. 처음에 앱으로 여러 숙소를 살펴보는데 딱 맘에 드는 곳이 없었다. 멋없는 콘도들이거나, 메리어트 같은 비싼 5성급 호텔이거나, 아니면 아예 싸고 특징 없는 저가 호텔들이 많았다. 그런데 한 호텔이 눈에 띄었다. 호텔 방은 별로지만 위층에 50미터 길이의 수영장이 있다고 한다. 뭐? 호텔에 50미터 수영장? 5미터를 잘못 쓴 것 아닐까. 눈이 번쩍 뜨인다. 보통 호텔 수영장은 10~15미터 정도가 대부분이다. 동네 수영장은 길이가 25미터고, 잠실종합운동장이나 올림픽공원 같은 곳에 가야만 올림픽 규격의 50미터 수영장이 있다. 그런데 바투미 호텔에 50미터 수영장이 있다고? 숙박비는 하루 3만 원 밖에 안 한다고? 다른 설명은 잘 읽어보지 않고 냅다 예약을 했다.

기대에 가득 차서 택시를 타고 호텔에 왔는데, 분위기가 이상하다. 호텔이라기보다는 커다란 상가건물이고, 맨 위층에 파란 불빛이 나오는 수영장 천장이 보인다. 1층부터 3층까지는 잡화와 전자제품 같은 걸 파는 상가이고 호텔은 4층만 쓴다. 사실 호텔 간판도 없다. 기업 연수원처럼 긴 복도에 작은 방들이 수십 개 늘어서 있고 방 안에는 딱딱해 보이는 침대와 책상, 의자가 있다. 카펫은 30년도 넘어 보이고 의자는 등이 다 터져 있다.

짐을 풀고 수영장으로 달려갔다. 직원에게 "여기 처음 왔다"고 했더니 잠깐 기다리라고 했다. 곧이어 뒤쪽에서 의사 가운을 입은 할머니가 나타났다. 그는 당황하는 나를 데리고 뒤쪽 진료실 같은 곳으로 데려갔다. 뭐야, 왜 갑자기 공포 분위기를 조성하는 거지. 할머니 의사는 영어를 조금 하셨다. "의자에 앉으라"고 하더니 윗도리를 벗으라고 한다. 순간 '엉덩이도 까보라는 거 아닌가' 싶은 생각이 들었다. 다행히 바지를 벗으라고 하지는 않았다. 아마도 공중 시설이다 보니 피부병이나 전염병에 걸렸는지 아닌지를 확인하려는 것 같았다. 신체검사는 처음 한 번만 하면 된다고 했다.

수영장은 굉장했다. 길이 50미터에 레인 10개를 갖춘 초대형 사이즈인데 사람이 없어 텅텅 비어 있다. 깊이도 최소 2미터라서 처음부터 끝까지 아예 내 발이 바닥에 닿지 않는다. 이건 분명 선수용 시설이다. 아니 이런 시골구석에 대체 무슨 황송한 시설인지? 나름의 추리를 해봤다. 호텔과 수영장의 모습을 놓고 볼 때 이게 경기용 수영장이었을 것 같지는 않고, 분명 옛 소련 시절 만들어 국가 차원에서 수영선수들을 육성하는 훈련장이었을 것이다! 연수원처럼 생긴 호텔 방은 선수들이 쓰는 숙소이고 밀이냐. 바투미는 날씨가 따뜻하니 운동선수들이 전지훈련을 많이 왔겠지. 이 빌딩 4층에서 잠만 재우고 5층에서 하루 종일 수영을 시켰을 것이다. 진료실이 있는 것도 선수들을 위한 용도였을 것이고, 저 할머니는 옛 소련 수영선수들의 약물 도핑에 참여한 사람일지도 모른다. 어쩐지 음흉한 얼굴이었어.

이런저런 상상을 하면서 쾌적하게 수영을 즐겼다. 한국에서 수영장이란 항상 사람이 많고 시끄럽고 소리가 웅웅거리는 장소였는데, 여기는 호수처럼 크고 깊고 조용하다. 이때다 싶어서, 평소 연습하고 싶었던 자유형 턴 연습을 마음껏 했다. 턴을 하든 물장구를 치든 다이빙을 하든 아니면 그냥 벌러덩 드러누워서 가만히 둥둥 떠 있든… 뭘 해도 좋은 곳이다. 이틀 동안 선수용 수영장에서 마음 편하게 연습했더니 45년 동안 그렇게 시도해봐도 성공하지 못했던 자유형 턴을 어느 정도 몸에 익힐 수 있었다. 역시 운동은 환경이 중요한 것 같다.

표트르 파트루셰프의 기막힌 인생

수영을 마치고 방으로 내려와 실제로 바투미가 소련 수영선수들의 훈련지였는지 검색하다가 바투미의 수영선수와 관련된 재미난 이야기를 찾았다. 표트르 파트루셰프Pyotr Patrushev라는 사람에 대한 호주 《시드니모닝헤럴드》지의 기사다. 기사 제목은 '통역사 표트르 파트루셰프의 기막힌 인생.' 그는 바투미에서 수영 훈련을 한 게 아니고, 바투미에서 헤엄쳐서 튀르키예로 망명한 사람이다. 읽다 보니 정말 세상에 이런 인생이 있나 싶다.

파트루셰프는 1942년 시베리아 시골 마을에서 태어났다. 그는 러시아 중부 톰스크에 있는 대학에서 배영 수영선수로 활동했고, 실력이 좋아 군대 체육부대에 들어갔다. 거기서 1964년 도쿄 올림픽 출전을 목표로 맹훈련하고 있었다. 그런데 어떤 이유인지는 몰라도 갑자기 체육부대에서 일반 군대로 쫓겨나게 됐다. 그곳에서 선임들의 괴롭힘이 시작됐다. 소련군 병사 간의 괴롭힘은 인정사정없기로 유명했다. 죽거나 불구가 되는 경우도 다반사였다. 파트루셰프는 이러다 진짜 죽겠다 싶어서 정신병 환자 연기를 하기 시작했다. 그런데 이번에는 정신병을 고치기 위해 고문 비슷한 강제 치료를 받을 위기에 놓였다. 진퇴양난이 되어, 아예 소련을 탈출하기로 결심한다.

그는 자기 처지를 불쌍하게 여긴 수영 코치의 도움을 받아 남쪽으로 가는 기차 짐칸에 숨어 튀르키예 국경과 가까운 바투미까지 내려오는 데 성공했다. 바투미역이 다가오자 미리 기차에서 뛰어내렸고 대학 친구 어머니 집에 숨어 지냈다. 그리고 오리발과 나침반, 바늘을 준비했다.

6월 초, 깜깜한 밤 파트루셰프는 수영복과 오리발 차림으로 흑해에 뛰어들었다. 오리발을 신고 남쪽 튀르키예를 향해 헤엄쳤다. 차고 거센 조류 때문에 다리에 자꾸 쥐가 났다. 그럴 때마다 바늘로 다리를 찔렀다.

당시는 냉전의 한복판이었다. 소련군은 튀르키예 쪽으로 망명하는 시민들을 잡기 위해 서치라이트를 가지고 바투미 해안을 늘 감시했고 바다에는 감시선과 음파탐지기와 기뢰도 있었다. 그래서 이전까지 바다를 통해 소련을 탈출하려고 시도한 사람 중 성공한 사람은 아무도 없었다. 모두 익사하거나, 폭사하거나, 경비선에 잡혀서 처형당했다. 파트루셰프는 기뢰와 서치라이트를 피하기 위해 일단 먼 바다쪽으로 수 킬로미터나 나가서 남쪽으로 수영해 내려갔다.

바투미에서 튀르키예 국경까지는 직선거리로 20킬로미터 정도. 사람이 헤엄쳐서 하룻밤에 갈 수 있는 거리가 아니다. 그는 해가 뜨기 직전에 간신히 해안으로 올라와 바위 사이에 몸을 숨기고, 날이 어두워진 후에 다시 바다로 들어갔다. 도중에 경비선의 서치라이트를 만나면 깊이 잠수했다. 그렇게 1박 2일 아니 무박 2일에 걸쳐 튀르키예까지 충분히 왔다고 생각하고 해변에 올라갔지만 아직 여기가 소련인지 튀르키예인지 확신할 수 없었다. 가까운 산속에 올라가 다시 하룻밤을 보내고, 멀리 보이는 마을 모스크 탑에서 무슬림들의 기도 소리를 들은 다음에야 튀르키예에 도착했음을 확신했다. 그가 수영한 거리는 총 35킬로미터였다.

그런데 튀르키예 정부는 파트루셰프가 맨몸으로 헤엄쳐서 소련을 탈출했다는 것을 믿지 않았다. 불가능한 일이라고 봤기 때문이다. 그는 소련이 보낸 간첩으로 오해받아 튀르키예 정부 시설에서 1년 반 동안 심문당했다. 겨우 풀려난 후에는 그리스를 거쳐 호주로 망명했다. 다행히 톰스크에서 대학을 다닐 때 영문학을 전공했기에 영어를 할 줄 알았다. 그는 호주에서 새 삶을 찾았다. 수영은 그만뒀다. 더 하고 싶지 않았을 것이다. 대신 러시아어 통역사 겸 소련 전문 저널리스트로 이름을 날렸다.

소련 정부가 그에게 내린 사형 선고는 1990년 소련 연방 해체와 함께 취소됐고 그는 고국을 찾아서 가족과 친구들을 만났다. 그제야 그는 30년 전의 비밀을 알게 됐다. 대학을 마치고 처음 배치받았던 군 수영단에서 그는 더 좋은 코치로 바꿔 달라는 요청을 한 적이 있는데, 이전 코치가 그 말에 앙심을 품은 것이었다. 코치가 KGB의 실력자였던 자신의 삼촌에게 파트루셰프의 삶을 끝장내달라고 말했고, 그래서 파트루셰프가 체육부대가 아닌 일반 군부대로 쫓겨나 집단 괴롭힘을 당했던 것이었다.

인생의 클라이맥스는 노년기에 찾아왔다. 파트루셰프는 호주 총리와 러시아 정상 간의 회담에 여러 번 통역사로 참여했다. 한때 사형 선고를 받고 소련을 탈출했던 이가 푸틴과 한 방에서 정상회담 통역을 하게 된 것이다. 파트루셰프는 나이 들어서도 현역 통역사로 활동하다가 2016년 일흔셋의 나이에 심장마비로 생을 마감했다. 그의 링크드인 계정에는 통역 능력에 대한 칭찬의 글들이 여럿 올라와 있다.

다음 날, 파트루셰프의 이야기를 읽고 용기를 얻은 나는 바다에 들어가 보기로 했다. 10월 말이라 물은 차가웠지만 해수욕하는 사람들이 꽤 있다. 내 옆에는 어린 손자를 데리고 온 할머니가 있었는데, 바다 수영에 익숙한 분인지 망설임 없이 물에 들어가시는 것이었다. 나도 바다에 들어가면서 할머니에게 사진을 찍어달라고 휴대전화를 맡겼다. 말은 안 통하지만 할머니는 손짓으로 나에게 더 깊은 곳으로 들어가라고 하기도 하고, 뒤에 배가 지나가니 사진을 더 찍자고도 한다. 그러면서 내가 물 밖으로 나오는 순간에 얼굴이 클로즈업된 사진을

찍어주셨다. 줌을 쓰지 않고서 클로즈업 사진을 찍는 게 쉽지 않은데, 경험이 많은 분이신 것 같다. 덕분에 추억이 될 만한 사진을 건졌다.

한편, 올림픽 규격 수영장을 갖춘 바투미 플라자 호텔에서는 원래 3박을 예정했지만 2박만 하고 도망쳐 나왔다. 밤에 책상 뒤에서 바퀴벌레가 올라왔기 때문이다. 하루 자고 방을 바꿔봤지만 바꾼 방에서도 또 나왔다. 도저히 안 되겠어서 다음 날 아침 아무 말 없이 열쇠를 반납했다. 직원이 "예약이 하루 남았는데?"라고 말했지만 그냥 씁쓸한 미소 한번 지어주고 떠났다.

조지아 출국

10월 28일, 튀르키예로 들어가는 날. 오늘은 튀르키예 트라브존 Trabzon까지 가는 게 목표다.

조지아 알파벳처럼 둥글둥글하게 생긴 조지아 국경검문소는 튀르키예로 넘어가는 사람들로 가득하다. 일요일이라 사람이 많은 걸까? 답답할 정도로 좁게 줄을 서 있는 동안 창문을 통해 흑해를 멍하니 바라보는데, 물결 사이로 뭔가가 반짝거린다. 돌고래다. "어! 돌고래!"라고 외쳐보지만 모두 휴대전화만 보고 있다. "돌핀!"이라고 외쳐 볼까 싶지만 이미 돌고래는 사라지고 없다.

튀르키예 측 입국심사소는 줄이 따로 없고 새치기가 성행한다. 말리는 사람도 없다. 그래도 입국심사 자체는 별 탈 없이 끝났다. 심사소를 나오니 거대한 튀르키예 국기가 여기저기 걸려 있고 미니버스 여러 대가 대기하고 있다. 버스 앞에 모여 있는 운전기사들에게 "트라브존?"이라 물으니 그중 한 대를 가리키며 타라고 한다. 아 잠깐, 나에게 튀르키예 화폐가 있던기? 한국에서 가져온 튀르키예 돈이 약간 있었는데, 아슬아슬하게 버스비에 맞췄다. 나를 마지막으로 태우고 미니버스는 출발했다.

지금까지 이슬람 국가였던 카자흐스탄과 우즈베키스탄을 지나 기독교 국가인 러시아와 조지아를 거쳐 다시 이슬람 국가인 튀르키예로 들어왔다. 그냥 서쪽으로 쭉 달려왔을 뿐인데 종교와 인종이 앞뒤로 오락가락 바뀌는 건 왜일까.

버스는 오른쪽에 흑해를 끼고 해안도로를 따라 트라브존으로 달린다. 약 60년 전 이 부근 어디에선가 35킬로미터를 헤엄친 파트루셰프가 지친 몸을 이끌고, 그러나 환희에 찬 마음으로 해안에 올라왔을 것이다. 그때도 날씨가 이렇게 좋았을까.

3

유럽과 크루즈

$30

SECTOR 5B

ROW 16

SEAT 254

20
내 지갑
내 나

    지금 내가 있는 곳은 튀르키예 트라브존에 있는 포럼Forum이라는 대형 쇼핑몰이다. 나는 쇼핑도 좋아하고 쇼핑몰도 좋아하지만 오늘은 쇼핑이 아니라 돈을 뽑으러 왔다. 기분도 처참하다. 왜냐하면 지갑을 잃어버렸기 때문이다. 현금 상당액 그리고 신용카드 두 개와 함께.

    사정은 이렇다. 조지아 국경에서 트라브존으로 가는 미니버스를 탔는데 나오는 마을마다 모두 정차하면서 200킬로미터를 가는 데 여섯 시간이나 걸렸다. 나중엔 너무 지치고 목도 마르고 자리도 좁아서 몸을 배배 꼬면서 억지로 잠을 청했다. 옆자리에 앉은 덩치 큰 남자와 부딪히지 않으려고 더더욱 구석으로 몸을 구겨 넣었다.

    꾸벅꾸벅 졸고 있는데, 갑자기 대도시가 나타났다. 트라브존인가? 구글맵을 켜니 맞는 것 같다. 몇 사람을 따라 허겁지겁 내려 짐칸에서 캐리어를 챙겼다. 휴, 못 내릴 뻔했네. 안도의 숨을 쉬며 짐을 추스르는데, 뭔가 허전하다. 휴대전환가? 있다. 백팩? 있다. 에어팟? 있다. 그렇다면 지갑? 지갑이 없다. 으악! 뒤를 돌아봤더니 미니버스가 멀어지고 있다.

나는 바지 주머니에 쏙 들어가는 작은 가죽 카드지갑에 현금과 카드를 넣고 다녔다. 그런데 좁은 미니버스에서 몸을 이리저리 움직이다가 주머니에서 빠진 모양이다. 버스나 택시에서 내릴 땐 항상 앉은 자리를 살펴보고 나오는데 아까는 너무 급하게 내리느라 뒤를 보지 못했다. 울 것 같다. 지금까지 험난한 동네를 잘 지나왔는데, 튀르키예부터는 유럽이니까 편안하게 여행할 수 있겠다 싶어서 긴장을 풀었더니 딱 이런 일이 생기는구나. 일단 정신 줄을 부여잡으면서 내가 입은 피해를 추산해보았다.

현금은 10만 원 정도 잃어버린 것 같다. 신용카드도 두 장 들어있었다. 내 명함 한 장, 그리고 부모님 사진이 있었다. 이게 전부다. 여권은 따로 가방에 넣고 다니니 안전하다. 문제는 신용카드. 나는 이번 여행에 신용카드 두 장과 체크카드 한 장을 가져왔고 지갑에 신용카드 하나, 짐가방에 신용카드 하나와 체크카드를 넣어두고 있었다. 언젠가는 지갑을 잃어버릴 것 같다는 느낌적인 느낌이 있었기 때문이다. 그런데 하필 어제 숙소를 예약하면서 신용카드를 두 장 다 사용해보느라 짐가방에 넣어두었던 예비 신용카드를 꺼내어 쓰고 지갑에 같이 넣었다. 그래서 지갑과 함께 신용카드 두 장을 다 잃어버린 것이다.

자, 피해 확인이 끝났으니 이제는 피해 수습책과 앞으로 할 일을 생각해볼 차례.

1단계 우선 신용카드 분실신고를 해야 하지 않을까? 아니다. 앱으로 카드 일시 정지만 걸어놔야겠다. 혹시 지갑을 다시 찾을 수도 있으니까. 필요할 때마다 일시 정지를 풀어서 모바일 결제는 할 수 있을 것이다.

2단계 여행을 중단해야 하나? 아니다. 여권도 있고, 체크카드는 남아 있으니 아마도 현금 인출은 계속할 수 있겠지. 다만 그것만으로는 불안하다. 특히 미국에 도착하면 렌터카를 빌려야 하는데 그때도 신용카드가 없으면 차를 빌리지 못할 수도 있을 것 같다. 외국에서 신용카드를 재발급 받는 건 어려우니 내 지갑을 찾아야 한다.

3단계 지갑을 어떻게 찾지? 한국이었다면 버스회사에 전화를 했겠지. 그런데 어느 버스회사지? 모른다. 미니버스엔 회사 이름이 따로 적혀 있지 않았던 것 같고 나도 신경 써서 보지 않았다. 그냥 '오, 버스네?' 하고 탔을 뿐.

일단 정신을 좀 차리자. 어차피 지금 할 수 있는 게 없다. 그냥 숙소에 가자. 짐 풀고 돈 뽑아서 밥이나 먹지 뭐, 죽기야 하겠어. 집주인은 왓츠앱 프로필 사진이 액션영화 배우처럼 생겼다. 나는 그에게 버스 소요 시간을 고려해 저녁 7시에 도착할 거라고 답했었다. 약속 시간에 맞추려고 열심히 언덕길을 올라갔다. 가뜩이나 힘도 없는데 땀이 뻘뻘 난다. (튀르키예에서는 비탁시Bitaksi라는 택시 앱을 쓰는데, 2023년 말 기준으로 트라브존에서는 운영을 하지 않는다.) 우여곡절 끝에 도착하고 나서 깨달은 사실은 아직 내 시계가 조지아 시간에 맞춰져 있다는 것이다. 튀르키예 시간으로는 아직 6시다.

숙소는 카센터처럼 생긴 건물의 2~4층을 쓰는데 문은 굳게 잠겨 있고 주변엔 아무것도 없다. 카페나 음식점은 물론이고 생수 한 병

살 곳이 없다. 몸에 남은 에너지가 없어서 집 앞 계단에 털썩 주저앉았다. 집에 도착했다고 메시지를 보냈더니 주인이 "빨리 왔네? 25분 안에 간다"라고 답을 해왔다. 그러더니, 지금 내가 바닥에 주저앉아 있는 장면을 실시간으로 보고 있다면서 CCTV 캡처 화면을 내게 보내온다. 화면으로 내 모습을 보니 더 처량해 보인다.

길바닥에 앉아 집주인을 기다리며 지갑 찾을 생각을 하는데, 뭔가 떠올랐다. 아까 버스가 호파Hopa시에 정차했을 때 터미널 사진을 찍은 적이 있다. 거기서 버스회사 이름을 봤던 기억이 났다. 사진을 찾아 확대해보니 '~niz'라는 이름이 보인다. 인터넷으로 'niz'로 끝나는 튀르키예 버스회사를 검색해봤다. 나왔다! Luks Karadeniz라는 회사, 여기 맞는 것 같다. 이쪽으로 오고 있는 집주인에게 메시지를 보냈다.

"내 지갑 찾는 것 도와줄 수 있어? 버스에 놓고 내렸어. 회사는 Luks Karadeniz야. 나는 버스터미널에 가서 찾아봤으면 해."

"너 차 있어?"

"없지. 네가 도와줄 수 있으면 택시를 타려고. 버스회사에 전화해줄 수 있어? 바투미에서 출발해서 조금 전 5시 30분에 나를 트라브존에 내려준 버스야."

"내 차로 같이 가자!"

"고마워! 난 앞에서 두 번째 줄 오른편 자리에 앉아 있었어."

집주인은 이번엔 음성 메시지로 답을 남겼다. 운전 중이라 문자 보내기가 힘들었나 보다. 낮고 멋있는 목소리며 007 영화에 나오는 악역 배우처럼 약간 러시아식으로 혀를 굴리는 발음이 섞여 있다.

어쨌거나 나에겐 듬직한 구원자다.

터미널에서

지갑을 찾을 확률은 반반이라고 봤지만 누군가 의지할 수 있는 사람이 생겨서 다행이었다. 정확히 23분 후 내 앞에 도착한 집주인의 이름은 옥타이. 프로필 사진보다는 조금 세월의 풍파를 맞은 모습이었지만 어쨌든 키도 크고 멋있게 생긴 40대 아저씨였다. 옥타이는 나를 태우고 버스터미널로 가는 동안에도 계속 "걱정마. 찾을 수 있어." "분명히 찾는다." "내가 꼭 찾아줄게"라며 나를 안심시켰다. 영화 〈테이큰〉에서 리암 니슨이 납치된 딸에게 "내가 구해줄게"라고 하는 그런 목소리였다.

터미널에 있는 '~niz' 버스회사 사람들은 그다지 친절하지 않았다. 직원은 우리 얼굴을 제대로 보지도 않고 귀찮다는 표정이었다. 내가 옥타이에게 "거기 있는 현금은 기사님에게 다 드리고 싶다"고 말해달라고 했다. 그제야 직원은 버스기사 휴대전화로 전화를 걸었는데 몇 마디 하더니 금방 전화를 끊는다. 운전기사 역시 지갑 같은 건 없다고 했단다. 아직도 그 버스를 운전 중이라면서 어떻게 묻자마자 답을 하는지.

더 이상 뭐라고 할 수가 없다. 옥타이도 "너무 미안하다"며 고개를 저었다. 실망스러웠지만 솔직히 여기가 다른 나라였다고 해서 다를 것 같지는 않다. 버스회사가 승객 지갑까지 찾아주는 곳은 아마 지구상에 한국, 일본, 중국 정도뿐 아닐까? 미국이나 서유럽에서도 한 번 잃어버린 지갑은 찾기 힘든 게 일반적일 것이다. 우리나라가 훌륭한 것이다.

옥타이는 내게 돈이 있냐고, 없으면 자기에게 말하라고 했다. 나는 정말 고맙지만 체크카드가 남아 있으니 그걸로 돈을 뽑을 수 있는 곳에 내려달라고 했다. 점심도 걸러서 배가 고파 죽을 지경이다. 이리하여 나는 늦은 밤 체크카드만 한 장 들고 트라브존이라는 노시의 대형 쇼핑몰에 있게 된 것이다. ATM에 카드를 넣는 내 손이 벌벌 떨린다. 설마 러시아에서처럼 기계가 또 카드를 먹어버리지는 않겠지. 그땐 정말 절망이다. 제발! 다행히 리라화 현금이 잘 뽑혀 나왔다.

쇼핑몰 2층 식당가로 갔다. 맛있는 음식이 많아 보였지만 그냥 가장 빨리 먹을 수 있는 피자와 콜라를 시켰다. 종업원들은 나를 신기하게 바라봤다. 관광지도 대도시도 아닌 트라브존에서 동양인을 볼 일이 많지는 않을 것이다. 그중 한 명이 뭐라고 웅얼웅얼하는데, 무슨 소린지 알 수 없었다. 내가 잘생겼다는 건가? 여기도 K-Pop 열풍인가? 자세히 들으니 그는 나를 계속 쳐다보면서 옆 동료에게 복화술로 이렇게 말하고 있다.

"재키 챈, 재키 챈."

세계 많은 지역에서 재키 챈성룡이 동아시아인의 대명사이긴 하다. 그래서 나를 보고 재키 챈이라고 놀리는 것이다. 그런데 사실 튀르키예를 구성하는 튀르크족 역시 중앙아시아에서 넘어온 민족이다. 우리 민박집 주인 옥타이Oktay는 오고타이Ogedey칸에서 유래한 이름이라고 한다. 징기스칸의 아들이자 몽골제국의 2대 황제였던, 고려에도 군사를 보냈던 그 오고타이칸. 튀르키예에서 흔한 이름이라고도 한다.

21
지중해를
만나러

아침 일찍 앙카라 버스터미널에 나왔다. 오늘은 튀르키예 남서쪽 항구도시 페티예까지 버스를 타고, 내일은 페티예에서 그리스 로도스 섬까지 간다. 다음에는 크레타섬을 거쳐 그리스 본토의 아테네로 들어갈 예정이다. 즉 페티예-로도스-크레타-아테네. 이렇게 배를 세 번 타게 된다.

페티예-로도스 구간의 여객선 요금은 29.5유로, 시간은 한 시간 45분 정도 소요된다. 다만 시간표를 보니 아슬아슬하다. 페티예에서 로도스로 가는 배는 매일 있지만, 로도스에서 크레타로 가는 배는 일주일에 딱 한 척 있다. 그러니 그 배를 놓치면 계획이 심각하게 꼬이게 된다. 평소 지각도 많이 하고 차도 많이 놓치는 나로선 앞으로 며칠만큼은 특별히 주의해야 했다.

버스를 예약하면서 맨 앞자리를 잡는 데 성공했다. 차창 밖의 날씨는 조금 흐린데 햇볕이 들지 않아 오히려 좋다. 안탈리아에서 페티예로 가는 도중, 저녁식사 시간이라 버스가 휴게소에 섰다. 채소와 과

일을 파는 가판에서 할머니가 옥수수를 삶고 있는데 시끄럽게 냄비를 두드리면서 뭐라고 외친다. '옥수수 먹어!' 이런 느낌인데 냄비 소리가 시끄럽기만 하고 아무도 다가가지 않는다.

내가 좀 도와주기로 했다. 옥수수 하나를 사면서 일부러 남들 잘 보이게 사진을 찍고, 휴게소 입구 쪽을 바라보면서 옥수수를 후루룩 쩝쩝거리며 엄청 맛있다는 표정으로 먹었다.

내 예상대로, 한 동양인의 찰옥수수 먹방을 본 현지인들이 하나둘 할머니에게 다가와 옥수수를 산다. 내가 본 것만 세 명이다. 할머니에게 '고맙죠?'라며 찡긋 윙크를 보내려 했으나 할머니는 눈길도 안 주시고 또 냄비만 두드리신다.

옥수수 맛은 어땠냐고? 음… '할머니, 돈 벌고 싶으시면 여기 사카린을 좀 넣으셔야 돼요'라고 말씀드리고 싶었다. 그냥 순수하게 물에만 삶은 정직한 옥수수의 맛. 식물 그 본연의 맛.

지아니스S호

페티에는 한국 관광객들도 많이 찾는 도시라 한다. 항구가 아름답고, 패러글라이딩과 요트가 인기이며, 그리스인들의 유적지도 조금 있다. 무엇보다 길게 뻗어 있는 해안 산책로와 요트들이 아름다워 걷기만 해도 즐겁다. 감사하게도 호텔 매니저는 체크아웃 시간을 배 시간에 맞춰 연장해주었다.

그리스 로도스섬으로 가는 배는 오늘 오후 5시 30분에 떠난다. 국제 여객선 항구는 호텔 코앞에 있었다. 걸어서 30초 거리, 철조망 사이에 열려 있는 쪽문을 보고 '설마 여긴 아니겠지' 하고 지나쳐서 한참을 걸었다. 출국심사는 30초 만에 끝났다. 혼자 나와 있는 출입국심사원이 여권을 보는 둥 마는 둥 도장을 찍었다. 독dock을 따라 걸어가니 내가 탈 국제 여객선 지아니스 SGiannis S호가 얌전히 정박되어 있었다.

어… 이게 국제 여객선 맞아? 웬 통통배 하나가 나와 있네.

짐은 선원들이 받아서 따로 보관해주었고, 스무 명 남짓 되는 승객들은 오밀조밀한 선실 안으로 들어갔다. 나는 주스 캔 하나를 사서 창가 자리에 앉았다. 모양은 통통배지만 꽤 빠른 속력으로 바다 위를 달린 지아니스호는 한 시간 45분 만에 로도스섬에 도착했다. 튀르키예와 그리스 간에도 한 시간의 시차가 있어 시계로는 45분밖에 걸리지 않았다. 손목시계를 조정하는 동안 선원들이 큰 짐들을 부두 위에 정렬한다.

그리스 입국심사는 튀르키예 출국심사보다 더 간단하다. 그나마 나는 한국 여권이니 심사원이 10초 정도 들여다보긴 했지만, 다른 사람들은 그냥 종이로 된 신분증을 손에 들고 흔들어 보여주는 것만으로 통과가 되는 것 같다.

오늘과 내일 묵을 숙소는 항구에서 걸어서 20분 정도 떨어진 관광호텔, 로도스 호라이즌이다. 호텔에 도착해보니 위치도, 시설도 참 좋은데 손님이 별로 없고 휑한 분위기다. 리셉션에도 직원 한 명만 근무 중이다. 이번 주말(11월 첫 주말)이 이번 시즌의 마지막 영업일이라고 한다. 그래서 사람이 없었구나. 로도스섬의 호텔들은 이렇게 겨울 동안은 아예 문을 닫고 비워두는 경우가 많다고 한다. 사람이 없으면 더 좋지! 이게 비수기의 특권 아닌가.

간편한 반바지로 갈아입은 다음, 성벽 안쪽 구시가지로 향했다. 천 년 동안 사람이 살아오고 지켜온 성벽 안의 도시는 긴 세월의 아우라를 내뿜는다. 돌바닥을 걸으면 내 발소리가 양쪽 벽에 반사되어 메아리치고, 조심스럽게 거리를 밝힌 조명을 따라 미로 같은 골목들이 이어진다.

시간은 벌써 밤 10시가 됐다. 밥집들이 전부 문을 닫아 골목 골목을 헤매는데, 멀리서 노랫소리가 들려온다. 그 소리를 따라가 보니 한 노천카페에서 가수가 노래를 부르고 있고 술과 음식도 판다. 손님은 다 이 동네 사람들인 것 같다. 할머니 웨이트리스에게 저녁식사가 되냐고 물으니 된다고 한다. 소고기덮밥과 샐러드, 그리스 와인 한 잔을 시켰다.

그리스의 섬에서 먹는 그릭 샐러드. 후추와 올리브오일, 페타치즈, 허브만 곁들여 먹는 채소가 이렇게 맛있을 수 있나. 계산을 치르고 나가는데 카페 주인 할머니가 "내일 밤엔 그리스 전통음악 공연이 있으니 또 놀러와!"라고 한다. 알겠다고 하고 호텔로 향했다. 술기운인가? 기분이 좋다.

22
로도스섬
탈출기

로도스섬의 아침이 밝았다. 호라이즌 호텔의 발코니에서는 바다 위에 떠 있는 한 척의 여객선이 보인다. 아마 내가 내일 타고 크레타로 떠나야 하는 '블루 스타 페리' 회사의 다른 배인 것 같다. 오늘은 날씨도 맑고 경치도 좋은데, 섬이라 그런지 바람이 세게 분다.

그리스는 섬이 많은 나라다. 약 6000개의 섬이 있고 그중 227개에 사람이 산다고 한다. 하긴 우리나라도 섬으로 따지면 어디 내놔도 꿀리지 않지. 한국에는 약 3000개의 섬이 있고 그중 400여 개에 사람이 산다고 하니까. 그런데 한국의 섬이 대부분 서해안과 남해안에 몰려 있고 한반도 본토에 붙어 있는데 비해, 그리스의 섬들은 에게해 전역에 분포되어 있고 그리스 반도보다 오히려 튀르키예 쪽에 더 가까운 섬들도 많다.

로도스섬만 해도 그렇다. 울릉도만 한 이 작은 섬은 튀르키예에 딱 붙어 있다. 이 섬에서 튀르키예 본토까지는 최단 거리로 고작 18킬로미터. 높은 곳에 올라가면 눈으로 보일 정도다. 반면 그리스 본토까지는 최단 거리로 363킬로미터라 한다. 거리만 놓고 보면 이 섬은 튀르키예 땅이 되어야 할 것 같은데 그리스 땅이다.

즉 우리가 '그리스' 하면 떠오르는 반도 모양의 땅은 그리스 일부일 뿐, 실제로 그리스인들이 생각하는 그리스의 범위는 땅이 아니라 에게해라는 바다가 중심이 된다. '환環 에게해 권'이 이들이 생각하는 그리스다. 에게해 동쪽에 있는 아나톨리아반도, 즉 현대 튀르키예의 서해안 지역도 원래 그리스 사람들이 많이 살던 그리스 영향권이었다. 튀르키예가 기독교 세력을 아나톨리아반도에서 쫓아냈을 때도 에게해의 섬들만큼은 건드리지 못했다. 튀르키예인들에게 있어서는 그다지 중요한 영토가 아니었을 것이다.

특히 튀르키예 서남부 해안에 있는 로도스섬과 다른 큰 섬 12개를 모아서 '도데카네스제도Dodecanese'라 부른다. 그리스말로 '열두 섬'이라는 뜻이란다. 튀르키예에서 가깝긴 하지만 여기서부터는 엄연히 EU, 유로존이다.

그건 그렇고, 황당한 일이 발생했다. 호텔 조식을 먹다가 왼손이 너무 가려워서 들여다보니, 이게 뭐야. 요즘 전 세계적으로 핫하다는 빈대 아닌가. 서너 군데 물린 자국이 연달아 있다. 어느 호텔이 범인일까? 이곳 호라이즌 호텔은 아닌 것 같다. 보통 빈대에 물린 후 이삼일 후부터 가려운 증상이 나타난다고 하니까 튀르키예 앙카라에서 묵었던 저가 호스텔이 범인일까. 혼자 오래 여행을 했으니 다른 여행자들을 만나보자는 생각에 호스텔에 묵었었다. 그런데 말을 섞고 싶은 사람은 없고 반지하에 있는 방은 너무 우중충했다. 거기에 빈대가 있었구나. 딱히 약도 없고, 그냥 참는 수밖에.

로도스 탈출

크레타로 떠나는 블루 스타 페리는 오전 11시 출항이다. 내가 꼭 타야 하는 배다. 일주일에 한 번만 다니는 이 배는 크레타와 다른 작은 섬 몇 개를 거쳐 그리스 본토의 아테네까지 가는데, 나는 크레테에서 내려 며칠 머물 생각이다. 호라이즌 호텔에서 로도스 항구까지는 30분 정도면 걸어갈 수도 있지만 짐 때문에 택시를 탔다. 튀르키예에서 로도스로 올 때 간단했던 출국심사를 생각하면 10시까지만 가면 시간이 충분하겠지 싶었다.

그런데 10시에 맞춰 항구에 오니 분위기가 뭔가 이상하다. 내가 타야 하는 크레타행 블루 스타 페리는 분명 저기 독에 잘 정박해 있다. 그리스 국내선이니 출입국심사도 필요 없고, 그냥 배 있는 곳으로 걸어가기만 하면 된다. 그런데 독으로 나가는 길은 담벼락과 철문으로 가로막혀 있고, 수많은 사람이 그 앞에서 가방을 들고 웅성대고 있다. 안내해주는 사람도 없는 것 같고 어디로 가라는 사인도 없다.

택시기사는 나에게 말한다. "보통은 저쪽(4번 출입구)로 가서 타면 되는데, 난민들 때문에 지금은 그 문을 닫은 것 같다. 저쪽(3번 출입구)로 들어가봐라."

아니, 그럼 이 사람들이 다 난민이야? 보통 난민이라고 하면, 바짝 마르고 불쌍하게 생긴 사람들을 연상하게 된다. 그런데 이 항구에 나와 있는 '난민'들은 상당히 건강하고 평범해 보였다. 나이키 가방 메고, 샘소나이트 캐리어 끌고, 뉴발란스 운동화 신은 모습들이다. 난민인지 관광객인지 구분할 수가 없다.

　배는 바로 눈앞에 있는데 시간은 이미 10시 40분이 다 되었지만 문은 열릴 생각을 안 했다. 표 파는 곳에 가서 직원에게 물어보니 그는 그냥 출입구 쪽을 가리키며 "저기, 저기"라고만 말했다. 하지만 3번 4번 출입구 모두 철문이 굳게 닫혀 있고 그 뒤엔 경찰들이 무섭게 서 있었다. 뉴발란스 신은 난민들은 웅성웅성하다가 경찰에 소리도 질렸다가 철문도 두드린다. 나만 좀 들여보내주면 안 되나? 하지만 워낙 사람들이 빽빽하게 몰려 있고 거칠게 행동하고 있어서 철문 앞까지 들어갈 엄두가 나지 않는다. 나 혼자니 가방을 지켜줄 사람도 없다.

큰일이다. 이대로 저 배가 떠나면 일주일을 기다려야 하는데. 게다가 우리 호라이즌 호텔도 오늘이 마지막 영업일 아닌가. 숙소부터 다시 찾아야 하고… 배표도 새로 사야 하고… 일주일 동안 뭘 해야 하나.

이때 갑자기 출입문 3번이 살짝 열리면서 사람들이 함성을 지르기 시작했다. '우와~' 하면서 짐을 든 사람들이 달리기 시작한다. 경찰이 누구 한 명을 빨리 들여보내주려고 했던 것 같은데, 문을 닫으려는 경찰과 그대로 밀고 들어가려는 난민들의 힘겨루기가 시작된다. 와 이게 진짜 21세기 유럽의 현실이냐? 옥신각신 끝에 덩치 큰 경찰들이 난민들을 밀어내어 철문은 곧 닫혔고 시간은 11시가 됐다. 망했다. 이제 난 어떻게 되나.

배는 아직 독에 정박해 있다. 조금 출발이 늦어지려나? 그러다 4번 출입구 쪽을 바라보니 문이 살짝 열리고, 자동차 몇 대가 들어가고 있다. 방금 전 소동으로 3번 출입구에 몰려 있는 사람들은 아직 4번 출입구 쪽을 주목하지 않고 있다. 나는 슬며시 캐리어를 끌고 뒤쪽으로 나와서 최대한 조용히 다다다다다 달려갔다. 4번 출입구 역시 덩치가 산만 한 경찰들이 지키고 서 있었다. 휴대전화로 배표를 보여주니, 경찰이 손짓으로 들어가라면서 "빨리! 빨리!"라고 말한다.

자동차 옆으로 후닥닥 뛰어들어 갔다.

내 뒤로도 몇 사람의 눈치 빠른 승객이 들어왔고, 철문은 곧 다시 닫혔다. 배는 아직 그대로 있다. 나처럼 배에 타지 못한 승객들이 있어서 아직 출발하지 않는 것 같다. 그래도 배가 떠나버릴까 봐 독 위 남은 200미터 구간을 짐가방을 끌며 질주했다. 빠르게 달려가는데, 한쪽에서 경찰들이 '난민' 한 사람을 붙잡아두고 있다. 그는 아예 바깥쪽 방파제 위로 올라가서 담벼락과 철문을 우회한 다음 독 위로 뛰어내린 모양이다. 건장한 체구, 선글라스와 블랙진 차림의 그 사람 역시 아무리 봐도 '저 사람이 어떻게 난민이지?' 싶은 비주얼이다. 그 뒤 방파제 위에는 히잡을 쓴 여성을 포함한 한 무리의 사람들이 이 상황을 지켜보며 뛰어내릴까 말까를 고민하고 있다.

여러가지로 놀랐다. 우선 난민들이 겉보기로는 현지인들과 구분이 안 간다는 것. 이들은 그냥 중동이나 아프리카에 사는 평범한 중산층인데 경제적인 이유로 유럽으로 넘어오려는 것 같다. 굶어 죽을 위기에 있다거나 핍박을 받았다거나 그런 느낌은 없다. 행색이 초라하지도 않다. 오히려 당당하다. 신고 있는 신발들은 다 내 신발보다 좋은 것 같다.

또 놀란 점은 이들이 어떤 난민 승인 프로세스 같은 걸 받아서 유럽 대륙으로 넘어가는 게 아니라 그냥 여객선 떠날 때 짐 들고 와서 우격다짐으로 올라타고 보려 한다는 것. 여기서 저 블루 스타 페리에 일단 오르기만 하면 적당히 승객들과 섞여서 아테네까지 갈 수 있고 거기서부터는 육로를 통해 유럽 전역으로 나아갈 수 있으니, 그냥 머릿수로 밀고 들어가는 것이다. 그런 사람들을 최소한의 물리력만으로 막아내는 그리스 경찰과 해운사의 기술도 참 대단한 것 같다.

오늘 이 배를 타지 못한 난민들은 다시 시청 앞 텐트촌으로 돌아가겠지. 객실에 들어가 땀을 닦고 잠시 누워서 숨을 돌렸다. 평생 잊지 못

할 광경이었다. 배는 원래 출항 시간보다 50분이나 더 항구에서 기다렸다. 다른 승객들도 눈치껏 난민들을 피해 게이트를 통과했나 보다.

블루 스타 페리

일단 배에 올라타니 평화롭기 짝이 없다. 여기도 난민인지 아닌지 분간하기 어려운 사람 몇몇이 소파 의자에 드러누워 있었지만 대다수는 그리스 현지 사람들로 보인다.

블루 스타 페리는 로도스섬에서 출발해 카소스섬, 시티아섬, 크레타섬을 거쳐 그리스 수도 아테네까지 만 하루에 걸쳐 운행한다. 광역좌석버스처럼 섬마다 타고 내리는 사람이 많다. 튀르키예에서 로도스섬에 올 때 탔던 통통배(지아니스S호)와 달리, 이 배는 길이가 100미터 이상이고 침대 객실도 많으며 레스토랑과 휴게시설도 잘되어 있다. 관광객뿐 아니라 섬 지역 주민들이 실제로 많이 이용하는 교통수단이라 그런 것 같다. 또 강아지를 데리고 타는 사람도 많다. 강아지는 갑판 한쪽에 온실처럼 만들어둔 공간에서 주인과 함께 앉아 있을 수 있는데 공간이 꽤 넓어서 개들도 편안해 하는 것 같았다.

나는 객실에 짐을 두고 나와 배의 뒷머리 꼭대기 층에 자리를 잡았다. 몇몇 사람들이 플라스틱 의자를 놓고 후방의 경치를 감상한다. 나도 옆에 앉아서 바다와 섬들을 바라보았다. 섬에 들를 때마다 블루 스타 페리호의 선장은 놀라운 운전 솜씨를 보여준다. 보통 이 정도 크기의 배는 한 번 움직이기 시작하면 관성이 붙어서 쉽게 방향을 바꾸기 어려운데, 이 선장은 얼마나 배 운전에 능숙한지 길이 100미터짜리 배를 마치 아반떼 주차하듯이 정확하게 항구 독에 후진 주차한다. 예인선이나 바지선 같은 것도 필요 없고 시간이 오래 걸리지도 않는다. 대단한 재능이다.

중간중간 들르는 작은 섬들은 〈그리스인 조르바〉 같은 영화에 나오는 것처럼 나무가 없고 메마른 산 위에 하얀색 집들이 띄엄띄엄 있다. 가난해 보이지만 불행해 보이지는 않는다. 고층건물들이 없다 보니 5층 건물 높이의 배 갑판에서 온 마을이 다 내려다보이고, 배에 오르는 사람들은 마을에 남은 가족들에게 손을 흔들며 작별인사를 한다.

작은 와인 한 잔과 오렌지 케이크를 먹고, 객실에 가서 좀 쉬고 있

으니 날이 저물었다. 나는 크레타섬의 두 번째 기항지인 헤라클리온 Heraklion에서 내렸다. 블루 스타 페리의 선장은 역시나 훌륭한 운전 솜씨로 배의 후미를 선착장에 붙였다. 로도스 성의 육중한 성문처럼 생긴 블루 스타 페리의 뒷문이 아래쪽으로 열리며 땅에 내려 닿는다. 배 안에 대기하고 있던 자동차들이 줄 지어 빠져나가고, 나도 다른 사람들과 함께 항구에 발을 내딛었다.

23
크레타

1일 3 젤라또

크레타는 그리스에서 가장 큰 섬이다. 동서로 길이가 260킬로미터나 되는, 제주도 5배 크기의 면적. 로도스섬과 마찬가지로 크레타역시 관광 비수기라 숙박비가 저렴하다. 배가 정박한 이라클리온시에는 작고 깔끔한 호텔도 많았지만 이런 곳에선 좀 넓은 공간에서 묵고 싶어서 항구 가까이에 있는 아파트 한 채를 빌렸다. 항구에서 아파트까지는 걸어서 15분밖에 걸리지 않았다. 길거리에 차가 많지 않고 공기가 쾌적하다. 아파트에 도착해 전화하니 바로 옆 건물에 사는 수더분한 주인아저씨가 달려 나와서 내게 열쇠를 주고 집 안을 안내해준다.

크레타 제1의 도시 이라클리온은 걸어 다니기 좋은 도시다. 유럽 도시들이 으레 그렇듯 차보다는 사람들 위주로 디자인된 거리에 작은 광장들이 거미줄처럼 이어진다. 골목마다 노천카페와 음식점들이 줄지어 있고 밤 12시 너머까지 사람들로 북적거린다.

거리를 구경하며 다니다 보니 아이스크림 가게들이 눈에 띄었다. 이탈리아식 젤라또 가게들인데, 여러 곳이 밤늦게까지 불을 환하게 켜고 경쟁적으로 영업하고 있다. 하나 먹어봐야겠다 싶어서 들어갔는데 젤라또를 담아주는 직원들이 그리스 신화에서 튀어나온 것같이 예쁘다. 이라클리온에 머무는 3일 내내 1일 3 젤라또를 먹는다.

미노아 문명과 아서 에번스

크레타섬에는 유럽 최초의 문명이라는 미노스 문명(기원전 31~11 세기) 유적이 있다. 크레타섬이 이집트와 메소포타미아에서 꽃핀 고대 문명이 유럽으로 넘어가는 바닷길 위에 위치하기 때문이다. 오늘은 이 미노스 유적 중에서 가장 유명한 크노소스 왕궁터에 간다.

크노소스 왕궁은 관광 시즌에는 사람들로 미어터진다고 한다. 특히 크루즈들이 들어오는 낮시간에는 사람에 떠밀려 다닐 정도라고. 오늘은 항구에 들어온 크루즈선도 없고 관광 시즌도 아니라 한적하다. 날도 따뜻하고 경치도 좋다. 문제는 인파가 아니라 유적 그 자체다. 여기를 과연 문화재나 사적이라고 해야할지 조차 솔직히 모르겠다. 근현대에 와서 고고학자들이 시멘트를 부어 거의 새로 만들다시피 했기 때문이다.

크노소스 유적 발굴은 1878년 이 지역의 고고학자 미노스 칼로케리노스Minos Kalokerinos라는 사람이 시작했고 1900년부터 1930년까지는 영국에서 온 아서 에번스Arthur Evans가 이어받았다. 옥스퍼드

대학교 부속 민속학박물관인 애슈몰린의 관리자였던 그는 크노소스 왕궁터를 발굴만 한 게 아니라 자신의 상상력을 동원해 상당 부분을 시멘트로 복원하고, 길을 내고, 심지어 벽화까지 새로 그렸다. 민속촌 같은 테마파크를 하나 지은 셈이다.

햇살도 너무 따갑고 괴상하게 변질되어버린 왕궁 유적지도 실망스러워서, 빠르게 둘러보고 이라클리온 시내로 돌아왔다. 크노소스 궁전에서 발굴된 중요한 유물들은 이라클리온 시내에 있는 고고학 박물관에 모셔져 있기 때문이다. 고고학박물관은 시내 중심에 있다. 여기는 꽤 인상적이다. 일단 유럽에서 가장 오래된 문명의 유물들을 볼 수 있어서다. 기본이 기원전 1500년, 기원전 2000년이다. 청동검 하나를 봐도 그렇다. 학창 시절 국사 시간에 우리나라에서 발굴된 비파형 동검, 세형 동검 등이 기원전 8세기 무렵에 한반도에 들어왔다고 배웠는데 이곳 크노소스 유적의 동검은 기원전 18세기~16세기 사용된 것이니 다른 지역들보다 거의 1000년 정도 앞서가는 유물이다.

전시장 한쪽 구석에서 '뱀의 여신'상도 볼 수 있었다. 상의를 벗은 과감한 의상 때문에 세상에 널리 알려진, 미노아 문명을 상징하는 유물이다. 그런데 실물을 보니 크기가 정말 작다. 내 검지손가락만 하다. 발굴 당시 왼쪽 조각은 하반신이 없었고, 오른쪽 조각은 얼굴과 왼쪽 팔이 없었다고 한다. 그 부분은 또 상상의 나래를 펼쳐서 에번스가 멋대로 복원한 것이다.

베네치아 시대와 오스만 시대

13세기 초, 이 섬에 베네치아인들이 왔다. 정말 배가 들어간다 싶은 곳은 어디든 안 빠지고 끼는 베네치아 사람들이다. 이들은 크레타에 '칸디아Candia'라는 왕국을 세웠다. 이후 400년 가까이 이탈리아 본토가 르네상스 문화의 황금기를 맞는 동안 크레타 역시 그 과실을 받아 이탈리아식의 건축과 예술을 발전시켰고, 쿨레스Koules 요새와 도시 성벽 등 많은 건축물을 남겼다. 쿨레스 요새는 바닷가에서 항구를 지키는 요새다. 숙소에서 걸어갈 수 있는 거리이고 아침저녁으로 많은 사람이 조깅을 한다. 아름답고 평화로운 장소다.

베네치아가 지배하던 시대 유명한 크레타 출신 예술가로는 엘 그레코로 알려진 도메니코스 테오토코폴로스Domenicos Theotocopoulos가 있다. 스페인 톨레도에서 주로 활동하며 얼굴 길쭉한 인물화로 이름을 날린 그는 이곳 크레타섬 출신이다. 바로 그래서 예명이 '그리스인(엘 그레코)'.

나는 예전에 스페인 여행을 갔을 때 톨레도에서 엘 그레코의 그림을 보고 깊은 감명을 받은 적이 있다. 그의 그림에는 뭔가 '성스러운' 느낌이 서려 있다. 남들은 다 평면적인 그림을 그리던 16~17세기에 엘 그레코는 인상파처럼 인체 비례를 무시한 길쭉한 인물화나 불꽃에 흔들리는 것 같은 풍경화를 그리곤 했다. 그것은 그가 크레타에서 그림을 배울 때 비잔틴제국의 성상화Icon 스타일 영향을 받았기 때문이라 한다. 마침 엘 그레코의 그림이 헤라클리온 시립 박물관에 2점 전시되어 있다고 하기에 잔뜩 기대를 안고 갔는데 유명 작품인 〈예수의 세례Baptism of Christ〉는 다른 미술관에 대여되었고 다른 한 점은 엘 그 레코가 술을 많이 먹은 다음 날 대충 그렸는지 별로 멋지지 않았다. 화가가 너무 유명해지다 보니 정작 고향 마을에서는 좋은 작품을 확보하기 어려웠나 보다.

베네치아 시대 다음은 이슬람의 시대였다. 오스만제국은 15세기 중반에 그리스 본토를 점령했고, 그로부터 200년 후에 크레타섬도 정복했다. 크레타섬 정복이 오래 걸린 건 베네치아군이 처절하게 버텼기 때문이다. 특히 마지막 21년간은 오스만 군대가 크레타에 상륙해 이라클리온시를 완전히 포위하고 대포를 쏘며 공성전을 벌였지만 베네치아인들은 본국과 프랑스 등 기독교 세계의 지원을 받아가며 버텼다고 한다.

한계는 1669년에 왔다. 프랑스의 전함이 베네치아군을 도우러 이라클리온으로 오다가 화약 사고가 나서 침몰한 것이다. 이를 본 베네치아군은 전의를 상실하고 오스만군에 항복했다. 로도스 기사단처럼, 베네치아군도 협상에 따라 질서 있고 평화롭게 도시를 떠났다고 한다. 이후 200여 년간 크레타섬은 오스만제국 지배 아래에서 이슬람화됐다.

지붕이 날아간 아크라디 수도원

19세기 들어 유럽 곳곳에서 민족주의 바람이 불자 그리스에서도 독립운동이 시작됐다. 때마침 오스만제국은 쇠약해졌고, 영국과 프랑스 등 서유럽의 강대국에서는 유럽 문명의 발상지이자 같은 기독교를

믿는 그리스의 해방을 돕자는 캠페인이 벌어졌다. 대표적으로 영국의 시인 조지 바이런이 그리스의 독립을 돕겠다고 자원했다가 말라리아에 걸려 죽는 사건이 있었다. 결국 영국, 프랑스, 러시아 등은 오스만제국을 공격해 1829년 그리스를 독립시켰다. 하지만 그건 본토의 이야기이고, 크레타섬에는 독립이 오지 않았다. 섬 곳곳에서 게릴라 활동이 벌어지다가 1866년 결국 비극이 터졌다. 바로 아르카디 수도원 폭발 사건이다.

아르카디 수도원은 이라클리온시에서 서쪽으로 한 시간 반 정도 거리에 있다. 여기서 매년 11월 8일에 독립운동 기념행사가 있다기에 렌터카로 찾아가 보았다. 아름다운 경치와 가끔 등장하는 과속 차량들, 그리고 길을 막는 염소들에 놀라며 수도원에 도착하니 마침 본 행사가 진행되고 있다. 옛날 독립군 게릴라 복식을 한 사람들도 있다.

이 수도원의 얽힌 이야기는 다음과 같다. 1866년 11월, 크레타 독립운동 게릴라 약 300명이 오스만제국의 군대에 쫓겨 이 수도원에서 포위당했다. 안내판에 따르면 이 작전에 투입된 오스만군은 무려 1만 5000명이나 되었다는데 아무래도 과장인 것 같지만 어쨌든 많은 오스만 병사들이 수도원을 둘러싸고 포위공격을 했다.

오스만군의 압도적인 화력으로 수도원 담장이 돌파되자 마지막 남은 게릴라 병사 몇 명과 원래부터 수도원에 살던 수도사들, 여자들, 아이들은 탄약고로 쓰던 수도원 와인 창고에 숨어서 마지막까지 싸움을 이어갔다. 그러다 창고의 문마저 돌파당할 상황이 되자 수도사 중 한 명이 화약에 불을 붙였다. 대폭발. 그 안에 있던 모두가 죽었다. 밖에 있던 오스만군 병사들도 많이 죽었다.

지붕이 날아가고 벽이 그을린 와인 창고를 수도원 측에서는 그 모습 그대로 보존해왔다. 이제 그 안에는 희생자들의 명복을 빌 수 있는 제단이 마련되어 있다. 아르카디의 비극은 그리스 학교에서 가르치는 역사 교과서에도 나와 있다고 한다.

튀르키예와 그리스의 관계는 흔히 한일 관계에 비교되곤 하는데,

사실은 한일보다 훨씬 더 오래, 더 참혹하게 싸운 나라들이다. 튀르키예와 그리스는 1952년 나토NATO에 나란히 가입했다. 그러나 튀르키예는 그리스와 달리 아직 EUEuropean Union에 가입하지 못하고 있다. 여기에는 그리스의 반발도 큰 요인이다. 두 나라가 전쟁을 치르거나 할 가능성은 매우 낮아졌지만, 그래도 민족적 라이벌 감정은 남아 있다.

오스만제국이 그리스를 400년이나 지배했는데도 양쪽이 문화적 통합을 이루지 못한 걸 보면, 여러 인종과 여러 문화가 사이좋게 어우러지는 코스모폴리탄 사회를 건설한다는 게 얼마나 어려운 일인지 새삼 깨닫게 된다. 인류 역사상 그런 실험에서 일부라도 인종과 문화 통합에 성공한 사람은 징기스칸, 알렉산더, 스탈린, 그리고 현대의 미국 등 한 손에 꼽을 정도밖에 안 되고 그 모두가 엄청난 피바다 위에서 이뤄진 성과였다. 그리고 미국을 제외한 나머지 다문화 제국들은 오래지 않아 다시 쪼개지고 원상 복귀되었다.

크레타 안녕!

이라클리온시로 돌아가는 길에는 조용한 바닷가에 잠시 들렀다. 올해의 마지막 해수욕을 하다가 해가 산 너머로 들어가서 추워지기에 금방 나왔다. 이발도 했다. 시골이라 그런지 머리를 거의 특수부대 수준으로 짧게 깎아놓아 내심 충격을 받았는데 미용사도 미안한 표정이다. 동양 남자 머리를 깎아본 적이 없을 테니 그의 실패가 이해는 간다.

3박 4일 머무는 동안 제주도 5배 크기라는 크레타섬의 100분의 1도 보지 못했지만, 지금까지 지나온 여러 지역 중 가장 재미있고 가장 설렜다. 사람들도 다 착하고 귀엽고 예쁘고 친절하고, 관광산업이 발달해 누구나 영어를 조금씩은 한다. 음식도 맛있고, 비수기라 물가도 저렴하고, 보고 즐길 것도 많았다. 이제 떠날 시간이다. 생각 같아선 크레타에 한 달 정도 머물고 싶고 매일 세 번씩 젤라또를 먹고 싶다. 그러나 노플라잇 세계여행을 계속해야지. 벌써 11월 8일이고, 11월 26일에는 로마에서 대서양 횡단 크루즈에 탑승해야 한다.

오늘 아테네로 떠나는 배는 야간 운행이다. 밤 9시에 출발한 배가 이라클리온 항구에서 멀어지는 걸 보고 바로 객실에 들어갔다. 어차피 깜깜한 밤이니 창문이 없는 저렴한 객실을 골랐다. 화장실과 샤워실이 딸린 4인실인데, 나 말고 비즈니스맨 차림의 중년 남자 두 명이 더 있다. 이들은 배가 항구를 떠나자마자 불을 끄고 잤다. 5분이라도 더 자고 싶어하는 것 같았다.

아침에 알람 소리에 눈을 뜨니 아직 6시도 안 됐지만 바깥 하늘은 어스름하게 밝아졌다. 배는 천천히 아테네의 피레우스Pireus 항구로 들어가고 있다. 룸메이트 아저씨 둘은 이미 각자 가방을 챙겨서 방을 나갔다. 나도 슬슬 짐을 챙겨 내릴 준비를 한다. 이렇게 무사히 배를 타고 아테네까지 왔다.

24

아테네
스포츠의 날

아테네

10월 9일 목요일 아침. 역시 아테네는 수도인지라 거리의 풍경에서 느껴지는 에너지가 섬들과는 다르다. 길게 줄 서 있는 택시들. 경적. 공기에서 느껴지는 부산한 에너지. 섬에서는 보기 힘든 회사원 옷차림으로 바쁘게 출근하는 사람들. 첫인상은 예상보다 흥미롭고, 예상보다 지저분하다는 것이었다. 특히 내가 예약한 브라운 큐빅 호텔이 있는 동네는 오모노이아Omonoia 광장 옆인데, 시내 중심부에 있지만 길에서 오줌 냄새가 나고 노숙자들과 경찰들이 자주 보였다. 약간 터프한 동네 느낌. 어쩐지 호텔 예약할 때 보니 내부 시설은 10만 원짜리 방이라 해도 손색이 없는데 5만 원 정도에 올라와 있었다. 이게 웬 떡이냐 싶었는데 역시 싼 데는 다 이유가 있다.

크레타에서 봤던 중동 난민들이 아마 아테네로 모일 것이다. 아테네는 크고, 복잡하고, 적당히 지저분해서 불법 입국자들이 일자리 찾기도 좋고 적당히 섞여 들어가기도 좋은 분위기다. 차이나타운도 있고 중동 사람들이 밀집된 거리도 있다. 아프리카 이민자들의 거리도 있다고 한다.

호텔 방 안에서 창밖으로 본 풍경도 크게 다르지 않다. 내 방은 2층인데 커튼을 열면 오래된 교회가 보이고 교회 앞에는 항상 경찰차가 대기하고 있다. 한번은 낮 시간에 호텔에 돌아오는데 경찰이 길거리에서 어떤 여성에게 수갑을 채워 체포하는 것을 봤다. 또 한밤중에 돌아올 때는 약에 잔뜩 취한 것 같은 여성이 인도와 차도를 무법자처럼 걸어다니며 행인들에게 소리 지르는 것도 봤다. 거리에는 거지와 노숙자도 자주 보이고 낙서와 벽화도 많다. 나쁘게 보면 관리가 안 되는 거리라는 느낌이지만 좋게 보면 이색적이고 다채로움이 있다.

자 그럼, 아테네에서 뭘 해야 할까? 우선 남들 다 가는 파르테논신전과 고고학박물관에 가야 할 것이다. 그런데 나는 아테네에서 하고 싶은 게 또 하나 있다. 아테네는 바로 인류의 제전, 올림픽의 고향 아닌가? 더 빠르게, 더 높게, 더 힘차게! 스포츠의 성지에 왔으니 나도 여기서 스포츠를 즐겨보자!

남성적인 농구장 문화

가장 궁금한 스포츠는 농구. 농구는 축구에 이어 유럽에서 가장 인기 있는 프로스포츠다. 심지어 미국 NBA에서도 유럽 출신의 선수들이 MVP를 차지하는 빈도가 미국 본토 선수들보다 많아졌다. 대표적으로 NBA 밀워키 벅스에서 뛰는 그리스 괴인 야니스 아데토쿤보가 있다. 1994년생인 아데토쿤보는 나이지리아 불법이주자 가정에서 태어났다. 프로농구선수가 된 열여덟 살에야 비로소 그리스 국적을 취득한 사람이다.

유럽의 농구 문화는 어떨까? 혹시 내 여행 일정과 맞는 경기가 있는지 찾아보니, 마침 아테네 근교 피레우스에 연고지를 둔 올림피아코스 팀의 경기가 열린다. 가보자!

경기는 저녁 7시 시작. 5시쯤 호텔에서 나와, 아까 항구에서 올 때 탔던 지하철을 그대로 거꾸로 타고 피레우스로 향했다. 경기장은 항구 바로 옆에 있다. 아테네 지역에는 두 개의 빅클럽이 있다. 빨간색이 팀컬러인 올림피아코스Olympicacos와 초록색이 팀컬러인 파나티나이코스Panathinaikos. 이들은 자국 리그에서도 우승을 다투는 라이벌이지만, 유럽 최강 18팀이 경쟁하는 유로리그에서도 각각 10위권 안에 드는 강팀이다. 오늘의 경기는 올림피아코스의 홈경기로, 상대는 멀리 스페인에서 온 바스코니아 농구단이다.

만석은 아니지만 꽤 큰 체육관이 3분의 2 이상 찼다. 팀이나 선수들에 대해 아는 게 전혀 없기에 굳이 좋은 자리에 앉을 필요는 없을 것 같아 꼭대기 층에 있는 가장 저렴한 자리를 골랐다. 그리고 예의상 홈팀을 응원해야 할 것 같아 클럽 기념품 가게에서 흰색과 붉은색 줄무늬의 스카프를 하나 샀다. 마침 겨울이 오고 있으니 스카프 하나 있으면 좋을 것 같았는데 안성맞춤이다.

농구장 분위기는 유럽의 축구장처럼 남성적이고 시끄럽다. 관객은 대부분 불만투성이 얼굴을 한 중년 아저씨들로, 여성 팬이 과반수

인 한국의 농구장이나 배구장과는 분위기가 사뭇 다르다. 응원 열기가 심할 때는 농구팬들이 객석에서 불꽃까지 피운다고 한다. 여하튼 다들 열성적으로 응원하고 또 경기가 잘 안 풀린 땐 욕도 많이들 날리는 것 같았다.

올림피아코스는 농구팀과 축구팀을 함께 운영하는 유명 스포츠 클럽이다. 이들은 자신들만의 응원 구호도 있고, 주제가도 있었다. 구호는 간단하다. '올! 림! 피아! 코!'라고 네 구절로 짧게 끊어 외친다. 주제가는 흥겨운 행진곡 리듬인데, 역시나 중독성이 있다. 유튜브에도 올라와 있다.

경기 수준은 한국 농구와 미국 NBA 중간쯤 있는 듯한데, 선수마다 기량의 차이가 커 보였다. 경기 내용은? 그리스 비극을 한 편 보는 것 같았다. 우리 식으로 하면 희망고문이라고 해야 하나. 1쿼터에 그럭저럭 슛이 들어가며 리드를 잡았던 홈팀 올림피아코스. 그러나 2쿼터부터 원정팀 바스코니아의 맹폭격을 받고 당황하더니 역전당해 3쿼터엔 오히려 20점 가까이 뒤졌다. 내 앞에 앉은 남자는 아예 주머니에서 담배를 꺼내서 뻑뻑 피우기 시작했다. 체육관에서 웬 담배야! 그런데 주변에 있는 사람들 아무도 뭐라고 하지 않았다. 분명 법적으로는 여기도 금연일 텐데, 역시 '적당히 깨끗하고 적당히 지저분한' 문화를 가진 나라인 것 같다. 다만 담배 연기가 바람을 타고 하필 내가 있는 쪽으로 몰려와서 괴롭다.

우리의 올림피아코스 선수들은 경기 막판에 다시 힘을 내기 시작했다. 홈팬들의 열정적인 응원을 받아 가며 4쿼터 내내 조금씩 점수 폭을 줄이더니 마침내 1분을 남기고 74 대 73으로 역전에 성공했다. 관객들이 미쳐 날뛰고 내 앞에 앉은 애연가는 비로소 담배를 끄고 환호한다.

사실 올림피아코스 자신들이 공격을 잘했다기보다는 상대방도 공격을 못하게 파울 대작전으로 끌고 간 경기였다. 미국 NBA 팀들이 보통 경기당 120득점 정도는 하고 한국 프로농구팀들도 80득점씩은 하는데 이 경기는 70점 대에 머물고 있었으니 말이다. 그것도 전술이긴 한데, 보는 사람 입장에서 마음이 짠하다. 공격이 안 되면 저렇게라도 같이 망하자는 식으로, 진흙탕 작전으로 달려들어야 하는구나.

종료 휘슬이 올리기 직전까지도 1점 차 스코어는 유지되며 그렇게 홈팀이 승리하나 싶었다. 그러나 불과 0.7초를 남겨두고 바스코니아의 흑인 센터 선수가 극적인 장거리 점프 슛을 터뜨리며 역전했다. 아무도 예상하지 못했고, 수비수가 나름 잘 막았는데도 억지로 던지는 무리한 슛이었다. '설마 저게 들어가?'라는 생각을 체육관에 있는 모든 사람이 하고 있었는데 공은 깨끗하게 림을 가른다. 이 득점으로 경기는 끝. 관중석은 찬물을 끼얹은 것처럼 조용해졌고, 앞줄 애연가는 다시 담배를 꺼내 들었다. 경기장 운영자는 뭔가 머쓱하고 고요한 분위기를 덮고 싶었는지, 경기 종료를 알리는 휘슬이 올리자마자 다시 팀 주제가를 틀었다.

"나의 최고의 팀이여~ 나의 가장 위대한 사랑이여~ 올림피 올림피 올림피아케~~."

이거 뭔가 반어법 같기도 하고, 한국으로 치면 한화 이글스 같은 정서를 가진 팀인가 싶다. 아테네로 돌아와 한식당에 들렀다. 두부찌개도 맛있고, 같이 시킨 샹그리아도 꿀맛이었다. 마음이 푸근해지는 식사를 했다. 그런데 종업원이 내가 두르고 있는 올림피아코스 스카프를 본다. '네가 그걸 왜?'라는 눈빛을 보낸다.

아테네 마라톤

농구를 봤으니, 다음은 달리기다! 아테네에서 가장 유명한 경기장은 농구장도, 축구장도 아니다. 마라톤장이다. 마라톤장이라고 하면 좀 이상하지만 아무튼 1896년 1회 올림픽 대회에서 개회식과 폐회식, 육상경기장, 그리고 마라톤 결승점으로 쓰인 파나티나이코 스타디움 Panatheniac Stadium이라는 곳이 있다.

『론리플래닛』 가이드북을 보니 관객석은 언제든 들어갈 수 있고 또 관객석 꼭대기에 있는 U자 모양의 산책로는 조깅 코스로도 사랑받는다고 한다. 이 내용을 읽고 둘째 날 저녁 운동화를 꿰어신고 찾아가봤다. 숙소에서 2~3킬로미터 떨어진 거리라 슬슬 달리면서 갔더니 금방이다. 파나티나이코 경기장은 객석이 모두 대리석이다. 대리석으로만 지어진, 세계 유일의 경기장이라 한다. 꼭대기에 올라서니 저 멀리 파르테논신전도 보인다. 산책로를 따라 열댓 명 되는 사람들이 달리기를 한다. 나도 같이 뛰었다. 그런데 운동장 주변을 보다 보니 뭔가 심상치 않은 분위기가 느껴진다. 여기저기 텐트와 비계 등의 시설물이 올라가고 있고 도로도 한쪽을 막고 뭔가 행사를 준비하는 듯하다. 숙소에 돌아와 검색해보니, 글쎄 이번 주말에 '아테네 마라톤'이 열리고 이 파나티나이코 경기장이 결승점이라고 한다.

아테네 마라톤은 아테네 클래식 마라톤Athens Classic Marathon이라고 하며 매년 11월 둘째 주 일요일에 열린다. 1972년부터 시작했다니 대회의 역사가 긴 편은 아니지만 오리지널 올림픽 코스라는 상징성이 있다. 즉 고대 그리스 역사 그대로 간다. 여기서 약 40킬로미터 떨어진 마라톤 언덕에서부터 달려와 이 경기장에서 끝나는 코스다. 한국 여행사 중에 관광과 대회 참여를 패키지로 묶어 판매하는 곳도 있다. 물론 개별 등록도 가능하다.

평생 살면서 이런 역사적인 코스에서 달려볼 일이 있을까? 황급히 대회 등록이 가능한지 찾아봤지만 역시나 마감. 단 며칠만 일찍 알았다면 5킬로미터 코스는 등록할 수도 있었을 텐데 아쉽다. 그래도 궁금하니, 경기 당일인 일요일에 구경이라도 가야겠다 싶다. 일요일 아침. 나는 조깅화와 러닝셔츠를 입고 다시 파나티나이코에 나갔다. TV에서는 아침 일찍부터 42.195킬로미터 풀코스를 뛰는 선수들의 모습을 보여준다. 선수들은 아침 7시 무렵에 일찌감치 마라톤시에서 레이스를 시작했고, 간선도로 위를 달리며 아테네를 향해 조금씩 다가오고 있다.

아테네 파나티나이코 경기장으로 가는 길에는 수많은 일반 시민들이 나와 있다. 날씨도 이렇게 좋을 수 없다. 모두 화창한 일요일 오전에 피크닉 나온 기분을 만끽하고 있다. 나는 아테네 마라톤 참가자는 아니지만 2021년 서울 마라톤에서 받은 핑크빛 마라톤 셔츠를 입고 이 축제 분위기에 슬쩍 끼어든다. 어색하지 않다.

이날 남자부 레이스 우승은 케냐 선수가, 여자부 우승은 모로코 선수가 차지했다. 남녀 각각 세계기록보다 10분 정도 늦은 2시간 10분

정도, 2시간 30분 정도에 들어왔다. 마라톤시에서 아테네까지 오는 이 코스는 해발 250미터에 달하는 언덕을 넘어야 해서 선수들이 좋은 기록을 내기 어렵다고 한다. 하지만 고대 마라톤의 발상지에서 오리지널 마라톤 코스를 뛴다는 경험은 오직 이곳에서만 할 수 있다.

나도 다음에 아테네에 올 수 있으면 10킬로미터 코스라도 참가해보고 싶다. 이런 분위기에서는 내 평소 실력보다 더 많이 뛰어도 힘들지 않을 것 같다. 응원해주는 사람도 많고 특히 경기장 너머 멀리 보이는 파르테논신전이 무척 아름답다. 2000년 전 고대 올림픽 마라톤 선수들도 여기 같은 코스에서 같은 파르테논신전의 풍경을 보며 달렸을 것이다. 경기장을 나와 숙소로 천천히 달려오다가, 골목길에 있는 식당에서 지중해식 점심식사를 했다. 빵, 멸치튀김, 쿠스쿠스, 올리브, 그리고 유리병에 담긴 로제와인. 오늘은 좋은 일요일을 보낸 것 같다.

2022년 기준 그리스의 1인당 GDP는 약 2만 달러로, 한국보다 30퍼센트 정도 낮다. 하지만 삶은 괜찮아 보인다. 2008년 금융위기 이후 몇 년 동안 아주 힘들었던 그리스 경제도 요즘 다시 살아나는 분위기다. 아테네 근교에는 마이크로소프트가 대규모 데이터 센터를 건설 중이라 이 지역 사람들의 기대가 크다고 한다.

10년 전만 해도 돼지들PIGS : Portugal, Italy, Greece, Spain이라 불리며 유로존의 문제아 취급받던 그리스인데 이제는 사람들의 표정도 밝고 거리의 가게들도 빈 곳 없이 활기 넘친다. 단, 난민과 노숙자의 이슈는 여전하다.

25
신이 인간에게
기도하는 시대

그리스어 어원 공부

아테네 3일 차, 여행 플랫폼에서 '포세이돈 신전 투어'를 신청했다. 포세이돈은 바다의 신이다. 그래서 포세이돈에게 바치는 신전도 바닷가에 있다. 아테네에서 한 시간 반 정도 미니버스를 타고 나갔다가 돌아오는 코스인데, 경치도 좋고 노을도 좋고 신전도 멋있지만 무엇보다 투어 가이드가 인상적이다.

가이드 테오는 대학원에서 정치학인지 역사학인지를 연구하는데 아르바이트로 투어 가이드를 한다고 한다. 먼저 그는 우리에게 "아테네의 저녁 러시아워에 걸리는 게 싫으니 포세이돈 신전에 가면 꼭 5시 20분까지 버스에 돌아오세요. 남들보다 10분 먼저 떠나는 게 중요합니다"라고 신신당부한다. 그리고 바닷가까지 가는 동안 속사포처럼 그리스의 역사와 주변 풍경에 대해서 웃긴 이야기들을 해준다.

예를 들어 그리스 현대사를 이야기하며 "Civil war is a tradition

here(내전은 이 나라의 전통이다)."라든가 "When a Greek gives you a number, multiply by three(그리스인이 숫자를 주면 세 배를 곱해라)" 등 그리스인에 대한 풍자가 주를 이룬다.

그의 레퍼토리 중 가장 재밌는 것은 언어 이야기였다. 그는 "너희들이 아는 영어의 3분의 1은 그리스어"라고 주장하며 여러 사례를 들었다.

그 가운데 민주주의democracy를 언급하며 테오는 '사람들'을 의미하는 demos와 '지배'를 의미하는 kratia의 합성어라고 했다. 그런데 이 이야기를 하다가 혼잣말처럼 이렇게 덧붙였다.

"요즘 민주주의는 진짜 민주주의가 아니야. 그건 대의代議, representative 민주주의야. 대의 민주주의는 진짜 민주주의와는 아무런 관계가 없어. 완전히 다른 콘셉트야. 진짜 민주주의는 고대 그리스에 있었지."

대표Representative라는 단어를 힘주어 말하다가 승객들이 별다른 관심을 보이지 않자 다음 주제어로 넘어갔다. "너희 그거 아니? Represent 역시 그리스어에서 나온 말이라는 걸?"

신계급사회

가볍게 지나가듯 한 얘기지만 나는 새삼 놀랐다. 이전까지 한 번도 대의민주제와 민주주의가 충돌하는 개념이라고 생각해본 적이 없었다. 비슷한 것 아닌가? 내가 아는 대의민주제란 민주주의 의사결정

과정을 효율화하기 위해서 국회의원을 대표로 뽑아 국민의 뜻을 대신 표현하게 하는 '간접 민주주의'였다. 그런데 지금 이 그리스인 가이드는 간접민주제가 민주주의가 아닐뿐더러 진짜 민주주의에 반하는 개념이라고 이야기하고 있다.

곰곰이 생각해보면 테오가 무슨 말을 하려는지 이해할 수 있다. 우리 동네를 대표하는 국회의원들을 생각해봐도, 내가 뽑은 사람이라고 해서 반드시 그가 나와 다른 주민들의 의견을 국회에서 전달해준다는 보장은 없다. 사실 국회의원들은 국회에 나가서 유권자의 이해관계와 동떨어진 결정을 하는 경우가 더 많다. 묻지도 않고 말이다.

그렇다면 대의민주제는 나쁜 것이고 직접민주제가 옳은 것인가? 그것도 꼭 그렇지는 않다. 우리에게 '민주주의democracy'라는 고상한 말이 익숙하지만, 사실 원래 뜻 그대로 직역하면 '대중demo의 지배체제cracy'다. 이렇게 써놓으면 그게 꼭 좋기만 한 건 아니라는 느낌이 온다.

대중의 횡포에 희생당한 가장 유명한 사람은 바로 여기 아테네에 살았던 철학자 소크라테스다. 그는 '청년들을 타락시키는 무신론자'라는 혐의로 재판을 받았는데 아테네 시민들의 다수결에 의해 사형 선고를 받고 죽었다. 유무죄를 다룬 1차 표결에서보다 사형 여부를 다룬 2차표결에서 더 많은 표 차이로 사형이 결정됐다고 하니, 이게 논리적인 투표가 아니라 군중심리에 의한 투표였음을 알 수 있다.

가장 좋은 정치 제도를 찾기 위한 인류의 노력은 소크라테스가 살았던 고대 그리스 이래 수천 년째 계속되고 있는데, 솔직히 말해 진척도 없고 답도 없어 보인다. 인류 역사상 그 많은 정치학자의 노력은 사실상 헛수고다. 모든 인간의 수명이 유한하기에 망정이지, 만약 영원히 살았다면 영원히 사는 인간들 간의 영원한 권력다툼으로 이 세상은 아비규환이 됐을 것이다.

엑사히아 투어

정치학의 고향답게 그리스 사람들은 정치에 대해서 관심도 많고 시위도 많이 한다. 최근에는 2008년 금융위기 이후 정부가 국민의 복지혜택을 줄이고 세금을 올리려 했을 때 많은 시위가 벌어졌다. 아테네의 경우 이런 반정부 시위는 대부분 엑사히아Exarcheia라는 동네에서 벌어진다고 해서 구경을 가보기로 했다. 대학생들과 무정부주의자들이 많이 사는 동네라 한다. 오늘 엑사히아에서 내 가이드가 되어줄 사람은 애거사. 원래는 단체 투어인데 오늘은 신청자가 나 하나밖에 없어서 투어를 취소할까 하다가 어차피 할 일도 없고 해서 나왔다고 한다. 알고 보니 엑사히아는 내가 묵고 있는 호텔에서 걸어서 10분 거리. 어쩐지 이 거리도 무정부주의의 냄새가 물씬 풍기더라니.

먼저 애거사가 데리고 간 아테네 반정부 운동의 중심지는 아테네 폴리테크닉대학교 캠퍼스. 정문은 철문으로 굳게 잠겨 있다. 1973년 11월 14일에 여기서 반정부 시위대를 진압하기 위해 군사정권의 탱크가 문을 부수고 들어왔다고 한다. "건너편 건물 보여? 저기 옥상에는 스나이퍼까지 배치됐었대." 애거사가 말했다. "그건 좀 심한데."

그날 40명의 시민과 학생이 죽었다고 한다. 탱크가 부수고 들어온 학교 정문은 부서진 채로 안쪽 마당에 전시되어 있다. 그 옆에는 슬퍼 보이는 얼굴의 조각상이 있다. 미리 알았던 건 아니지만 바로 내일모레가 폴리테크닉 시위 50주년 기념일이라 한다. 그래서 그리스 전국에서 기념 시위가 예정되어 있다.

"이번 시위의 주체가 누군데? 무엇을 요구하는 집회인데?"

"딱히 뭔가 하나를 요구하는 건 아니야, 주로 무정부주의자들이니까 그냥 정부가 하는 건 다 싫다는 거지. 시위에 참여하는 그룹마다 원하는 바가 다 달라."

간단명료하네. 이유가 필요 없다. 일 년에 한 번, 시위를 위한 시위! 현재 대학생뿐만 아니라 이미 졸업한 사람들까지 모두 모인다고 한다. 흥미로운 일들이 벌어지겠군. 아닌 게 아니라 동네 곳곳에서 11월 14일 시위를 예고하는 포스터들을 볼 수 있다. 엑사히아 거리 곳곳에는 대기 중인 전투경찰들도 눈에 띈다. 다들 덩치들이 크고 장비를 착용하고 있어서 약간 주눅도 든다.

요즘 엑사히아 무정부주의자들의 주요 관심사는 두 가지다.

난민과 팔레스타인

아테네는 중동에서 오는 난민들이 많은 도시이고, 무정부주의자들은 난민에게 친절해야 한다는 입장이다. 이들은 이스라엘과 싸우는 팔레스타인에도 동정적이다. 이스라엘을 욕하거나 팔레스타인과 가자지구 사람들을 응원하는 구호들이 거리 곳곳에서 볼 수 있다. 그리스가 전반적으로 기독교 국가지만 그렇다고 해서 무슬림보다 유대인들편을 들어주는 건 아닌가 보다.

에어비앤비와 관광객

엑사히아에 워낙 학생들과 지식인 힙스터들이 많이 살고 또 집값도 저렴하기 때문에 에어비앤비 숙소들이 많이 생겼다고 한다. 그래서 곳곳에 '사진 찍지 마' '관광객은 꺼져주세요'라는 구호들이 영어로 쓰여 있다. 그걸 읽는 나는 누가 봐도 생긴 것부터 관광객인데, 마음이 조금 불편해진다. 누가 위에서 침이라도 뱉을까 봐.

애거사는 동네 주민들이 페인트로 테러한 에어비앤비 집들도 보여주었다. 어떤 집이 내부 리모델링 공사를 하고 에어비앤비 손님을 받을 거라는 소문이 퍼지면, 주변 주민들이 와서 물감이나 페인트 풍선을 던지고 가는 것이다.

또 엑사히아 거리 곳곳에는 빨간 깃발을 달고 있는 집들이 보인다. 저것은 '무정부주의자가 점령한 집'이라는 표식이다. 운동가들이 점령한 다음 난민들에게 숙소로 제공한다고 한다. 건물주 입장에서 보면 울화통 터질 일이지만 경찰도 어떻게 손을 대지 못하고 이들이 자발적으로 집을 비워줄 때까지 기다리는 수밖에 없다고. 운동가들은 이 지역이 경제적으로 발전하는 것도 원하지 않는다. 요즘 지하철역을 새로 만들겠다는 아테네시의 계획에 대항해서 계속 시위 중이라 한다. 너무 상업화되고 외지인들이 많아질까 봐 그렇다.

"너도 그렇게 생각하니? 지하철역 들어오는 것에 반대해?"

"나는 아무래도 괜찮아. 굳이 반대할 필요도 없고. 왜냐하면 이런 일은 여러 사람의 논의를 거쳐 결정되기까지 엄청 오래 걸리잖아. 그런데 아테네는 어디든 땅만 파면 유적이 나오거든. 그래서 이런 공사

를 하려면 수십 년은 걸려. 지하철역을 설치하기로 결정이 난다 하더라도 내가 죽기 전까지는 어차피 완공 못 해. 영원히 못 할 수도 있어."

그렇지. 걱정 안 해도 될 일을 굳이 걱정할 필요가 없다. 그리스인이 숫자를 말하면 3을 곱하라는 어제 테오의 조언과 일맥상통이다.

엑사히아가 지저분하고 위험한 동네이기만 한 건 아니다. 이곳은 일종의 대학가이자 지식인들의 거리라서 서점과 출판사들이 밀집해 있다. 또 연극 공연장도 많다. 월세도 상대적으로 저렴하니 젊은 사람들이 재미있게 살기 좋다고 애거사는 자기 동네 자랑을 했다.

이렇게 엑사히아 투어를 마쳤다. 헤어지면서 애거사가 추천해준 전통시장 안의 허름한 밥집에 가서 점심을 먹었다. 메뉴판을 보고 생선요리를 골랐는데, 식당 아주머니가 양고기 맛있으니 양고기를 먹으라고 권한다. 주는 대로 먹는 게 나도 더 좋긴 하다. 양고기스튜와 찐감자 요리. 값은 1만 원도 안 하는데 맛은 일품이었다.

기도하는 손

아테네 시내에는 '기도하는 손'이라는 벽화가 있다. 중세 독일의 화가 알브레히트 뒤러의 그림을 뒤집은 모양이다. 기도하는 두 손이 하늘이 아니라 땅을 향한다. 사람들이 하늘에 올리는 기도가 아니라, 하늘에 있는 신이 땅에 있는 사람들에게 빌면서 부탁하는 기도.

"얘들아. 제발 부탁이다. 싸우지 말고 잘 좀 살아라!"

이런 의미가 아닐까. 그렇다면 한국에 가장 필요한 벽화일 듯싶다.

26

이탈리아로!

그리스인이 보는 이탈리아

11월 19일 일요일, 그리스에서 이탈리아로 떠나야 하는 날이다. 오늘 밤 그리스 이구메니차Iguomenitsa항에서 출발해 내일 아침 이탈리아 브린디시Brindisi까지 가는 배표를 끊었다. 그리스와 이탈리아를 오가는 정기 여객선 노선은 4~5개로 많은 편이다. 하지만 그리스의 육로교통은 몹시 부실해서 테살로니키에서 이구메니차로 가는 버스는 하루 두 대뿐이다. 심지어 기차 노선은 없다.

이번에 타는 배는 이탈리아 선사인 그리말디Grimaldi 라인. 침대가 있는 선실을 쓰는 사람은 나를 비롯해 두세 명 정도이고 나머지 십여 명은 대부분 2등 객실의 의자에서 밤을 보내는 것 같다. 배 안에 식당이 있지만 시간이 늦어서인지 따뜻한 요리는 없고 간단한 과자와 술종류만 있길래 그냥 객실에 들어왔다.

지금까지 여행하면서 튀르키예와 그리스 두 나라의 국민감정이 별로 좋지 않다는 건 충분히 알겠다. 그렇다면 그리스와 이탈리아 사람들은 서로를 어떻게 생각할까?

아테네에서 만난 애거사와 테살로니키의 숙소 주인 크리스티나는 이탈리아를 좋아했다. 애거사는 무정부주의자답게 상당히 까칠한 사람이다. 그런데 내가 곧 그리스를 떠나 이탈리아로 넘어간다고 하자 그는 얼굴 가득 순수한 웃음을 띠며 "이탈리아 사람들은 노래하기 좋아하고 춤추기 좋아하며 맛있는 거 좋아하는 재밌는 사람들"이라고 한다. 크리스티나에게도 같은 이야기를 하자 "나는 이탈리아 음식이 너무 좋아. 특히 젤라또는 정말 맛있어. 이탈리아는 정말 좋다니까"라면서 지난 휴가 때 시칠리아에 다녀온 이야기를 한참 해주었다.

"아니 옛날에는 로마제국이 그리스를 지배했고, 2차 세계대전 때 이탈리아가 그리스를 공격했는데도 그리스 사람들은 이탈리아를 싫어하지 않아?"

이렇게 물으니 크리스티나가 어이없어했다.

"아니 그게 무슨 소리야. 우! 리! 가 바로 로마제국이야! 동로마제국이라고 들어봤어? 동로마제국이 곧 그리스고 그리스가 곧 동로마제국이라고. 수도도 콘스탄티노플이잖아. 원래 거기까지 다 그리스 땅이야. 우리가 바로 로마제국 그 자체인데 로마를 왜 싫어하겠어?"

애거사도 비슷한 의견이다.

"이탈리아가 2차 세계대전 때 그리스를 점령했다고? 하하하, 너 뭘 잘 모르는구나. 그때 우리 그리스군이 이탈리아군을 아주 그냥 박살냈다고! 이탈리아 사람들은 어떻게 싸워야 하는지도 몰라. 그냥 노래만 부르고 좋은 인생을 즐기고 싶어하는 사람들이야. 우리가 이탈리아군은 쉽게 물리쳤는데 독일군까지 쳐들어오는 바람에 점령당한 거야. 독일이 이탈리아에 그리스를 맡긴 거고. 그런데 이탈리아 군대는 우리 그리스 사람들이랑 즐겁게 잘 지냈어."

그러면서 애거사는 〈코렐리의 만돌린〉이라는 영화를 추천해주었다. 니컬러스 케이지와 페넬로페 크루즈가 주연한 영화이며, 크리스티나의 엄마가 영화의 배경인 케팔로니아Kefalonia섬 출신이라고 한다. 이 영화를 보면 그리스와 이탈리아 사람들이 서로를 어떻게 생각하는지 알 수 있을 거라고 했다.

창문이 없는 선실에서 꿀잠을 잤다. 몇 시인지는 모르겠지만 문밖에서 어수선한 소리가 들린다. 항구에 다가오나 보다. 방문을 열고 나가니 이미 날이 환하게 밝았고 복도 창문 너머로 육지가 보인다. 그리고 쾌활하게 생긴 젊은 여직원이 노래를 부르며 바닥을 밀대로 밀고 있다. 음정 박자 모두 안 맞지만 혼자 좋아서 목청 크게 부른다. 와, 이탈리아로구나!

그리말디호는 아침 8시 브린디시항 부두에 도착했다. 배가 문을 내리기도 전에 성미 급한 승객들은 짐을 들쳐메고 뛰쳐나갈 준비를 하고 있다. 그리스 사람들은 아닐 것이다. 그 사람들은 늦으면 늦었지 서두르지는 않으니까. 부두에 내려 입국심사대까지 가는 길에 한 무리의 가족이 슬금슬금 눈치를 보는 것 같더니 항구 담장 쪽으로 후다닥 뛰어간다. 난민들? 딱히 잡거나 만류하는 사람은 없다.

27

풀리아를
추천합니다

브린디시

이탈리아는 기다란 장화 모양이다. 장화 뒤축에 해당하는 동남쪽 지역이 풀리아Puglia주이며, 내가 도착한 브린디시는 풀리아의 주요 항구다. 우리 배에서 내린 승객 여남은 명은 다들 자가용이나 지인의 차를 타고 사라지고, 나를 포함해 딱 세 명만 큰길로 나가는 문 앞에 멀뚱멀뚱 남았다. 주위를 둘러보니 택시가 딱 한 대 있다. 그런데 다른 두 명이 이미 선점한 모양이다. 버스 같은 건 전혀 없는 듯하고, 저 택시를 못 타면 시내로 갈 수가 없는데… 내 고민을 눈치챘는지 택시 기사가 먼저 말을 걸어왔다. "택시?" 저 사람들과 같이 타고 가라는 것 같다. 그분들도 흔쾌히 승낙해서 세 명이 함께 택시를 탔다.

시가지로 가는 동안 이야기를 해보니 그 두 명 역시 서로 모르는 사이였다. 배에서 내리면서 인사를 했단다. 예순 정도 된 쿠바 아주머니 이름은 아나스타샤. 다른 한 명은 독일 뮌헨에서부터 배낭여행 중인 청년 다니엘이다. 나까지 세 명이 모두 장기 여행 중이었다. 이들은 브린디시역에서 바로 로마로 간다고 한다.

"너는 어디로 가니?" 아나스타샤 이줌마가 묻는다.

"음… 정해진 건 없어요."

"그래. 너는 이 세상의 시간을 모두 가진 사람이니까 천천히 결정해."

브린디시 기차역 앞에 택시가 섰다. 쿠바 아줌마와 독일 청년은 기차표를 사러 역 안으로 들어가고, 나는 반대편 광장으로 나왔다. 날씨가 화창하고 공기는 따뜻하다. 아직 아침 9시 반이라 가게들은 문을 열지 않았다. 지나다니는 사람들도 모두 느긋하다.

일단 카페에 앉아서 아침이나 먹어야겠다. 10분 정도 길을 따라 걸어내려가자 문을 연 노천카페가 있다. 에스프레소에 이탈리아식 크루아상인 코르네티 하나를 추가했다. 커피값은 싸다. 서서 마시면 1.2유로. 자리에 앉아서 마시면 2유로인데 자리까지 가져다준다. 빵도, 커피도 감동의 맛이다.

커피를 마시면서 슬슬 앞으로의 여행 경로를 짜봤다. 어젯밤에 기차 안에서 사전 조사를 좀 하긴 했다. 예전에 다녔던 신문사 후배 중에 풀리아 사람과 결혼한 후배가 있다. 그에게 SNS 메시지로 상담을 했다.

"나 이제 이탈리아 브린디시로 들어가는데, 상희씨 시댁이 그쪽 아닌가? 혹시 이 동네에 좋은 데 있으면 알려줘"

"브린디시랑 가까운 오스투니Ostuni도 예쁘고 조금 더 안쪽 마테라Matera도 역사적인 곳이고… 시간 남으면 폴리냐노 아 마레Polignano a Mare, .알베로벨로Alberobello… 갈 곳이 자꾸 나오네. 바리Bari도 마을 자체가 걷거나 구경하기 괜찮아요. 성도 있는데 그건 뭐 그냥 그렇고… 풀리아의 매력이랄까. 뭐가 되게 없는데 정감이… 어딜 가든 일단 맛난 거 많이 드시고 대신에 지갑을 조금 더 챙겨주세요. 모든 게 싸니까 하나 먹을 거 두 개 먹어주고!"

구글맵으로 찾아보니 후배가 알려준 동네 중에 오스투니가 가장 가까웠다. 오스투니로 가기로 결심했다. 그런데 잠깐, '지갑을 더 챙기라'는 말은 무슨 말인지 싶어 다시 물어봤다. "차나 지갑만 도둑맞지 않으면 돼요. 저는 둘 다 털려봤어요."

다행히 나는 잃어버릴 지갑이 없다. 이미 잃어버렸거든. 오스투니 마을까진 완행열차로 30분 거리. 기차는 오른편에 아드리아해를 끼고 달린다. 바다와 철길 사이의 넓은 평원에는 온통 올리브나무가 심어져 있다.

하얀 마을 오스투니

오스투니는 언덕 위에 있는 인구 3만 명의 작은 마을로 이탈리아에서는 유명한 휴양지다. 여름휴가 시즌에는 최대 20만 명까지 머문다고 한다. 버스를 타고 올라가니 〈시네마 천국〉에 나온 것 같은 귀여운 마을이 나왔다. 집들은 모두 하얗게 칠해져 있고 바닥에도 하얀 대리석이 깔려 있다. 그래서 이탈리아 사람들은 여기를 '하얀 도시La Citta Bianca'라 부른다. 지금은 11월 말이라 관광 비수기이고, 한낮인데도 길에 사람이 없어 나 혼자 마을을 독점한 것 같은 기분이다.

이제 점심을 먹어야 하는데, 음식점마다 '휴가 중'이다. 관광객들을 상대로 장사하는 사람들에게는 이렇게 가을과 겨울이 일을 쉬는 휴가다. 아마 내년 봄이 되어서야 문을 열겠지. 다행히 영업히는 식당을 하나 찾아서 봉골레 스파게티와 에일 맥주 한 잔을 먹었다. 맛있다. 식사 후 오늘의 세 번째 에스프레소 마시려는데 뭔가 좀 새로운 시도를 해보고 싶었다. 메뉴를 살펴보다가 놀라운 단어를 발견.

'Caffe al ginseng'

진생? 내가 아는 그 인삼 말인가? 이탈리아에서 인삼이 들어간 커피를 먹는 줄은 몰랐다. 가게 주인에게 이 진생이 그 식물 진생 맞냐고 확인하니 그렇다고 한다. 마셔보니 한국에서 먹는 인삼차에 비해 강도는 약하지만, 어쨌든 인삼 향과 커피 향이 잘 어우러지는 것 같다. 어쩐지 몸에도 좋을 것 같다. 위키피디아를 보니 이탈리아에서는 2000년대 중반부터 인삼 커피가 인기를 끌기 시작했다 한다. 지금은 전국의 거의 모든 에스프레소 바와 자판기에서 인삼 커피를 팔고 있고 특히 여대생들에게 인기라고.

인삼차를 마시고 호텔로 가는 길에 길에서 부동산 광고를 봤다. 오스투니 부동산 중개소 포스터에 소개된 집 세 곳의 가격을 보니, 대략 120만~150만 유로씩 한다. 20억 원 안팎. 내 예상보다 10배 정도 높다. 시골 집값에 놀란 상태로 내가 예약한 호텔에 왔는데, 체크인하고 나서 또 놀랐다. 호텔이 너무 좋다. 여긴 무슨 천국인가. 흰색 석회석으로 쌓아 올린 오스투니 전통 가옥 느낌을 그대로 살려서 지었고 천장이 5미터는 될 정도로 높다. 그런데 내부엔 온갖 현대적 편의시설들이 다 들어 있다. 전통과 현대의 조화. 이탈리아 사람들이 집을 잘

짓나 보다. 가구와 집기들도 겉보기에만 멋진 게 아니라 실용적이면서 품위가 있다.

다음 날은 새벽에 일어나 옥상에서 수영을 했다. 다른 사람은 없다. 이제 가을도 끝나가는지 바깥 공기는 조금 차갑지만 물이 따뜻하기에 둥실둥실 떠 있기로 했다. 바투미의 50미터 풀에서 훈련했던 자유형 플립턴도 연습해보며 놀았다. 직원이 다가와 주문하지 않은 에스프레소 커피도 한 잔 준다.

방에 돌아와 샤워를 하고 아침식사를 하러 식당에 나갔더니, 아까 그 직원분이 내가 수영하는 걸 어떻게 알았는지 알 수 있었다. 식당 천장이 곧 수영장 바닥이다. 수영하는 사람이 여기서 훤하게 보인다.

조식 메뉴는 유럽식으로 빵과 치즈, 과일 중심이다. 아주아주 훌륭하다. 빵만 해도 10종류가 넘고 모두 갓 구운 것 같다. 빵에 발라먹으라며 벌집을 통째로 가져와서 꿀을 퍼주고 이 빵도 먹어라, 저 요구르트도 먹어보라고 권한다. 배가 터지겠다. 이런 호텔은 처음이다. 그리고 커피를 또 갖다준다. 조금 전 수영하면서 에스프레소를 마셨으니 이번엔 라테를 마시라면서. 지난 24시간 동안 커피를 다섯 잔 마셨다.

유라시아 대륙의 마지막 한 주

11월 21일 오늘은 오스투니를 떠나 이탈리아 북부 토리노Torino로 간다. 여기 호텔이 너무 좋아서 며칠 더 묵고 싶지만 여유가 없다. 이틀 후인 23일에는 베네치아에서 친구와 저녁을 먹기로 했고 26일에는 로마에서 출발하는 대서양 횡단 크루즈를 타야 한다.

오스투니에서 토리노로 밤 9시에 출발하는 야간 침대열차가 있다. 그런데 이 마을에서 밤까지 할 일이 없다. 그래서 북쪽으로 한 시간 거리에 있는 바리시에서 시간을 보내다가 밤 10시에 바리에서 바로 토리노행 기차를 타기로 했다.

바리에서 '블랙프라이데이' 쇼핑을 하며 시간을 보내고 밤 10시에 열차에 올랐다. 침대칸에서 코까지 골며 푹 자고, 다음 날 오전 느지막이 북부 이탈리아의 토리노에 도착했다. 열차에서 내리니 공기가 차갑다. 저 멀리, 눈 덮인 알프스산맥이 보인다.

28
토리노

11월 22일 수요일, 대서양 횡단 크루즈 탑승까지 4일 남았다. 아침 일찍 토리노에 도착해 호텔 체크인 전까지 짐을 기차역에 맡기고 토리노 시내를 걸어본다. 부유한 도시답게 도시계획이 반듯반듯하다. 걷다 보니 건축학자 유현준 교수님의 블로그에서 본 이야기가 생각났다. 사람들은 이동할 때 1~2분마다 풍경이 바뀌어야 지루해하지 않아서 도시의 모습도 자연스럽게 그 리듬을 따른다고 한다. 그래서 걸어 다니던 시대에 만들어진 도시 로마는 한 블록의 크기가 가로세로 80미터고 마차가 다니던 시대에 만들어진 도시 뉴욕은 가로 250미터, 자동차가 다니는 시대에 만들어진 서울 강남은 가로세로 800미터라고. 유럽 도시들은 걸어 다니면 오밀조밀한 재미가 있는 한편, 서울 강남의 대로들을 걷기에 끔찍하게 지루한 것도 그런 이유라고 한다. 토리노는 블록의 너비가 100미터 정도밖에 되지 않는다. 걸어 다니며 구경하기에 좋다.

피아트 공장을 리모델링한 호텔

오늘 묵을 링고토 호텔은 자동차 회사 피아트의 공장을 리모델링해서 지은 곳이다. 건물이 너무 커서 사진 한 장에 담기지 않는다. 길이가 1.2킬로미터나 되는 대형 공장이고, 옥상에는 자동차 주행 테스트를 하던 레이스 트랙까지 설치되어 있다.

이 건물은 피아트가 세계적 자동차 회사로 성장하던 1923년 완공됐다. 기다란 공장 1층에서부터 컨베이어벨트를 따라 자동차를 조립한 후, 양쪽 끝에 있는 램프를 따라 옥상으로 올려보내서 마지막 테스트 주행을 마친 후 출하하는 구조다. 미국 디트로이트에 있던 포드사의 하이랜드 파크 공장을 벤치마킹했으며 건설 당시 유럽 최대 규모였다고 한다. 유명 건축가 르코르뷔지에가 '산업이 주는 가장 인상적인 스펙터클'이라 칭찬했다는 말도 적혀 있다.

옥상의 레이스 트랙과 양 끝 램프는 영화 〈이탈리안 잡〉에 나와서 유명해졌다는데, 여기서 말하는 영화는 마크 월버그와 샬리즈 세런이 주연한 2003년 작이 아니고 마이클 케인 할아버지가 주연한 1969년 오리지널 판이다. 유튜브에서 이 건물이 나오는 레이싱 장면을 볼 수 있다. 컴퓨터 그래픽이 없던 시대의 자동차 액션은 장면 장면에서 장인의 힘이 느껴진다.

한창 잘 돌아가던 피아트 링고토 공장은 2차 세계대전 때 연합군의 폭격을 받아서 크게 파손됐다. 또 1950년대 이후 자동차 산업의 패러다임도 점차 바뀌었다. 링고토처럼 차를 한 층씩 위로 올리면서 조립하는 방식이 더 이상 쓰이지 않게 됐다. 결국 1982년 피아트 공장 시설은 좀 더 공간 여유가 있는 도시 외곽으로 이전했다. 남은 건물은 어떻게 할까? 피아트는 건축 공모를 열었다.

건축에 관심이 있는 사람이라면 링고토 옥상 가운데 우주선 조종실 같이 튀어나온 부분이 낯익을 수도 있다. 저런 양식은 이탈리아의 유명 건축가 렌조 피아노만의 특징이라고 한다. 링고토 리모델링 국제공모전에서 1등을 한 그는 원래의 공장 외관은 그대로 살리면서 쇼핑몰, 호텔, 사무공간, 옥상정원과 미술관이 들어가는 복합시설을 만들었다.

피아노는 여기서 가까운 제노아Genoa시 출신이며 프랑스 파리의 퐁피두센터가 그의 대표작이다. 서울 광화문에 있는 KT 사옥 신관도 피아노가 설계한 건물로, 링고토와 마찬가지로 옥상에 돌출된 부분이 있다고 하니 한국에 돌아가면 찾아가봐야겠다.

29
포르치니
버섯

텀블러 와인과 포르치니 버섯

링고토 옆에는 역시 피아트가 운영하는 자동차박물관이 있다. 나는 박물관 기념품 가게에서 피아트 친퀘첸토 자동차가 그려진 텀블러와 알파로메오 자동차 로고가 붙은 티셔츠를 하나 샀다. 크루즈 여객선에서 유용하게 쓰일 것 같은 물건들이다. 어디서 봤는데, 크루즈에서는 커피와 차가 무한대로 제공되니 텀블러에 담아 다니면 편하다는 것이다(나중에 안 사실이지만 이건 규정 위반이다).

박물관을 나와서 근처에 있는 고급 식료품 매장 이탈리EATALY로 향한다. 우리나라에도 들어와 있는 이탈리는 여기 토리노 매장이 1호점이다. 이 자리는 원래 버무스 술을 담그는 양조장이었다. 2007년 양조장이 문을 닫자 오스카 파리네티라는 사업가가 그 자리에 이탈리 슈퍼마켓을 창업했다. 이것이 인기를 끌어 미국 뉴욕과 일본 도쿄에도 지점을 냈다. 난 배에서 먹을 초콜릿과 치즈가 필요했다. 그리고 제주도에 사시는 이모에게도 선물을 하고 싶었다. 나와 가장 친한 이모에게 얼른 메시지를 보냈다.

"이모, 화이트 트러플 오일이 맛있다던데 그거 좀 사다 드릴까요?"

"아니 나는 그런 비싼 건 먹지도 않고. 그냥 포르치니 버섯 말린 거나 좀 사다 줘. 그거나 좀 삶아 먹게."

"포르치니가 뭔데요?"

"그냥 싸고 양 많은 버섯 있어. 유럽이나 미국에는 흔한 건데 제주도에서는 그런 걸 구하기 힘들어. 서울에 가면 구할 수 있지만 다 오래된 것뿐이고."

이모는 뉴욕에서 오래 사신 분이라 서양 음식을 잘 아신다. 이탈리 매장에서 포르치니 버섯을 찾아봤더니 과연 여러 종류가 있었고,

트러플 버섯보다 값도 훨씬 쌌다. 다만 내가 아직 지구 반 바퀴를 더 돌아야 하는 노플라잇 여행을 하는 입장이라 선물의 부피가 너무 크면 짐이 되니, 손바닥만 한 포장의 포르치니 버섯을 골라 이모에게 사진 찍어 보냈다.

"그렇게 작고 예쁜 거 말고. 그냥 시장에서 검은 비닐에 꽉꽉 담아서 파는 그런 거 없어?"

"네 없어요. 그냥 이거 드릴게요"라고 말하고 버섯을 바구니에 담았다.

이탈리 매장을 더 돌다 보니 와인 코너도 있다. 내가 지금 병으로 와인을 살 처지는 아니다. 한 병을 혼자 다 마실 수도 없고 무거운 걸 들고 다니기도 싫다. 딱 한 잔만 먹고 싶은데 어떻게 안 되나 봤더니 커다란 나무통에서 마치 호프집 생맥주 뽑듯이 병에 담아 파는 곳이 있다. 수도꼭지를 돌리면 와인이 콸콸 나온다. 가까이 가서 보니 레드와인, 로제와인, 화이트와인 종류별로 모두 1리터당 3.6유로다. 500밀리미터씩도 판다. 와, 이걸 안 살 수 있나? 생맥주도 아니고 생와인이 500밀리미터에 2500원. 그런데 와인을 담을 병은 주지 않는다. 각자 가져와야 한다. 아니면 매장 안에서 병을 따로 사든가.

마침 내 가방 안에는 아까 자동차박물관에서 산 피아트의 친퀘첸토 자동차가 그려진 커피 텀블러가 들어 있다. 자랑스럽게 텀블러를 꺼내서 "레드와인으로 500밀리리터만 따라 달라"고 부탁했다. 직원이 자기 눈을 못 믿겠다는 듯, 텀블러와 나를 번갈아 바라보며 묻는다.

"이게 뭐야?"

"텀블러."

"이게 뭐야?"

"텀블러야. 이 안에 와인을 담아도 되겠니?"

직원은 탄식을 내뱉으며 고개를 저었다. 텀블러에는 정말 와인을 따라주기 싫은 것 같았다.

"피아트 자동차박물관. 바로 저쪽에 있는 데서 산 거야."

나는 이렇게 말하며 '이거 너희 나라에서 만든 거야. 그러니까 빨리 따라'라는 뉘앙스를 풍겼다. 그제야 직원은 어쩔 수 없다는 듯이 한 손으로 탭을 잡는다. 그러나 여전히 저주받은 텀블러에는 손을 대기 싫다는 표정으로 나더러 직접 와인 꼭지에 가져다 대라고 하고 자기는 수도꼭지만 돌린다.

콸콸콸콸. 신선한 레드와인이 텀블러에 담겼다. 이런 게 집에 하나 있으면 정말 좋겠다. 직원은 지금 세상의 종말이 다가오고 있다는 표정으로 내 텀블러를 다시 한 번 보더니 조용히 사라져갔다. 그러거나 말거나. 나는 500밀리미터짜리 바코드 스티커를 붙이고 의기양양하게 계산대로 향했다. 아니 커피에 인삼도 타 먹는 인간들이, 와인을 텀블러에 담는 건 못 참냐?

호텔로 돌아와 쇼핑한 가방을 열었더니, 주피터 신이 이미 나에게 불벼락을 내리셨다. 그 피아트 텀블러라는 것이 뚜껑이 완전히 밀폐되는 제품은 아니었나 보다. 레드와인의 절반 정도가 흘러넘쳐서, 텀블러와 함께 산 초록색 알파로메오 티셔츠를 다 망쳐놓았다. 유리병 값을 아끼려다 옷값을 버렸다. 남은 와인이라도 먹어야겠기에 호텔 1층에 비치된 물병을 가져와서 옮겨 담았다. 그리고 트러플맛 감자칩, 화이트초콜릿과 곁들여 먹으며 요즘 아껴보고 있는 미국 드라마를 봤다.

화이트 트러플은 무슨 맛?

베네치아로 가는 열차를 탈 시간이 다가온다. 지인이 추천한 화이트 트러플 파스타를 점심식사 메뉴로 정했다. 그런데 그걸 어디서 파는지 모르겠다. 또 이탈리아 사람들은 식사를 늦게 하는 편이라 오후 1시에야 문을 여는 음식점이 많다. 기차 출발시간이 2시니 빠듯하다. 포기하고 기차역에서 샌드위치나 사 먹을까 했지만 아쉬운 마음에 지인에게 도움을 청하는 메시지를 보냈다. 그러자 곧 기차역에서 걸어서 10분 거리의 작은 음식점을 추천했다.

12시 30분 오픈 시간에 맞춰 가게에 들어갔다. 부부처럼 보이는 요리사와 직원 단 둘이서 운영하는 가게인데, 화이트 트러플 요리를 먹겠다고 하니 둘의 표정이 확 밝아지며 좋아한다. "제대로 찾아오셨습니다!"라고 말하는 요리사 얼굴에 자부심이 그득하다. 물론 가격도 세니까 그랬겠지만, 아무튼 이들이 자신감을 표출하니 나도 든든하다. 어렵게 찾아왔는데 화이트 트러플 파스타만 먹기엔 부족할 것 같아서 화이트 트러플 육회(타르타르)도 시켰다. 음식은 금방 나왔다.

파스타는 달걀로 버무린 국수 위에 얇게 썬 화이트 트러플 고명만 올라가 있다. 단순하다. 타르타르는 우리가 아는 육회 위에 역시 화이트 트러플을 잔뜩 올려두었다. 많이 준 것 같다.

다 먹고 나서, 내 소감을 기다리고 있는 지인에게 문자를 보냈다.

"의외로 맛이 강하지 않네?"

"맛있지?"

"난 잘 모르겠네. 은은한 방구 맛이랄까…."

내 입이 저질이라 버섯 맛은 잘 느끼지 못했지만 그래도 덕분에 어디 가서 자랑할 수는 있게 됐다. '화이트 트러플 파스타 먹어봤어? 그게 피에몬테 지방에서 딱 11월에만 먹을 수 있는 건데, 내가 말이야…'라고 말이다.

30

마르코 폴로의
집을 찾아서

친구

11월 23일 저녁 6시 베네치아 메스트레Mestre역에 도착했다. 베네치아는 기차역이 두 개다. 베네치아 섬으로 넘어가기 전 본토 쪽에 있는 역은 메스트레고, 섬 안쪽에 있는 종착역은 산타루치아Santa Lucia 역이다. 섬 안쪽은 숙박비가 너무 비싸서 나는 외곽 메스트레역 앞 비즈니스호텔을 잡았다. 그리고 역 앞에서 친구 상민을 만났다. 사업을 하는 상민은 베네치아가 있는 베네토주에 산다.

25년 만에 다시 방문한 베네치아. 군대 가기 직전, 그러니까 1998년 1월에 한 달간 유럽 배낭여행을 왔다. 여행 직전 IMF 사태가 터졌다. 환율이 치솟고 나라가 망한다는데 내가 그런 시국에 해외여행을 가야 하나 고민했지만 미리 사둔 비행기표, 유레일패스를 환불할 수도 없었고 또 지금 안 가면 영원히 못 간다고 생각하니 안 갈 수가 없었다. 그렇게 유럽에 와서는 매일 슈퍼에서 산 빵만 씹고 다녔다. 베

네치아에서도 뭘 제대로 먹은 기억이 없다. 그때 사진을 보면 나는 바닷가에 걸터앉아서 빨간 사과를 먹고 있다. 몸무게가 지금보다 20킬로그램 덜 나갔던 때다.

하지만 오늘 저녁은 만찬이다! 자기 동네이니 자신이 대접하겠다는 친구에게 감사하게 생각하며 그 식당에서 제일 비싸고 맛있을 것 같은 메뉴들로 골랐다. 산마르코 광장과 가까운, 바다를 바라보고 있는 고급 해산물 식당에서 친구 덕에 모처럼 좋은 음식을 즐겼다. 현지인처럼 이탈리아어를 구사하는 매너 좋은 상민이가 있으니 종업원들도 두 배로 친절하다. 한국과 이탈리아, 여행, 가족, 일 이야기 등을 하면서 밥을 먹었다. 내가 회사를 그만두고 세계여행을 온 이야기를 하니 상민이도 비슷한 경험을 이야기하며 공감해준다.

노플라잇 여행을 시작한 지 두 달이 넘었다. 유라시아 대륙을 다

통과해 이탈리아까지 왔으니, 이젠 편안하게 크루즈를 타고 대서양을 건너고, 다시 렌터카로 미국 대륙을 지나갈 것이다. 그러고 나면? 한국으로 돌아갈 것이고, 회사와의 관계를 정리할 것이다. 또 그러고 나면?

잘 모르겠다. 그저 지금 하는 여행을 최대한 즐기면서 몸과 마음의 활력을 채우고 싶다. 좋은 친구와 맛있는 음식을 먹고 농담하며 박장대소를 터뜨리고 싶다. 무얼 하든 누구를 만나든 후회 없이 하루하루를 살고 싶다. 이젠 젊은 나이가 아니다.

마르코 폴로의 집

다음 날, 베네치아는 코로나19 유행이 끝난 후 관광객이 몰려들어서 이제는 섬에 들어오는 단체 관광객 수를 제한하거나 입장료를 받는 것까지 고려하고 있다고 한다. 물론 나도 그 관광객 중 하나지만 이렇게 사람 많은 곳에 다시 올 것 같지는 않다. 날씨만큼은 예술적으로 맑아, 초록색 운하가 더 아름다워 보인다.

오늘은 『동방견문록』의 주인공 마르코 폴로의 집을 찾아간다. 구글맵에서 찾은 주소가 다른 관광 포인트에서 꽤 떨어져 있어서 한참 걸어야 한다. 섬 안쪽으로 들어갈수록 사람들이 적어지고, 마침내 골목 안에 나 혼자만 걷고 있을 즈음 폴로 일가가 살았던 동네에 도착했다.

QUI FURONO DE CASE DI MARCO POLO
(여기 마르코 폴로의 집이 있었다)

이 집이 정말 마르코 폴로의 집일까? 이게 끝인가? 다소 현대적으로 보이는 5층 건물이다. 그는 1324년 사망했으니 700년이 지났다. 생전에는 지금만큼 유명한 사람이 아니었으니 베네치아 사람들이 그의 생가를 특별히 보존하려 하지도 않았을 테고, 그동안 거리의 모습도 많이 바뀌었을 테니 이 건물이 100퍼센트 마르코 폴로가 살던 바로 그 자리에 있다고 확신할 수는 없다. 단, 이 집 옆에는 Corte Prima del Milion(밀리온의 첫 번째 집), Corte Seconda del Milion(밀리온의 두 번째 집)이라는 정말 오래되어 보이는 건물들이 있다. 또 이들을 이어주는 골목의 이름은 Sotoportego del Milion(밀리온의 골목)이다. 밀리온은 마르코 폴로의 별명이었으므로 그가 이 근방에 살았음은 틀림없는 듯하다.

마르코 폴로와 아버지, 삼촌 등 세 명은 24년간 베네치아를 떠나 중국 원나라에 다녀왔다. 이들은 그간 모은 돈과 원나라 황제가 준 선물을 보석으로 바꿔서 옷 안에 잘 넣어왔다고 한다. 그걸로 고향에서 한 재산 충분히 마련할 수 있었으니 좋은데, 두 가지 문제가 있었다.

첫째, 고향에 이들이 누군지 기억하는 이가 없었다. 폴로 가문은 원래 지중해와 흑해 일대를 돌아다니며 무역을 하는 사람들이라 집에 오래 붙어 있지 않았다. 게다가 24년간이나 소식이 없었으니, 남아 있는 친척들은 이들이 살아서 돌아오리라 기대하지 않았다. 집에는 이미 다른 친척들이 들어와 살고 있었다. 마르코의 어렸을 적 모습을 기억하는 사람들을 찾느라 힘들었다고 한다.

둘째, 당시 베네치아 시민들은 이들이 중국에 다녀왔다는 말을 믿지 않았다. 작가 루스티첼로의 도움으로 『동방견문록』이라는 여행기

를 펴내긴 했지만 당시 유럽 사람들은 중국이란 나라가 어디에 있는 지, 어떤 나라인지 알지 못했고 그저 아랍이나 페르시아 상인들을 통해 전설처럼 전해 듣고 있었으므로 중국까지 직접 다녀왔다는 폴로 부자의 말을 신뢰해주지 않았다. 여행기도 그냥 재미있는 이야기 정도로 받아들이는 사람이 많았다고 한다.

그의 별명 '밀리온'도 그래서 붙었다는 말이 있다. '중국에는 미녀가 백만 명' '중국 황제는 군대가 백만 명' '중국에는 탑이 백만 개' 이런 식으로 말끝마다 백만을 붙여서 과장하는 게 아니냐고 놀리는 별명이다. 또 다른 설은, 밀리온이 '에밀리온'이라는 이름의 준말이며 이는 폴로 가문에서 마르코 폴로가 속한 일족(분파)을 지칭하는 별명이었을 거라는 추측이다.

마지막 가설은 폴로 일행이 많은 걸음(백만 걸음)을 걸어 먼 곳에 여행을 다녀왔다는 뜻에서 이런 별명을 붙였다는 것. 내 생각엔 『동방견문록』의 작가인 루스티첼로가 이런 모든 의미들을 다 담아서 중의적으로 붙인 별명이 아닐까 싶다.

마르코 폴로의 집에서 조금 더 안쪽으로 들어가면 마르코 폴로가 묻혔다는 산로렌초 교회Chiesa di San Lorenzo가 나온다. 그러나 생가와 마찬가지로 이 교회에서도 마르코 폴로의 흔적을 찾아볼 수 없다. 이 도시가 애초에 사람이 살기 위한 절대 공간이 부족한 곳이다 보니 성직자나 귀족이 아닌 이상 무덤 같은 걸 쓸 생각은 못 했겠지. 적당히 지하 납골당 같은데 묻지 않았을까 싶다. 지금은 교회도 건물을 비웠고 전시장 용도로 리모델링 중이다.

중국 항저우에서부터 시작한 마르코 폴로의 흔적 찾기는 이렇게 그의 고향 베네치아에서 끝났다. 산로렌초 교회 근처에서 봉골레 파스타를 먹으면서 생각해봤다. 베네치아 사람 마르코 폴로의 여행 경로가 내 여행 경로와 자꾸 겹치는 이유에 대해. 항저우, 부하라, 볼고그라드, 트라브존, 베네치아. 그리고 베네치아 공화국이 지배했던 크레타와 아테네까지. 일부러 따라온 건 아니다. 나는 그냥 내가 가고 싶은 곳으로, 또 이동하기 편하고 안전하고 재미있는 곳으로 발걸음을 옮겨왔을 뿐이다. 마치 산에서 솟아나는 샘물이 저절로 물길을 찾아 흘러내리듯이, 나도 그냥 내가 가고픈 길을 따라왔을 뿐인데 그것이 마르코 폴로의 길이자 베네치아의 길이기도 했다.

크루즈 탑승

11월 26일, 대망의 크루즈 탑승일이다. 크루즈는 오후 4시까지 승선하면 되니까 두 시간 전까지 로마 치비타베키아 항구에 도착하는 게 목표다. 아침 7시 기차를 타면 오후 1시에 로마 치비타베키아 Civitavecchia 항구에 도착한다. 중간에 기차를 갈아타는 동안 여유시간이 좀 있다. 잠깐 대합실로 나가 카페에서 에스프레소 커피와 코르네티 빵을 먹었다. 일주일 전, 브린디시 항에 도착했던 날의 아침 메뉴와 똑같다. 기차에 타기 전 자판기에서 커피를 또 마셨다. 인삼 에스프레소로 한 잔 더.

기차는 피사Pisa를 거쳐서 예정된 시간표대로 로마 치비타베키아

항으로 향한다. 혹시나 지나가면서 '피사의 사탑'이 보이지 않나 싶어 구글맵이 알려주는 방향으로 고개를 빼들고 살펴본다. 정말 딱 1초 정도 기울어진 탑 같은 것이 저 멀리에서 꼭대기만 살짝 보이고 지나가버린다. 그래도 나는 피사의 사탑을 직접 눈으로 본 사람이 됐다.

치비타베키아 기차역에서 크루즈

항구까지는 셔틀버스가 다닌다고 한다. 그런데 버스요금이 비싸다. 가이드북에서는 5유로라고 봤는데 지금 내 눈앞에 있는 셔틀버스는 15유로라는 가격표를 달고 있다. 3배나 내는 건 너무 호구가 되는 것 같아서, 시간을 가늠해본 후 그냥 걸어가기로 했다. 구글맵의 리뷰를 보니 기차역에서 항구까지 걸어간 사람들이 있었다. "충분히 가능하다"고 되어 있다. 어차피 작은 마을이라 길을 잃을 염려도 없다.

캐리어를 끌고 산책하듯 항구로 걸어간다. 날씨도 그림같이 맑다. 구글맵 리뷰는 옳았다. 기차역에서 항구까지는 30분 정도 걸어가면 되는 거리였다. 문제는, 항구 자체가 무지하게 넓다는 것. 항구 안에 들어와서도 크루즈가 어디 있는지 보이지 않는다. 물어물어 그 안에서 또 30분 이상을 걸어야 했다. 이런 점은 구글맵 리뷰에서 알려주지 않았는데….

지난 일주일 동안 쇼핑을 많이 해서 가뜩이나 무거워진 캐리어를 끌고, 배낭을 메고, 크루즈가 있을 곳으로 추정되는 방향을 향해 한참을 걸었다. 위험한 차도와 몇 척의 배들을 지나쳐, 드디어 저 멀리 내가 탈 니우스테이튼담호가 눈에 들어왔다.

배가 정박해 있는 독에는 체육관처럼 생긴 건물이 있고 그 안에서 여객선 직원들이 탑승 수속을 해준다. 최대 3000명의 승객이 탑승하는 큰 배라서 승객들은 1시부터 4시까지 네 개 그룹으로 나누어 탑승한다. 나는 마지막 그룹인 4시 타임. 배의 승선 마감 시간을 라스트콜last call이라고 하는데, 이 배의 라스트콜은 5시. 라스트콜 시간이 되면 못 탄 승객이 있더라도 인정사정없이 항구를 떠난다고 한다. 여객선 회사 직원이 내 미국 비자ESTA를 확인하고 객실 키 카드를 주는 것으로 탑승 수속은 끝이었다.

　배가 너무 커서 뭐가 뭔지 알아보는 데 시간이 좀 걸릴 것 같다. 일단은 눈앞에 있는 엘리베이터를 타고 내 선실 5195호기 있는 5층에 내렸다. 무지무지하게 긴 복도를 하나 지나고, 한 번 꺾어서 두 번째 복도를 지나고, 세 번째 복도에 들어서서야 비로소 내 방이 나왔다.

　방문을 닫고 침대에 누우니 '드디어 도착했다'는 안도감이 든다.

옷가지들은 옷장에, 간식은 냉장고에, 맥북과 충전기는 책상에, 세면도구는 화장실에 정리해두고 마지막으로 이모에게 선물할 포르치니 버섯은 얼음통 옆에 자리를 마련해줬다.

　이제 2주간의 방학이다. 또 다른 의미에서의 자유! 사람이 구속받고 있을 땐 자유를 갈구하고, 완전한 자유가 주어지면 또 그건 그것대로 피곤한 법이다. 앞으로 2주는 크루즈가 하라는 대로 구속받고 싶다. 짐 정리를 끝내고 필수 안전교육을 받은 후 이탈리아 모습을 마지막으로 보고 싶어서 12층 갑판에 올라갔다. 내 방에도 육지 방향으로 발코니가 있어서 바깥을 볼 수 있지만, 조금이라도 높은 곳에서 보고 싶어서다.

오후 5시, 드디어 이 거대한 배가 슬슬 움직이기 시작한다. 저녁 노을이 붉게 물드는 가운데 산 위로는 뭉게구름이 피어나고, 그 뒤로는 정말 거짓말처럼 크고 밝고 하얀 달이 떠오른다.

달이 항상 이렇게 아름답게 뜨는가? 갈매기 몇 마리가 배 뒤를 쫓아오다가 머리를 돌려 육지로 돌아간다. 이제 쉬자, 쉬어.

31
대서양
횡단

치비타베키아항을 출발한 니우스테이튼담호는 앞으로 14박 15일 동안 항해한다. 처음 며칠은 천천히 지중해를 벗어나며 스페인의 알리칸테, 말라가, 카디스 등 세 개 항구에 차례로 정박하는데 낮 시간 동안 배에서 내려 도시 관광을 할 수 있다. 또 일주일 후인 12월 3일에는 대서양 가운데 있는 포르투갈령 아조레스제도에도 하루 정박한다. 그리고 15일째 되는 12월 10일, 미국 플로리다주 마이애미 인근에 있는 포트로더데일Fort Lauderdale항에 나를 내려줄 것이다.

2주 동안이나 배에 갇혀 있으면 지겹지 않으냐고 생각하는 분도 계시겠지만, 나로서는 그런 지겨움이 너무나 기대되고 반가울 따름이다. 9월 15일부터 11월 26일까지 2개월 11일간 유라시아 대륙을 횡단하면서 단 하루도 편하게 쉰 적이 없었기 때문이다.

내일은 어디로 가야 할지, 언제 어디서 무엇을 타고, 어느 숙소에서 자야 할지, 밥은 어디서 먹고 짐은 어떻게 챙길지 등의 결정을 매일매일 혼자서 내려야 했다. 물론 그것이 여행의 재미이기도 하지만, 이런 생활이 길어지다 보니 단 하루라도 일정 걱정 없이 편안하게, 멍때리면서 쉬기만 했으면 좋겠다는 생각이 들 수밖에 없다. '크루즈만 타면 천국일 거야' '크루즈까지만 고생하자' '크루즈에서 푹 쉬고 하고 싶은 거 다 하자'라는 생각으로 고생길을 버텨왔고, 이제 그 보상을 받을 때가 됐다. 앞으로 2주간은 철저하게 크루즈에서 시키는 대로 하겠다. 아기처럼 지내자고 다짐한다. 먹고, 자고, 먹고, 자고.

크루즈 생활영어

행복한 크루즈 생활에 대해 말하기 전에 먼저 배에서 쓰는 용어들에 대해 알아보자. 여기서는 모든 의사소통을 영어로 하다 보니 어느 정도 어휘는 익혀둘 필요가 있다.

데크Deck 갑판을 의미하기도 하고, '층'을 의미하기도 한다. Deck 3은 3층이라는 뜻이다.

프롬나드Promenade 산책 혹은 산책로라는 뜻. 배에서는 외부로 열려 있어 걸어 다닐 수 있는 길을 뜻한다. 영화 〈타이타닉〉을 보면 디캐프리오와 윈즐릿이 데이트하며 배 옆구리의 산책로를 걷는 장면이 있다. 그게 바로 프롬나드다.

포트사이드(왼쪽) vs. 스타보드(오른쪽) 배 위에서 누군가 '오른쪽'이라고 말하면 거기엔 세 가지 가능성이 있다. 듣는 사람 기준으로 오른쪽일 수도 있고, 상대방 기준으로 오른쪽일 수도 있고, 아니면 배의 진행 방향을 기준으로 오른쪽일 수도 있다. 의미가 명확하지 않다. 사고를 방지하기 위해 선원들은 오른편, 왼편이라는 말을 쓰지 않고, 무조건 배의 진행 방향을 기준으로 오른편을 스타보드starboard, 왼편은 포트사이드port side라고 부른다. 이 말을 쉽게 기억하는 방법이 있다. 왼쪽left과 포트port의 글자 수가 네 자로 같다는 것이다. 그러니 진행 방향 기준 왼쪽이 포트사이드다. 또 공항에서 비행기에 탑승할 때를 떠올려봐도 좋다. 우리가 비행기를 탈 때는 항상 비행기 진행 방향의 왼쪽에 있는 출입구들을 이용한다. 항구(공항)에 가까운 쪽이라 해서 포트사이드라 부르는 것이다.

Bow/aft 배의 앞쪽을 bow 혹은 forward, 뒷쪽을 aft라 부른다.

Embark/disembark 승선/하선

Port of call 정박하는 항구

Gangway 배를 나가는 출구

Galley 식당

Stateroom 객실

Bridge 조종실

Muster station 배에서 탈출할 때 모이는 장소

Shore excursion 육지에서 진행되는 선택 관광

니우스테이튼담호의 시설과 서비스

내가 탄 배는 이런 시설들과 서비스가 있다.

식사 크루즈 여객 이용료에 가격에 메인 다이닝홀에서 먹는 하루 세끼 코스 정찬 혹은 카페테리아 식사가 포함되어 있다. 예약을 받는 고급 식당(스테이크 식당, 해산물 식당, 일식당 등)만 유료로 운영된다.

룸서비스 24시간 무료!

음료 커피, 차, 우유, 주스, 아이스크림 등은 무료. 주류와 탄산음료는 유료다. 식당에서 와인을 병으로 주문하면 일정 내내 키핑이 가능하다.

볼거리 매일 3~4차례 공연장에서 교양 강연과 엔터테인먼트 쇼가 열리는데 역시 무료다.

상점 과자류와 세면도구, 간단한 의류, 속옷 등을 판매한다.

운동시설 수영장 3개, 넓은 헬스장. 요가 클래스. 옥상에 140미터 조깅 트랙과 풀코트 농구장이 있다. 3층에는 배를 한 바퀴 도는 560미터짜리 산책로가 있는데 달리기는 금지다.

방 창문이 없는 방, 창문이 있는 방, 발코니가 있는 방으로 나뉜다. 가격은 2인 1실 기준이며 혼자 써도 할인은 없다. 나는 발코니 룸을 예약했는데(1400달러) 발코니에 나가는 시간은 그리 많지 않았다. 경치라고 해봐야 바다뿐이고, 항상 바람이 세게 불어 문을 여닫기가 불편했다. 창문 없는 방은 답답하지만 배의 중앙에 위치하기 때문에 흔들림이 적다고 한다.

팁 객실 담당 승무원에게 주는 매일 10~15달러의 팁이 자동 차감된다. 별도로 줄 필요는 없다.

가구 더블침대, 책상, 2인용 소파, 탁자, TV, 옷장, 냉장고가 있고 혼자 쓰기엔 수납공간이 충분한 편이다. 승무원이 매일 얼음통에 얼음

을 채워준다.

TV TV에선 인기 영화들과 미국의 주요 TV 채널들을 볼 수 있다. NBA를 좋아하는데 매일 생중계를 볼 수 있어서 좋았다.

인터넷 승객 전용 스마트폰 앱이 따로 있다. 외부 인터넷 서핑을 위해서는 하루 10달러 이상 하는 별도의 패키지를 구매해야 하는데 속도는 꽤 빠른 편이다. 요즘 크루즈들은 대부분 일  론 머스크가 운영하는 스페이스X사의 위성 인터넷 을 이용한다고. 다만 사용자가 몰리는 밤 9시에서 12시 사이에는 속도가 느려진다.

키카드 방문을 열 때 배를 출입할 때도 쓰지만

무언가를 사거나 마실 때도 사용한다. 주머니에 넣어 목에 걸고 다니는 사람도 많다.

이 배에 이런 역사가?

모처럼 마음 편히 푹 자고 일어나 맞이한 둘째 날은 바다에서 온전히 보내는 날이다. 방문에 꽂혀 있던 일일 소식지를 보니, 오늘 오전에는 이 배의 여객 담당 디렉터의 교양 강연이 있다. 주제는 이 배의 운항사 홀란트 아메리칸 라인HAL의 역사다. 배에서 역사 강의까지 해줄 줄은 몰랐다.

강연은 여러 관점에서 감동이었다. 우선 내가 지금까지 20년간 직장생활을 하면서, 특히 경제경영 기자로 생활하면서 수많은 대가의 강의를 보아왔지만 이렇게 완성도 있는 발표는 처음 봤다. 대형 스크린 세 개를 이용하는데 각각의 화면에 다른 자료를 띄워놓았다가, 세 화면을 합쳐서 큰 그림을 보여주었다가를 적절히 섞어가며 진행했다.

또 강연자가 프롬프터를 보면서 사전에 완벽하게 짜인 스크립트를 읽었는데 중간중간 들어가는 농담의 타이밍이 화면과 정확하게 맞아떨어진다. 그러면서도 너무 딱딱하지 않게 사람들의 시선을 모으는 방법도 잘 알고 있었다.

내용도 놀랄 만했다. 니우스테이튼담호를 운항하는 홀란트 아메리칸 라인은 다른 크루즈선사들과 조금 다르다. 1873년 네덜란드 로테르담에서 창업해 역사가 150년이나 된 전통의 대양 여객선사다. 회사 이름에서 보듯 홀란트(네덜란드)와 미국을 잇는 장거리 여객선으로 영업을 시작했고 수십만 명의 유럽인이 이 배를 타고 유럽에서 미국으로 이민을 왔다. 알베르트 아인슈타인도 미국으로 넘어올 때 이 배를 탔다고 한다.

과거엔 이렇게 대서양이나 태평양을 건너다니는 정기 여객선을 오션라이너ocean liner라 불렀다. 대양ocean을 직선으로 가로지르는liner 배라는 뜻이다. HAL은 크루즈가 아니라 오션라이너로 시작한 여객선 사이기에 서비스 역시 화려한 엔터테인먼트보다는 안락한 항해에 중점을 둔다고 한다.

우리에게 가장 잘 알려진 오션라이너는 타이타닉호다. 타이타닉은 HAL과 함께 유럽-미국 노선을 두고 다투던 화이트스타라인(White Star Line)이라는 회사가 만들었다. 타이타닉은 1912년 4월 첫 항해에서 빙산을 들이박고 침몰했는데, 경쟁사의 최신 선박이 궁금했던 HAL 사 사장의 둘째 아들도 그 배에 탔다. 살아 돌아오지 못했다.

타이타닉 같은 장거리 오션라이너들은 이제 비행기에 밀려 거의 사라지고 딱 하나 남았다. 영국 큐너드사의 퀸메리2호다. HAL도 이제는 관광용 크루즈로 사업모델을 변경했다. 다만, 크루즈 운항사들도 매년 봄과 가을마다 노선을 재편성하느라 배들을 대양 건너로 이동시킬 때가 있는데, 배가 빈 채로 이동하면 손해니까 이때도 승객을 태운다. 이것을 리포지셔닝(repositioning, 위치 조정) 크루즈라고 한다. 지금 내가 탄 배가 그런 리포지셔닝 중이다. 그래서 표값이 싸다.

아무튼 다시 HAL의 역사 이야기로 돌아오자. HAL은 연합군의 승리에도 큰 몫을 담당했다. 2차 세계대전 때 독일이 네덜란드를 점령하자, HAL은 네덜란드에 있던 자사의 배들이 독일군에게 징발당하기 전에 미리 영국과 미국으로 이동시켰다. 그리고 연합군을 돕는 작전에 썼다. 특히 이 배들은 미국에서 유럽 전선으로 투입되는 미군 병사들을 많이 태웠다. 정원 2000명인 여객선에 최대 8000명을 태워 가며, 총 40만 명의 미군 병사를 전선으로 수송했다. 수영장 물도 빼고 그 자리에 간이침대를 넣어 300명씩 재웠다고 한다. 또 전쟁 당시 다른 회사가 운용하는 수송선들은 병사들에게 하루 두 끼만 제공할 수 있었지만, 여객선사로서의 자부심이 강한 HAL은 모든 병사에게 세끼를 다 먹였었다고 전 여객 디렉터는 굉장히 자랑스럽게 이야기한다. 세끼 식사 제공이 뭐 그리 대단한 일이냐 싶지만 정원의 몇 배가 넘는 사람을 태운 배에서 그것은 굉장히 어려운 일이었을 것이다. 또 승객에게 세끼를 제대로 먹인 것을 자랑거리로 생각하고 이렇게 발표까지 한다는 건 이 회사 사람들이 가지고 있는 '업의 본질'에 대한 생각과 책임감, 자부심이 느껴지는 대목이었다.

HAL의 배들이 오랜 전쟁 임무를 마치고 1946년 고국 로테르담 항으로 돌아왔을 때는 약 6만 명의 시민이 항구에 마중 나왔다고 한다. 객석에서 이 발표를 들은 많은 사람은 박수를 보냈다. 승객 대부분이 고연령층 미국인이니 그들의 감성을 자극하는 이야기이기도 했던 것 같다.

32
말
실수

셋째 날 저녁, 처음으로 다이닝홀에서 저녁식사를 했다. 점잖은 옷차림을 하라고 해서 캐시미어 스웨터를 입고 머리도 나름 단정하게 빗고 로션도 발랐다. 2층 식당에 내려가서 테이블을 배정받았다. 우리 테이블에는, 나, 그리고 백인 할머니 할아버지 두 쌍과 풍채 좋은 라틴계 중년남성 한 명 등 여섯 명이 앉았다. 할머니 할아버지들은 다들 풍채가 좋으시고, 여유 있는 노년 생활을 즐기는 분들 같았다. 할아버지 두 분은 웃고 있지만 귀가 잘 안 들리시는지 별다른 말씀들이 없으셨다. 특히 자기들끼리는 정말 한마디도 안 한다. 대화는 할머니 두 분이 주도하고 나와 중년 남자가 가끔 끼어들어 질문을 하는 형태로 진행되었다.

할머니 두 분의 성함은 클레어와 일레인. 둘 다 미국 플로리다주에 살고 있고 그래서 크루즈를 자주 탄다고. 내가 한국에서 왔다고 하니 클레어 할머니가 "나도 한국 가봤어!"라고 말한다. 아니 어떻게 한국까지 오셨냐고 했더니, 은퇴 전 직업이 여행 에이전트였기 때문에 관광상품을 개발하려고 세계 많은 나라를 방문했었다고 한다. 한국에

서는 부산이 재밌었다고 한다.

계속 이야기를 나누다 보니, 클레어 할머니와 일레인 할머니 두 분 다 여행 에이전트였으며 둘 다 1981년에 중국 베이징에 갔었다는 것을 알게 됐다. 당시 중국 정부는 처음으로 외국인 관광객들에게 나라를 개방하기 시작하면서 먼저 미국 여행 에이전트들을 초청해서 주요 관광지를 둘러보게 했다고 한다. 두 할머니 모두 그 견학 프로그램에 참여했었다며 신기한 인연을 만났다며 좋아했다.

"그때 중국은 정말 더러웠어. 지금은 그렇지 않겠지만 그때는 정말 가난하고 더럽더라고. 기차를 탔는데 그 안에서 사람들이 쓰레기를 아무렇지 않게 버리고, 화장실은 끔찍했어"라는 클레어 할머니의 말에 일레인 할머니도 맞장구를 쳤다.

약간 묘한 기분이 들었다. 뭐 중국이 우리나라는 아니니까 흥을 봐도 상관이 없긴 한데, 그래도 이 백인 할머니 생각에 중국이나 한국이나 모두 같은 아시아로 보이지 않을까? 할머니들이 이야기하는 동안, 나는 덩치 큰 중년남성 라파엘과도 이야기를 나눴다.

"라파엘, 당신은 집이 어디야?"

"나는 텍사스에도 머물고, 스페인에도 가끔 머물지. 왔다 갔다 해. 그런데 크루즈선 많이 타."

"일은 안 해?"

"나는 주식투자가 직업이야. 노트북으로 거래하면 되니까 어디서나 일할 수 있어. 사실 이 대서양 횡단 크루즈도 네 번째야."

라파엘은 진정한 디지털 노마드다. 그는 평소에 텍사스주에서 혼자 살다가 크루즈 할인 사이트vacationtogo.com에서 마감 땡처리 할인표가 올라오면 배를 타러 온다. 땡처리로 나오는 크루즈 가격은 보통 집에서 쓰는 생활비보다 저렴하니까 꿩 먹고 알 먹고다.

그가 주식투자만 하면서 어떻게 생활을 유지할 수 있는지, 어떤 주식을 거래해서 안정적 수익을 올리는지 물었다. 그는 자신이 정확히 말하자면 주식이 아니라 주식옵션 투자자이며, 옵션을 사기보다는 파는 쪽이라 한다. "한국에서는 개인투자자가 옵션을 팔 수 없어"라고 말하자 라파엘은 "미국은 가능하니까 너도 그냥 미국 옵션을 해!"라고 말한다. 옵션 매도 거래를 하면 안정적으로 수입을 올릴 수 있고 자기처럼 평생 크루즈만 타고 다녀도 된다고 한다.

귀가 솔깃하다. 라파엘의 비결을 알고 싶어졌다. 옵션 매도 거래의 비결에 대해서 좀 배워보고 싶다. 식사를 마치자 라파엘은 3층에 있는 카지노에 가겠다고 한다. 시간도 늦었고 또다시 만날 수 있겠지 싶어서 그날은 그냥 그렇게 헤어졌다.

그러나 라파엘을 다시 만나지는 못했다. 배가 워낙 크다 보니 2주가 지나도 우연히 마주칠 일이 없었다. 딱 한 번, 내가 옥상 농구장에서 할머니들과 농구를 하는 동안 산책을 하고 있는 라파엘을 멀리서 발견했지만 경기 도중이라 나갈 수 없어서 불러세우지 못했다. 크루즈 안에서 쓰는 메신저 앱으로 라파엘을 불러볼까도 싶었는데, '라파엘'이 어떤 스펠링을 쓰는지 모르겠다. 승객 명단에는 다양한 라파엘들이 있다. Raphael, Rafael, Raffael, Raffaello, Raffaele 등등… 그중 누가 내가 찾는 라파엘인지 알 수가 없다.

이후에도 두세 번 다이닝홀 정찬에 참석했다. 식사하면서 만난 사람 중에는 전직 미 해군 조종사도 계셨다. 그는 항해 마지막 밤 저녁식사에서 나와 같은 테이블에 앉았다. 이름은 잭. 귀가 잘 안 들리셨지만 옆에 앉은 부인과 딸의 도움으로 이런저런 이야기들을 했다.

잭 아저씨는 민항사에서 은퇴했지만 비행기 조종을 처음 배운 곳은 군대다. 내가 한국에서 왔다고 했더니, 본인도 한국에서 근무한 적이 있다고 한다. 연세가 꽤 있으신 것 같으니 혹시나 해서 물어봤다.

"잭, 혹시 한국전쟁에도 참전하셨어요?"

"아니, 참전은 안 했지만 내가 조종사로 군 입대 하던 시절에 한창 한국전쟁이 진행 중이었어. 그런데 훈련받는 도중에 전쟁이 끝났어. 그래서 전투에 참여하진 않았지"

"어떤 비행기를 조종하셨어요?"

"다이브바머dive bomber."

세상에!

다이브바머는 우리말로 급강하 폭격기. 2차 세계대전 때 유럽과 아시아 전장에서 활약한 프로펠러 비행기다. 열추적 미사일 기술이 개발되기 이전 시대에는 비행기를 최대한 목표물 가까이 가져가서 폭탄을 떨어뜨려야 했다. 그래서 급강하 폭격기는 일단 하늘 아주 높이 올라간 다음에 수직으로 다이빙하듯이 90도 아래로 내리꽂는다. 그렇게 목표물의 머리 꼭대기로 돌진하다가 최대한 가까이 와서 폭탄을 떨어뜨리고 도망간다. 폭탄을 너무 일찍 떨어뜨리면 목표물에 맞추기 어렵고, 너무 늦게 떨어뜨리면 비행기가 땅이나 바다에 충돌한다. 이런 전설 속의 비행기를 직접 몰았던 전투 조종사가 지금 내 눈앞에서 에피타이저, 메인, 디저트로 구성된 코스로 저녁식사를 하고 있다. 이런 영광이!

잭 아저씨는 그 프로펠러 시대의 비행기를 몰고 항공모함에서 100회 착륙을 해봤다고 한다.

"지금도 기억나는데, 스톨(실속)이 안 나는 속도를 유지하면서 100미터 높이에서 항공모함으로 착륙하는 게 정말 어려웠어. 당시엔 비상 탈출 의자도 없었기 때문에 우리는 다 낙하산을 멘 상태로 비행기를 조종했었지."

와. 정말 살아 있는 역사책이다. 전자장비나 안전장치 같은 것이 전혀 없던 시절, 순전히 프로펠러의 힘 하나로 비행기를 조종해서 파도에 요동치는 배 위에 착륙시킨다는 게 얼마나 어렵고 위험한 일이었을까. 책상에서 키보드나 두드리며 회사원으로 살아온 내 인생과 너무 대비된다. 존경심이 우러나온다. 나는 잔뜩 흥분한 채 이야기를 이어갔다.

"잭, 다이브바머라면 나도 알아요. 영화 〈진주만〉에 나온 비행기 맞죠?"

그러자 잭 아저씨가 움찔하며 뭔가를 생각하는 듯하더니 천천히 입을 열어 이렇게 말했다.

"일본군 비행기도 매우 훌륭했지."

음? 내가 뭘 잘못 말했나? 반응이 영 뜨뜻미지근하다. 밥을 다 먹고 나서도 다른 사람들은 계속 수다를 떠는데, 잭 아저씨는 음악 공연을 보러가겠다며 자리에서 먼저 일어났다. 체구와 표정이 당당해서 앉아계실 때는 몰랐는데, 일어서니 지팡이를 짚고 다니신다. 1950년대 초반에 군인이었으니 지금은 아마 90세 안팎이실 테다. 잘 들어가시라고, 만나서 반가웠다고 일어나서 작별인사를 했다.

바로 그때, 내 머리에 번개가 친 것처럼 깨달음이 왔다. 내가 큰 실수를 했구나! 내가 이야기하려고 했던, 미 해군의 급강하 폭격기가 활약하는 영화는 〈진주만〉이 아니라 〈미드웨이〉였다. 〈진주만〉은 1941년 일본 폭격기가 하와이에 맹공을 퍼부은 내용이고, 〈미드웨이〉는 이듬해 미군 전투기가 일본군 함대에 복수하는 내용이다. 진주만에서는 미군이 당하기만 했고, 미군 급강하 폭격기의 활약은 미드웨이에서 펼쳐졌다. 시대적 배경이나 영화 연출이 비슷하다 보니 순간 헷갈렸던 것 같다. 그런 당황스러운 상황에서 그저 젠틀하게 "일본 비행기도 훌륭했지"라고 넘겨준 잭 아저씨의 센스는 평생 잊지 못할 것 같다. 그리고 나는 이 대화를 떠올릴 때마다 이불킥을 하게 될 것 같다.

33

농구선수
할머니

와이오밍의 농구 할머니

니우스테이튼담호 12층 야외 데크에는 풀코트 농구장이 있다. 낮에는 미니 테니스를 하는 사람들이 쓰고 있기도 해서 나는 주로 밤에 나가서 농구 연습을 했다. 카디스에 기항했을 때 사온 에어펌프로 공에 바람을 빵빵하게 채웠다. 이렇게 좋은 시설에서 마음껏 농구공을 튀길 수 있다는 게 한국에서는 흔치 않은 기회다. 다만 배가 흔들려 슈팅 연습은 의미가 없다. 그래서 나는 주로 왼손, 오른손 번갈아 가며 드리블을 연습했다. 유튜브에 올라온 훈련 동영상을 보면서 연습하면 실력이 쑥쑥 느는 것 같다.

어느 날 오후 승객들을 대상으로 농구 이벤트가 열렸다. 과연 이 배에서 농구를 즐길 만한 사람이 얼마나 있을까? 코트에 나가 보니 나를 포함해 40대 두 명, 50대 한 명, 그리고 70대로 보이는 할아버지 두 명과 할머니 한 명이 나오셨다. 할머니는 잠깐 빠지시고 대신 20대

선원이 한 명 끼어서 총 여섯 명이 3 대 3으로 시합했다.

　나도 젊은 나이는 아니지만 그래도 직장 농구팀에서 꾸준히 뛰어왔기에 노인분들을 생각하며 설렁설렁했다. 그렇게 레이업슛을 느긋하게 올려놓고 있는데 뒤에서 70대 할아버지가 점프해 날아오더니 내 슛을 머리 위에서 패대기쳐버렸다. 할아버지에게 충격의 슛을 저지당한 나는 멘탈이 붕괴되어 경기에 졌다.

　곧이어 쉬고 계시던 할머니 한 분까지 포함해서 승객 여섯 명이 슛 대결 게임을 했다. 골대에서 가까운 곳에서부터 시작해 반시계 방향으로 돌아가며 코트 위 여러 위치에서 슛을 성공시키는 방식이다. 이번에는 할머니의 슛이 불을 뿜었다. 정말 깜짝 놀랐다. 걸음을 빨리

못 걸으시는 걸로 봐서 여든쯤 되셨을까. 힘도 없어 보이는 작은 할머니가 농구공을 잡는 순간 눈이 번쩍 빛나더니 아름다운 포물선 궤적으로 공을 날려 보낸다. 정확한 원핸드슛을 쏘신다. 결국 할머니는 2등으로 게임을 마쳤다. 나는 3등이었다.

이게 대체 어떻게 된 일인가? 일반인의 포스가 아니다. 게임이 끝나고 할머니가 계단에 앉아서 쉬시길래 슬쩍 옆에 앉아서 말을 걸었다.

"여사님, 혹시 농구선수 출신이세요?"

"어. 대학 때 선수였어. 어떻게 알았어?"

"슛을 넣는 자세부터 일반인과 다르신 것 같아요."

"하하! 그렇지. 시간이 지났지만 슛 자세는 잃어버리는 게 아니니까."

"팔 힘도 너무 좋으셔서 깜짝 놀랐어요."

"내가 아들이 둘이야. 얘들이 어렸을 때는 학교 친구들을 우리 집에 데려와서 농구를 했거든. 그러다가 내가 나가서 아이 친구들에게 슛 대결을 하자고 해. 처음에 걔들은 멋도 모르고 나를 봐주려고 하지. 그러면 내가 박살을 내주는 거야! 내 슛이 팍팍 들어가기 시작하면 어린 애들은 긴장해서 더 못 넣어. 그러면 내 아들들이 막 화를 냈어. '엄마, 내 친구들 망신 주는 것 좀 그만해요!' 이렇게 말이야. 하하!"

할머니는 내 질문에 대답을 잘해주신다. 원래 태어나고 쭉 살아온 고향은 와이오밍 시골 마을. 가장 가까운 마을까지는 차로 30분을 달려야 하는 농장이었다고 한다. 지금은 날씨 따뜻한 애리조나주로 옮기셨다고 한다.

아조레스제도

스페인을 떠나 이틀 동안 거친 대서양 바다를 넘실넘실 넘어온 니우스테이튼담호는 12월 3일 아조레스제도에 있는 항구도시 폰타델가다Ponta Delgada에 도착했다. 멀미가 날듯 말듯한 상황인지라 오랜만에 밟는 육지가 이렇게 반가울 수 없다.

아조레스제도는 아홉 개의 화산섬이 모여 있는 섬들의 모임이다. 육지에서 가장 가까운 나라는 약 1400킬로미터 떨어진 포르투갈이다. 그러나 북대서양은 서쪽에서 동쪽으로 강한 편서풍이 분다. 그래서 아조레스 섬은 오랫동안 무인도로 남아 있었다. 15세기 초가 되어야 처음으로 포르투갈 사람들이 아조레스에 정착하기 시작해 사탕수수 등의 작물을 재배했다. 위도로 보면 미국 뉴욕, 워싱턴과 비슷하지만, 바다의 영향으로 기후는 연중 15~25도 정도로 온화하고 비가 자주 온다.

그런데 2021년에 새로운 사실이 밝혀졌다. 아조레스대학교의 지질학자들이 지층을 분석했더니, 이미 8세기에서 9세기 사이에 사람들이 아조레스제도에서 불을 피우며 살았던 흔적을 발견할 수 있었다. 이들은 어디서 온 사람들이었을까? 포르투갈 사람들이었다면 분명 기록을 남겼을 텐데 그런 기록은 없다. 다음으로 미국 코넬대학교의 진화생물학자들이 아조레스제도에 서식하고 있는 쥐들의 DNA를 분석해봤다. 이 섬에는 원래 쥐가 없었기 때문에 이 섬에 사는 쥐들은 모두 외부에서 배를 타고 넘어온 것들이다. 미토콘드리아 DNA 분석 결과, 아조레스의 쥐들은 저 멀리 노르웨이의 쥐들과 DNA를 공유하고 포르투갈 본토의 쥐들과는 공통점이 별로 없는 것으로 드러났다.

이 두 가지 발견을 종합해보면 노르웨이 바이킹들이 이미 8세기 무렵에 아조레스까지 와서 정착했었다는 결론이다. 다만 현대의 아조레스 주민들은 대부분 포르투갈인의 DNA를 갖고 있는 것으로 보아 바이킹들은 진작에 섬을 떠났을 것으로 추측된다.

바이킹은 왜 떠났을까? 이 섬에서 별로 할 일이 없었기 때문일 것이다. 육지와 너무 멀리 떨어져 있고 일조량이 부족해 농사도 잘 안 된다. 현재도 이 섬들에는 어업과 관광업 외에 이렇다 할 산업은 없다. 단, 대서양 한가운데 있다 보니 군사적으로는 아주 중요한 위치를 점하고 있다. 포르투갈뿐 아니라 미국도 이곳에 군사기지를 배치해두고 있다.

경치는 훌륭하지만 약간은 가난해 보인다. 작은 술집에서 파는 생 맥주는 한 잔에 1.5유로, 햄버거는 2유로. 우리나라도 섬 지역은 인구가 줄어들고 낙후된 곳이 많은데 여기도 그런 것 같다. 이 섬에서는 관광업 아니면 일자리가 부족하겠지. 특히 코로나19 기간 3년 동안 크루즈 관광이 완전히 멈춰서 이 지역의 경제가 얼마나 큰 피해를 봤을지 모르겠다.

폰타델가다 시내에서 차를 타고 30분 정도 나가면 화산 분화구에 물이 고여 만들어진, 백두산 천지 같은 호수들이 있다고 한다. 항구 앞에서 택시를 잡았다. 두 시간 반 동안 택시를 대절하는데 60유로라고 안내판에 적혀 있다. 택시는 1990년대 생산된 벤츠. 주행거리는 50만 킬로미터를 훌쩍 넘겼다.

호수와 산과 나무들이 만들어내는 풍경은 멀리서 봐도 푸릇푸릇하다. 택시를 타고 달리는 동안 구불구불 고갯길 양편으로는 하얀색과 연보라색 수국들이 수 킬로미터나 이어진다. 12월 초라 지금은 꽃이 거의 다 시들었지만 여름이나 가을에 왔었더라면 장관을 이뤘을 것이다.

배가 떠나는 시간이 다가와 서둘러 항구로 돌아왔다. 택시에서 내리면서 안내판에 써 있는 대로 60유로를 냈더니 나이 지긋한 기사님의 눈에 눈물 비슷한 것이 핑 돈다. 그는 나를 쳐다보고 몇 초 동안 말을 잇지 못하더니 "땡큐 베리 머치"라고 말한다. 코로나 이후 크루즈들이 운행을 중단한 동안 그가 얼마나 힘든 시간을 보냈을지 절절히 느껴졌다.

다시 바다로

우리는 아조레스를 떠나 다시 험한 파도의 대서양을 달리기 시작한다. 방향은 서남서로 직진.

이 배는 보통 시속 35킬로미터 정도로 달린다고 하는데, 파도를 사선으로 맞으며 진행하기 때문에 흔들림은 계속된다. 이놈의 멀미가 지겨워서 인터넷으로 대서양 파도 상황을 거의 매시간 확인했다.

하필이면 우리 배가 가는 방향으로만 파도가 강하다. 배가 조금만 (몇 십 킬로미터?) 남쪽으로 둘러 간다면 그 험한 지역을 피할 수 있을 텐데, 우리 배의 선장님께서는 그럴 생각이 전혀 없어 보인다. 파도가 얼마나 세든 그냥 강행 돌파다. 그도 그럴 것이, 선장님의 목표는 12월 10일 정시에 플로리다에 도착하는 것이기 때문이다. 12월 10일 오전에 우리를 항구에 내려놓을 것이고, 바로 그날 오후에 다음 승객들을 태워서 떠나야 하는 빡빡한 일정이 기다리고 있다. 크루즈도 식당처럼 회전율 장사다. 배를 하루라도 놀리면 손해다.

배가 흔들리니 수영도, 농구 숏 연습도, 달리기나 독서, 컴퓨터로 글을 쓰는 것도 못 하겠다. 에라 모르겠다. 그냥 편하게 드러누워서 잠이나 푹 자고, 영화나 보고, 바다 구경이나 실컷 하자 싶었다. 마음을 바꿔 먹으니 그때부터는 멀미가 나지 않는다. 파도가 일렁이는 모습을 즐기게 됐다. 파도를 가장 가깝게 느낄 수 있는 3층 야외 데크를 몇 바퀴씩 천천히 걷기도 하고, 그냥 한자리에 서서 한 시간씩 멍때리며 파도를 바라볼 때도 있다. 아무리 봐도 질리지 않는 풍경이다. 드라마 시리즈도 끝까지 다 보고, 일론 머스크 전기도 조금씩 전자책으로 읽었다. 또 저녁이면 음악이나 무용 공연을 구경하러 갔다. 남은 일주일의 항해 동안, 하루하루는 이렇게 흘러갔다.

아무런 생각도, 고민도 없이 편안하게 흘러가는 느긋한 시간들이다. 아참, 그동안 신경 써서 처리한 일이 하나 있다. 튀르키예 트라브존에서 지갑을 잃어버린 후 체크카드만으로 불안하게 여행을 해왔다. 미국에서는 꼭 신용카드가 필요할 것 같아, 서울에 있는 후배와 어머니에게 부탁해서 마이애미에 있는 호텔로 새 신용카드를 발송했다. 후배가 앱으로 국제특송 픽업을 신청해주었고, 카드 수령과 포장은 어머니가 해주셨다.

동시에 카드가 배송되는 마이애미 호텔에도 전화를 걸어서, 내가 체크인하는 날까지 우편물을 잘 보관해달라고 부탁했다. 호텔 직원이 흔쾌히 대답해서 마음을 놓았다.

여행은 혼자 해도 혼자 하는 게 아니었다. 이렇게 멀리서 나를 도와주고 응원해주는 사람이 있으니 가능했다. 러시아에서 루블화 환전할 때는 친척이 도와주었고, 이탈리아에서는 후배의 도움을 받았다. 지금은 또 다른 후배와 어머니 덕에 신용카드도 받고 미국에서 렌터카를 빌릴 수 있게 됐다. 특히 나이 든 아들을 챙겨주시는 어머니가 고맙고, 또 조금 부끄럽기도 하다.

마지막 저녁식사

북대서양의 거센 파도는 플로리다 다 와서 있는 '버뮤다 삼각지대' 부근에서 가장 날뛰었다. 하지만 나도 이젠 흔들림에 적응됐다. 파도가 심해지면 데크에 나가 한 시간이고 두 시간이고 뱃전에 부서지는 물보라를 구경한다. 그러면 나도 바다와 같은 리듬을 타게 된다. 불편하지 않다.

길게만 보였던 2주간의 항해도 끝나간다. 이제 하루만 더 가면 플로리다 포트로더데일 항구에 도착한다. 겨우 크루즈 생활에 적응한 것 같은데 벌써 내려야 한다니 아쉽다. 이럴 줄 알았으면 미국이 아니라 브라질로 가는 30일짜리 배에 탈 걸 그랬나. 하늘도 맑게 개고 기온도 확연히 올라갔다. 14일 만에 처음으로 10층 수영장의 지붕이 활짝 열리자 사람들이 물에 뛰어들기 시작했다. 물론 나도 뛰어들었다.

승객들도 슬슬 여행의 마무리를 준비한다. 매일 오전 11시에 진행되던 TED 스타일의 교양 강연도 오늘이 마지막이다. 이날은 특별한 세션이 기다리고 있다. 먼저 오늘의 강연자가 '니우스테이튼담의 모든 것'이라는 주제로 프레젠테이션을 진행했다. 이 배가 하루 밀가루 몇 톤을 쓰는지, 소와 돼지와 닭 몇 마리를 소비하는지, 물은 또 얼마나 많이 쓰는지, 인터넷 통신은 어떻게 가능한지 등을 재치 있게 설명해주었다.

3000명의 승객과 1000여명의 선원 등 총 4000명의 인원이 매일 화장실 변기로 내리는 물만 해도 배의 수영장 네 개를 채울 양이라고 한다. 또 우리가 먹는 음식의 양도 어마어마해서 항구에 기항할 때마다 산더미 같은 양을 보급받는다. 배에서 먹는 빵은 모두 매일 새벽 배 안에 있는 베이커리에서 직접 반죽해서 구운 것들이다. 재봉실도 있다. 직원들이 입고 있는 유니폼은 모두 이 재봉실에서 만들고 수선한다고 한다.

선원들은 말레이시아, 필리핀, 태국 등 동남아시아 사람들이 많다. 한 번 배를 타면 몇 달씩 항해가 이어지기에 오래 고향을 떠나야 하지만, 이들에게 홀란트 아메리카 라인은 굉장히 좋은 직장이며, 어떤 사람들은 자식들이 대를 이어서 근무하기도 한단다. 지난 2주 동안 승객들이 직원에게 갑질을 한다거나 화를 내거나 소리를 지르거나 하는 경우는 한 번도 보지 못했다. 모두가 항상 웃는 얼굴로 서로를 대했

다. 승객이든 직원이든 같은 배를 탄 동료로서 서로를 존중하는 문화가 있다.

프레젠테이션이 끝났다. 대형 스크린 사이에 있는 문이 열리더니 선장과 항해사, 기술팀장, 주방장, 청소부 등 배의 각 파트에서 일하는 직원들이 무대로 나와 도열했다. 누가 시킨 것도 아닌데 관객들은 자리에서 모두 일어났다. 열렬히 박수를 보내준다. 나도 손에 힘이 빠질 때까지 박수 쳤다.

직원들을 위한 세레모니는 저녁식사 시간에도 이어졌다. 다이닝홀에서 밥을 먹고 있는데 주방 직원들과 웨이터들이 기차놀이를 하듯이 일렬로 서서 칙칙폭폭 하며 들어와 테이블 사이로 행진했다. 그러자 승객들은 모두 하얀 냅킨을 들고 머리 위로 빙빙 돌리며 환호한다. 이것이 크루즈 항해의 전통이라 한다.

다음 날 아침, 배는 아침 일찍 미국 플로리다주 포트로더데일 항구에 도착했다. 우리 배 말고도 여러 척의 대형 크루즈가 독에 도열해 있고, 하늘이 어찌나 맑은지 눈을 뜨고 있기가 어렵다.

3개월 동안에 지구 반 바퀴를 돌았다. 에너지도 충전했겠다, 오늘부터는 미국 대륙을 신나게 횡단하자!

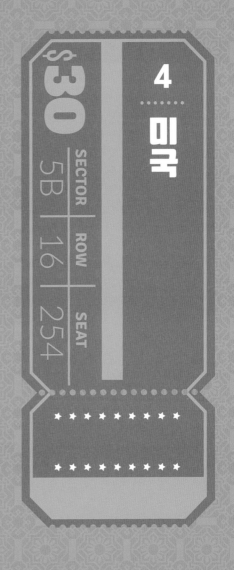

$30

$30

SECTOR 5B

ROW 16

SEAT 254

4

미국

34
아트 바젤의
심리학자

입국심사

2023년 12월 10일 일요일 아침, 미국 플로리다주 포트로더데일 항에 도착했다. 2주간 지내 온 니우스테이튼담호를 떠날 시간이다. 그간 정이 들어서 '여기가 내 집이면 좋겠다'는 생각마저 든다. 하지만 오늘 오후면 다음 항해가 시작될 것이니 청소를 위해 객실부터 빨리 비워주어야 한다. 아닌 게 아니라 아침 일찍부터 청소부들이 바깥쪽 발코니를 넘나들며 창문 유리를 닦는다.

가방을 들고 배 2층에 있는 트랩을 통과해 미국 땅에 발을 디딛었다. 처음 승선했던 때와 마찬가지로 배가 정박한 곳 바로 앞에 체육관처럼 커다란 창고 같은 건물이 있고 그곳에서 입국심사를 한다. 3000명이나 되는 사람들이 몇 시간에 걸쳐 하선하는 다소 어수선한 분위기에서 마약견들은 여기저기서 킁킁 가방 냄새를 맡고 다닌다.

약간 긴장이 된다. 마약을 숨겼다거나 그런 건 아니고, 입국허가를 잘 받을 수 있을지 궁금해서다. 2년 전인 2021년에 여름휴가로 미국에서 열흘 간 로드트립을 한 적이 있다. 당시엔 회사를 다니던 중이었고 심지어 그 회사가 미국 회사인데도 LA 공항 입국심사에서 곤욕을 치렀다. 짧은 머리를 한 40대 아시아 남성이, 혼자 미국에 와서 로드트립을 하겠다고 하니 범죄형으로 봤나 보다. 공항 한쪽에 있는 '진실의 방'에 끌려가 집중 심문을 받고 난 다음에야 풀려날 수 있었다. 대학 시절을 포함해 두 번이나 이런 일을 겪고 나니 이젠 잘못한 것도 없는데 미국에 올 때 두려운 마음마저 든다.

이번에도 나는 특별한 여행 계획을 미리 짜두지 않고 시애틀까지 로드트립을 할 생각이다. 시애틀에서는 한국행 배가 없어 비행기를 탈 생각인데 날짜도 정하지 않았다. 입국심사원이 좋아하지 않을 것이다. 이번에도 '진실의 방'에 끌려갈 것인가? 엊그제 배에서 만난 한국인 부부에게 이 이야기를 했더니, "정말 재수 없으면 입국 못 할 수도 있다"면서 얼른 아무 날짜나 잡아서 귀국 비행기표를 예약해두라고 한다. 24시간 안에만 취소하면 수수료가 없다는 꿀팁도 주셨다. 조언대로 스마트폰으로 얼른 표 한 장을 예약했다.

30분 정도 기다려 드디어 두근대는 마음으로 입국심사대에 섰다. 심사하는 경찰은 내 여권을 보더니 이렇게 말한다.

"안녕하세요. 좋은 하루 보내세요."

한국말이다. 어디서 배웠는지 모르겠지만 발음도 귀엽다. 그리고는 영어로 "오늘 어디로 갑니까?"라고 묻길래 마이애미로 간다고 했더니, 더 이상의 질문 없이 여권에 도장을 쾅 찍어주고는 좋은 시간 되라고 한다. 의외인데? 미국에 여러 번 와봤지만 이렇게 쉽게 입국심사를 통과한 적은 처음이다. 어젯밤에 예약한 귀국 비행기표를 보여줄 필요도 없었다.

여객터미널 앞에 나와 한국인 부부를 기다리며 비행기표를 바로 취소했다. 조금 늦게 나오셨기에 혹시 '진실의 방'에 다녀오셨냐고 했더니, '강아지에게 딱 걸렸다'라고 웃으며 말씀하신다. 어느 나라나 그렇듯이 미국도 과일이나 고기류, 식물류는 해외에서 가지고 들어올 수 없게 한다. 배에서 먹다 남은 딸기 몇 알이 가방 안에 들어있었는데 그걸 마약탐지견이 귀신같이 알아채고 가방 앞에 다소곳이 발을 모으고 앉더란다. 그래서 짐을 다 풀어서 딸기를 버리고 오느라 늦으셨다고 한다. 마약견인줄 알았는데 과일에 특화된 강아지였나보다.

그럼에도 입국심사하는 미국 공무원들이 매너가 좋아서 굉장히 기분 좋게 들어오셨다고 한다. 왜 포트로더데일 항구는 이렇게 여유롭게 입국심사를 할까? 나중에 누가 이렇게 이야기한 적이 있다. "생각해봐. 네가 미국에 밀입국을 하고 싶다면, 굳이 2주짜리 비싼 크루즈를 타고 밀입국을 하겠냐?"

정말 그렇네. 그러고 보니 이탈리아나 스페인에서 출항할 때도 별다른 출국심사 없이 무사통과였다. 반면에 그리스 로도스섬에서 페리를 탈 때 겪었던 난민들의 엑소더스는… 같은 여객선 여행이라도 참 다른 풍경, 다른 경험이다.

아트 바젤 마이애미

해변 구경을 짧게 마치고, 도보 5분 거리에 있는 마이애미 비치 컨벤션 센터를 찾았다. 아트 바젤 전시회가 열리는 곳으로, 고래 등뼈를 형상화한 건물이 인상적이다. 마지막 날이라 사람이 많을 줄 알았는데 웬걸? 서울에서 열리는 아트페어들에 비하면 한적한 편이다. 줄을 서지 않고 스마트폰으로 입장권을 구매해 바로 들어갔다.

아트 바젤은 스위스 바젤에서 1970년부터 매년 열리는 미술품 장터인데, 현재는 바젤뿐 아니라 마이애미와 홍콩과 파리에서도 장이 선다. 그러니까 전 세계를 돌아가며 일 년에 네 번 열리는 셈이다. 홍콩은 아시아 미술에 특화되어 있고 여기 마이애미는 미국과 중남미 미술의 허브 역할을 한다.

사실 메인홀의 작품들은 내 기대에 미치지 못했다. 서울이나 부산에서 열리는 아트페어들과 다른 점을 잘 모르겠더라. 내가 이름을 알 정도로 유명한 서양 작가들의 작품도 여러 점 있었지만 소품 위주다. 며칠 전까지만 해도 토리노의 사부아 궁전에서 유럽 미술의 최고 걸작들을 구경하다 온 내 눈에는 다 그냥 시큰둥하게 보였다. 어떤 테마를 가지고 관객들에게 감동을 주려는 미술 전시회가 아니라, 작품 한 점 한 점을 판매하는데 주력하는 장터이기 때문에 구경하는 재미가 덜한 건가. 메인홀 구경을 마치고 신진작가 섹션에 갔는데 여기가 좋았다. 메인홀보다 훨씬 재미있고 작품마다 개성이 넘쳤다. 눈에 띄는 작품들을 사진에 담았다. 기회가 되면 구매하고 싶은 작품들도 여럿 보였다.

마지막으로 한 조각 작품에 시선이 머물렀다. 게하르트 드메츠 Gehard Demetz라는 이탈리아 작가의 작품이다. 매끈하게 다듬은 나무 조각들을 젠가 블록처럼 연결해 청순한 소녀상을 만들었는데, 조각들이 딱 들어맞는 게 아니라 조금씩 틈이 있어서 피부가 갈라진 것 같은 섬뜩한 느낌을 준다. 게다가 이 소녀는 텅 빈 눈빛을 하고, 손으로는 곰돌이 인형을 찢어버릴 듯한 자세를 취하고 있다. 선홍색 곰돌이 인형은 쥐어짜면 피가 뚝뚝 떨어질 것 같다.

아이의 순진함과 행위의 잔혹함이 대비되는, 충격적인 비주얼이라 한참을 서서 들여다보고 있었다. 그런데 갑자기 누가 내 어깨를 두드렸다. 나이를 가늠하기 힘든, 30대에서 50대 사이의 백인 남자다.

"너 지금 여기에 빠져 있는 것 같네?"

미국에 도착한 지 아직 몇 시간 되지 않아서 새로운 문화에 적응하지 못한 나는 약간 긴장을 하고 방어적으로 대답했다. "응."

그러자 그가 또 이렇게 묻는다.

"이 소녀가 너 자신 같다고 느껴?"

이게 무슨 소리인가 싶어 쳐다봤는데 그는 미소를 띠고 있을 뿐이다. 그냥 입에서 나오는 대로 대답한다.

"아니, 나는 소녀가 아니라 이 인형이 나 같다고 느껴져."

"과거의 너? 아니면 지금의 너?"

"지금."

"네가 그 인형이라면, 소녀의 왼팔은 뭐라고 생각해?"

"이 세상(The World)."

"그럼 오른팔은?"

"가족(Family)."

그러자 그가 이렇게 말한다.

"펜 있어? 펜 있으면 지금 생각나는 걸 적어봐. 사실 나는 심리학자야. 네가 이 조각을 열심히 들여다보고 있는 걸 보고 진심으로 하는 조언이야. 각 팔이 너를 어떤 방향으로 당기고 있는지, 지금 생각나는 대로 적어봐. 도움이 될 거야. 그럼 안녕!"

말을 마치고 그는 군중 속으로 사라졌다. 무슨 소리지.

낯 모르는 사람과의 잠깐의 대화 속에서 내가 수년간 해왔던 고민을 나도 모르게 그냥 털어놓고 말았던 것 같다. 누군지 모를 이 남자는 심리학의 대가인가.

그의 조언대로 나는 저 소녀의 두 팔이 무얼 의미하고, 나(곰돌이)를 어떻게 당기고 있는지 더 고민해봤다. 나는 왜 저렇게 대답했을까? 아마도 '세상'은 내가 이 세상에서 하고 싶어하는 것들, 이루고 싶은 것들을 말하고, '가족'은 전통적인 의미에서 나와 내 주변 사람이 내게 기대하는 바를 의미하는 것 같다. 바꿔 말하면 '욕망 대 사회적 압력'이다.

지난 십여 년 동안 내가 고민만 하며 세월을 보내게 만든 게 바로 이런 가치 충돌 문제 아닐까. 이번 노플라잇 세계여행을 떠나게 된 것도, 내 상황을 보다 객관적으로 바라볼 수 있는 기회를 갖고 싶었기 때문 아니었을까. 곰돌이가 유체 이탈을 해서, 밖에서 자신의 상황을 바라보듯 하고 싶었던 걸까. 그런 것 같다.

아트 바젤 구경을 마치고 호텔로 돌아간다. 시내까지는 약 10킬로미터 거리. 석양이 아름다워 돌아갈 때는 자전거를 타본다. 거리 곳곳에 신용카드만 있으면 바로 이용 가능한 시티바이크Citi Bike라는 공유자전거들이 있다. 꽤 먼 길이지만 언덕 없는 평지인데다가 해변의 여러 개의 섬을 이어놓은 다리 위를 건너는 길이라 즐겁게 페달을 밟았다. 마이애미는 노을이 멋진 도시구나.

땀으로 범벅이 되어 호텔에 돌아왔다. 아침부터 샌드위치 하나 먹고 하루 종일 돌아다니느라 몸은 피곤하지만 마음은 가뿐하다. 일단 미국은 영어로 의사소통이 되니 좋고, 외국인이라고 특별히 주목받는 동네가 아니다 보니 유라시아 여행할 때보다 마음의 부담도 훨씬 덜 한 것 같다.

35
로켓 발사
1

로드트립 준비

2023년 12월 11일, 미국에 온 지 이틀째다. 오늘은 바쁘다. 우선 앞으로 3주간 쓸 자동차를 빌려야 한다. 또 저녁에는 그 차를 몰고 케네디스페이스센터Kennedy Space Center에 가서 로켓 발사를 구경해야 한다. 왕복 여덟 시간. 시간이 아슬아슬하니 바쁘게 움직인다.

우선 렌터카를 픽업하기 위해 허츠 사무실에 들렀다. 픽업은 미국 동남부 마이애미에서, 반납은 서북부 시애틀에서 하는 일정인데 직선거리로 5300킬로미터 정도 된다. 서울-부산의 14배. 기후도 달라진다. 여기 마이애미는 겨울에 반소매를 입고 다녀도 되는 따뜻한 지역이지만 미국 내륙지역은 춥고 눈도 많이 내릴 것이다. 그러니 렌터카로 어떤 차를 빌려야 하는지 고민된다. 사실 내가 어떤 차를 고른다 하더라도 렌터카 사무실에서 정확히 그 차를 줄지도 알 수가 없다. 일단은 마이애미 인근 허츠 렌터카 지점 중에서 가장 저렴한 곳을 찾다가 하이얼리아Hialeah라는 동네에서 빌리기로 했다.

라틴계 여자 직원이 나를 맞았다. 외국인이 3주간 미국 횡단하는 일정으로 예약해서 질문이 많을 거라 예상했는데, 천만의 말씀. 그는 내게 아무것도 물어보지 않고 아무 관심도 없이 서류작업을 했고, "지금 SUV밖에 없는데 괜찮지?"라면서 열쇠를 건네주었다. 혼다 HR-V라는 소형 회색 SUV.

과연 내가 이 못생기고 둔해 보이는 SUV를 몰고 직선거리로만 5300킬로미터나 되는 거리를 주행할 수 있을까? 카톡으로 한국에 있는 자동차 전문가 친구에게 물어봤다. "미국 로드트립 하려면 세단이 좋을까, SUV가 좋을까?" 친구는 바로 "운전하기 편한 건 SUV. 승차감은 세단. 주 5일 여덟 시간 운전하려면 SUV로는 엉덩이가 아플걸" 하고 대답했다.

그럴 것 같긴 하다. 하지만 미국 내륙으로 들어가서 로키산맥도 넘으려면 산길과 눈길에 강한 SUV가 괜찮을 것 같기도 하다. 엉덩이는 아프더라도 만일의 상황에 대응하기에는 더 좋을지도. 차를 교체해 달라고 영어로 말하기도 귀찮고 해서, 그냥 직원이 주는 대로 SUV를 몰고 가기로 한다.

우주센터로

렌터카 사무실 옆에 있는 서브웨이 매장에서 샌드위치를 하나 사서 북쪽으로 네 시간 떨어진 케네디 우주센터로 향한다. 우주센터에 도착하니 벌써 오후 4시가 됐다.

전 세계에서 로켓 발사는 미국, 러시아, 중국 등 3개국이 주도한다. 로켓 발사는 보통 인구가 적고 위도가 낮은(적도에 가까운) 곳이 유리하다. 그래야 보안을 유지하기에도 좋고 지구 궤도에 올리기에도 좋다고 한다. 그래서 러시아는 남쪽 카자흐스탄에 우주기지를 만들어서 사용 중이다. 중국은 인구가 적은 서쪽 쓰촨성과 신장성, 북쪽 네이멍구 등에 발사 기지가 있다.

미국은 남쪽 지역인 플로리다, 텍사스, 캘리포니아주에서 로켓을 쏘는데 그중에서도 여기 플로리다 케네디센터가 가장 큰 우주 개발 단지다. 나사NASA뿐 아니라 민간 우주기업인 스페이스X, 블루오리진도 모두 이곳을 이용한다.

그중에서도 가장 유명한 우주 기업은 역시 일론 머스크가 이끄는 스페이스X. 2023년 한 해 동안에만도 90회 이상의 발사를 성공시켰다. 나흘에 한 대씩 쏘는 셈이다. 특히 자신들이 운영하는 스타링크 Starlink 위성 인터넷망을 위해 소형 인공위성을 수천 개나 쏘아 올린다. 대서양을 건너는 크루즈도 스타링크 덕에 빠른 인터넷 접속이 가능하다. 내가 오늘 여기 온 이유도 스페이스X의 중량급 로켓 '팰컨 헤비Falcon Heavy' 발사를 직접 보기 위해서다.

스페이스X의 꿈

여행 내내 월터 아이작슨이 쓴 일론 머스크 전기를 읽고 있다. 영문판으로 천천히 읽다 보니 석 달이 지나도 아직 몇십 페이지가 남았지만, 아무튼 이 책에서 가장 인상적인 부분은 우주 개발에 대한 일론 머스크의 집념이다. 일론 머스크가 하는 모든 일의 최종 목적은 '화성을 인류의 식민지로 만드는 것'이라고 한다.

머스크는 현실주의자다. 그는 어떤 전 지구적인 환경 재앙이나 우주적 규모의 사고(혜성 충돌 등)가 일어날 수도 있다고 본다. 대부분의 사람은 그런 끔찍한 미래에 대해 '어차피 우리가 할 수 있는 건 없다'면서 하루하루 살아가는 데 집중하지만 머스크는 일반인이 아니다. 가까운 미래든 먼 미래든 간에 지구에 재앙이 닥칠 가능성이 100퍼센트라면, 인류는 그에 대응할 수 있는 역량을 갖춰야 한다는 게 그의 지론이다.

화성을 정말 인류의 식민지로 개척할 수 있을까? 화성은 지구와 비교적 가깝다. 스페이스X의 우주선을 타면 지구에서 화성까지 편도로 7개월 정도 걸린다고 한다. 탐험으로서 그리 긴 시간은 아니다. 과거 대항해시대에 유럽인들이 범선을 타고 아프리카 대륙을 돌아 아시아에 다녀오려면 2~3년이 걸렸다. 하다못해 나도 여기까지 오는 데 3개월이나 걸리지 않았나. 그에 비하면 화성까지 가는 데 걸리는 7개월은 감수할 만한 시간이다. 그런 임무에 자원할 사람들도 셀 수 없이 많다. 물론 우리 인간 중 99.99퍼센트는 살아 돌아온다는 보장이 없는 그런 위험한 프로젝트에 자발적으로 뛰어들지 않겠지만, 나머지 0.01퍼센트가 있다. 지구상에는 인생이 지루해서 미칠 것 같아서 일부러 위험천만한 일을 하는 사람들이 전체 인류의 0.01퍼센트는 될 것이다. 80억 명의 0.01퍼센트는 80만 명이다. 그 정도면 충분하다.

남은 과제는 둘이다. 첫째, 우주선을 만들 것. 둘째, 화성 개척을 위한 여론의 지지를 모을 것. 머스크는 2002년 우주 로켓 회사 스페이스X를 창업했다. 당시엔 민간인이 우주 로켓을 만든다는 건 상상도 못 하던 시절이다. 안전을 최우선시하는 미국 정부 우주 프로그램의 기조와는 달리, 머스크는 일단 최대한 빨리, 최대한 과감하게 우주선을 만든다. 발사가 실패해 로켓이 폭발해도 좌절하지 않는다. '빨리 실패하고 빨리 개선한다'가 그의 좌우명이며, 우주선의 한계를 알기위해 폭발할 때까지 몰아붙인다. 우주선이 한 번도 폭발하지 않는다면 그것은 한계를 충분히 시험해보지 않는다는 뜻이라고 생각한다. 또 값비싼 우주선 전용 부품을 주문 제작해서 사용하지 않고 저렴한 승용차용 부품을 대신 사용해본다든가 아니면 직접 용접을 해서 부품을 만든다든가 하는 식의 획기적인 비용 절감을 직원들에게 주문한다. 그리고 10퍼센트가 아니라 90퍼센트, 99퍼센트까지 비용 절감을 실현해낸다.

이런 과감함 덕분에 스페이스X는 단기간에 크나큰 성공을 이루어냈다. 2002년 창립했으니 역사가 20여 년밖에 안 됐는데 벌써 '팰컨 9' 로켓을 314회 발사했고 그중 312회를 성공했다. 특히 그가 이루어낸 최대의 혁신은 '로켓 재활용'이다. 이전에는 하늘로 올라간 로켓은 바다에 떨어지거나 우주 밖으로 날아가버려서 재활용할 수 없었지만, 일론 머스크는 '떨어지는 로켓을 다시 땅으로 착륙시킬 순 없나?'라는 생각을 현실로 만들어버렸다. 다들 한 번쯤은 영상을 봤겠지만, 연필처럼 기다랗게 생긴 로켓이 수직으로 땅에 떨어지다가 받침대가 펼쳐지면서 촛대처럼 꼿꼿이 땅 위에 내려선다. 심지어는 바다 위에 떠 있는 흔들리는 배 위에 내리기도 한다.

로켓 재활용은 발사 한 번에 드는 비용을 드라마틱하게 줄였다. 현재 스페이스X의 주력 발사체인 '팰컨 9'의 경우 한 번 쏘는데 6700만 달러, 우리 돈으로 약 1000억 원이 든다고 한다. 참고로 우리나라가 발사한 로켓 '나로호'는 한 번 쏘는데 그 다섯 배인 5000억 원이 들었고 그 비용 중 절반은 러시아에서 발사체를 구입하는 데 썼다고 한다.

요즘 일론 머스크는 이미 상업적으로 돈을 벌기 시작한 팰컨9 로켓보다 3배 큰 '팰컨 헤비' 로켓도 쏘기 시작했고, 팰컨9의 12배 힘을 가진 '스타십' 로켓도 시험 중에 있다. 오늘 내가 보러 온 로켓은 팰컨 9, 팰컨 헤비, 스타십 등 세 개 라인업 중 둘째인 '팰컨 헤비'. 2018년에 첫 발사가 있었고 이번에 9회째 발사다. 사실 꼭 케네디 우주센터 안에 들어오지 않아도 인근 수십 킬로미터 반경에서는 어디서든 하늘을 날아가는 로켓이 잘 보인다고 한다. 하지만 케네디센터의 관람 프로그램에 참가하면 로켓 발사를 가장 가까이에서, 약 5킬로미터 이내에서 볼 수 있으며 전문가가 현장에서 해설도 해준다.

입장료는 159달러. 여기엔 우주센터를 이틀간 입장할 수 있는 70달러짜리 티켓이 포함되어 있긴 하지만, 만만치 않은 가격이다. 게다가 일단 발사대까지 가서 자리를 잡고 앉으면 그 이후에 발사가 취소된다 하더라도 절대 환불해주지 않는다는 조건도 있다. '케네디 우주센터는 발사 여부에 관여하지 않기 때문'이라고 한다. 명목상으로 이 티켓은 '로켓 발사 관람 티켓'이 아니라 '로켓 발사를 관람할 수 있는 편의시설을 제공해주는 티켓'이란다. 억울할 수도 있겠지만 센터 측의 논리도 이해는 된다.

오늘 발사는 오후 8시 30분 무렵으로 예정되어 있다. 정확한 시간은 그때 가봐야 안다. 날씨가 나빠지거나 기술적 문제가 생기면 취소될 수도 있기에 운에 맡겨야 한다. 일론 머스크여, 당신을 믿고 내 돈 159달러를 투자하노라!

우주 볼펜의 진실은?

우주센터에 들어와 발사 시간을 기다리면서 전시관과 기념품 가게를 둘러본다. 우주센터는 굉장히 넓고 수많은 로켓과 그 용품들이 전시되어 있다. 시간이 없어서 '새턴 V' 로켓이 전시된 건물만 볼 수 있었는데, 그것만 해도 대단한 규모다. 미국이 한창 달 탐사를 하던 1960년대 말부터 1970년대 초에 썼던 새턴 V 로켓의 1단, 2단, 3단 로켓이 누운 상태로 전시되어 있다. 또 달에 내렸던 사령선 모듈과 우주인들이 입었던 다양한 우주복들도 전시되어 있었다.

센터 내 기념품 가게에서는 후드티, 모자, 우주식량 같은 것을 파는데 그중 재밌는 것을 봤다. 나사가 쓰는 '우주 볼펜'. 중력이 없는 우주 공간에서도 쓸 수 있는 필기구다. 우주 볼펜의 개발에 대해서 유명한 일화가 있다. 내가 경제지의 기자로 일할 때 처음 들었던 이야기인데, 대충 이런 내용이다.

1960년대 미국과 소련이 우주 탐험 경쟁을 벌이던 시절. 미국의 우주비행사들은 우주선 안에서 글씨를 쓰는 데 어려움을 겪었다. 무중력 상태이니 펜 속의 잉크가 펜 아래쪽으로 흘러 내려오지 않는 것이다. 이 문제를 심각하게 받아들인 나사는 수백만 달러를 투자해서 우주에서도 쓸 수 있는 볼펜을 만들었다. 펜 내부에 특수 가스를 주입해 두고, 그 가스의 압력으로 천천히 잉크를 밀어내는 방식이다.

미국 우주비행사들이 소련 우주비행사들을 만나 우주 볼펜을 자랑했다. "너희는 이런 거 없지?"라며 무중력 상태에서도 종이에 글씨를 써서 자랑했다. 소련 비행사들은 이들을 무표정하게 바라보다가, 아무 말 없이 주머니에서 연필을 꺼내서 종이에 글씨를 썼다.

이 이야기는 문제 정의의 중요성을 알려주는 일화로 널리 쓰인다. 애초에 나사가 문제를 잘못 정의했다는 것이다. '우주에서도 잘 써지는 볼펜'을 만들 게 아니라 '우주에서 글씨를 쓰는 법'을 연구했어야 했고, 그랬다면 굳이 수백만 달러를 들여 우주 볼펜을 개발할 게 아니라 연필이라는 대안이 있음을 깨달았을 것이다.

그런데 나사 기념품 가게에서는 아직도 그 우주 볼펜을 판매하고 있네? 바보 같은 실패를 굿즈 사업으로 승화한 것인가? 그건 아니다. 실제로는 소련 비행사들도 이 우주 볼펜을 사용한다. 연필로도 우주에서 글씨를 쓸 수는 있지만, 연필심이 부러질 경우 무중력 상태에서 떠돌아다니다가 기계나 사람 몸에 들어갈 수 있기 때문에 사용하지 않는다는 게 나사의 공식 해명이다. 어쨌든 현재 이 우주 볼펜의 가격은 약 5만 원 정도다.

로켓 발사 관람대

드디어 발사 시간이 다가온다. 케네디 우주센터 내부에서 다시 셔틀버스를 타고 이동해, 로켓 발사대와 가까운 곳에 있는 지정 관람석으로 간다. 관람석에서는 저 멀리 로켓 발사대의 불빛이 정면으로 잘 보인다. 발사대는 해변 가까이에 있다. 로켓이 날아가는 장면은 인근 수십 킬로미터 내에서 다 볼 수 있지만, 이렇게 나무나 건물에 가려지지 않고 발사 장면을 가까이서 볼 수 있는 곳은 없다. 그것이 159달러짜리 티켓의 가치다. 인근 반경 십수 킬로미터는 출입 제한 구역으로, 평상시에는 수많은 동식물이 사는 자연 보호 구역이라고도 한다. 하지만 로켓이 한 번 발사될 때마다 그 주변에 있는 모든 동식물은 불꽃과 함께 기화되어버린다.

관람석에 모인 사람은 어림짐작으로 약 1000명 정도. 플로리다는 따뜻한 지역이지만 밤의 바닷가는 날씨가 꽤 쌀쌀하다. 몇 시간을 기다려야 할지 모르니 이탈리아 바리에서 산 모자 달린 패딩을 입고 갔다. 캠핑 의자를 가져와서 잔디밭에 자리를 잡은 사람도 있다. 다들 설레는 마음으로 로켓 발사를 기다린다.

인종 문제를 언급하면 마음이 불편하지만, 언급을 안 할 수가 없다. 발사대에 모인 관객들은 대충 봐서 3분의 2는 백인이고, 나머지 3분의 1은 아시안이다. 한국말을 하는 사람들, 특히 어린아이가 있는 가족들도 여럿 봤다. 미국 전체의 인종별 인구 구성을 보면 약 60퍼센트가 백인, 18.5퍼센트가 히스패닉, 12.5퍼센트가 흑인, 아시안이 6퍼센트 정도라고 한다. 우주 로켓 관람석에서는 상대적으로 아시안의 비

중이 높고 흑인과 라티노 사람들은 적어 보인다. 인종에 따라 과학기술에 대한 전반적인 관심의 차이가 있는 것일까? 아이를 데려온 아시아계 부모들은 모두 아이가 커서 과학자가 되거나 최소한 과학에 관심 갖기를 바라고 있을 것이다.

이런저런 생각을 하며 발사를 기다리는데, 안내방송이 나온다. "기술적인 문제로 발사가 30분 연기됐다"고 한다. 사람들은 추운 날씨에도 불평 없이 기다린다. 하긴, 불평한다고 달라질 것도 없다. 관람석 앞쪽에는 마이크를 들고 로켓에 대해 설명해주고 있던 직원은 괜히 본인이 미안해하면서, 남은 시간 동안 아무거나 물어보라고 한다.

"일론도 여기 와 있나요?" 모두의 관심사다.

"네. 그는 저 밑에 발사대 근처에 있을 거예요. 물론 너무 가까이는 못 가죠. 다 타버리니까. 관계자 구역이 따로 있습니다."

"일론이 이 근처에 사나요?"

"제가 알기론 아니에요. 텍사스에서 스타십(초대형 우주 로켓)을 만들고 있는데 그 근처에서 주로 일한다고 알고 있어요. 오늘만 여기 왔어요."

추가된 30분이 거의 다 지나가고, 한참 카운트다운를 기다리고 있는데 마이크를 잡은 직원이 아까와 달리 굉장히 차분하고 냉정한 목소리로 말한다.

"방금 들어온 소식입니다. 오늘 밤 예정됐던 팰컨 헤비의 발사는 중단되었습니다."

그의 입에서 '중지'라는 말이 나오자마자 사람들이 우르르 일어서더니 관람석을 빠져나간다. 뒷말은 잘 듣지도 않는다. 이유는 간단하다. 주차장으로 돌아가는 셔틀버스를 빨리 타지 않으면 줄을 길게 서야 하고, 줄을 길게 서면 차를 뺄 때 한참 시간이 걸린다. 나도 본능적으로 깨달았다. 출구로 달려라!

지금은 아쉬워할 때가 아니다. 달려야 할 때다. 난 여기서 네 시간을 운전해야 한다고. 체면 버리고 혼자 줄달음질 쳐서 앞쪽 셔틀버스에 올라타는 데 성공했다. 트위터의 스페이스X 계정에 따르면 로켓에 기술적 문제가 있어서 발사가 무기한 연기됐다고 한다. 내일부터는 비바람이 칠 예정이라 언제 다시 발사할 수 있을지 기약도 없다.

다시 네 시간을 운전해 남쪽 마이애미로 내려오면서 일정을 다시 세웠다. 원래는 마이애미에서 내일 로드트립을 시작하려 했는데, 오늘 케네디센터에서 로켓 발사대를 보고 나니 이번에 로켓을 안 보면 평생 후회할 것 같다. 발사 재개를 며칠 정도 기다려보기로 했다. 팰컨 헤비를 쏘지 못한다 해도 팰컨 9 로켓은 자주 발사하니 그거라도 보면 좋을 것 같다.

왕복 여덟 시간을 운전하고 나니 렌터카도 바꿔야겠다는 생각이 들었다. 만재의 경고대로 엉덩이가 아프다. 이 소형 SUV는 장거리 운전에는 맞지 않구나. 고속도로에서 차가 쭉쭉 나가지 않고, 무게중심이 높다 보니 뒤뚱거리는 경향이 있어 운전하는데 내 에너지가 많이 소모된다. 내일 하이얼리아 렌터카 지점에 다시 가서 세단형 차량으로 바꿔달라고 해야겠다. 마이애미 호텔에 돌아오니 밤 1시를 넘겼다.

36
로켓 발사
2

트럼프 저택 마라라고

기약이 없는 스페이스X 로켓 발사를 기다리며 하루하루가 간다. 다행히 날씨가 개었다. 이런 날씨라면 머지않아 로켓도 쏠 것 같다. 아예 숙소를 케네디 우주센터 앞으로 옮겨서 거기서 기다리기로 했다.

차도 교체했다. 좀 생각해봤는데, 어차피 일생 한 번 하는 미국 로드트립이라면(실은 두 번째지만) 좀 더 멋있는 차를 타도 괜찮지 않을까. 그래서 2인승 머스탱 컨버터블을 선택했다. 스포츠카치고는 저가형이고 출력도 낮지만 어쨌든 지금 타는 차보다는 승차감도 좋다. 가격 차이는 일주일에 150달러 정도.

그런데 이 차로 겨울에 미국 중북부를 통과할 수 있을까? 이런 후륜구동 차는 눈길에 잘 미끄러진다. 차체도 낮아서 비포장도로나 눈이 쌓인 곳에서는 어쩌면 차를 버려야 할 수도 있다. 그냥 혼다 SUV를 계속 탈까 마지막까지 또 고민했지만, 차에 키를 꽂고 돌렸을 때 나는 '우

르릉~' 소리를 한 번 듣고는 마음을 정했다. '그래 머스탱, 바로 너다!'

아직 바람은 세지만 모처럼 하늘이 맑아서 드디어 처음으로 자동차의 지붕을 열었다. 자외선도 무시하고 그냥 햇빛을 흠뻑 받으면서 자동차를 몰아나간다. 두 시간 정도 천천히 달려, 팜비치Palm Beach에 도착. 여기는 플로리다에서도 손꼽히는 부촌이며 가장 유명한 주민은 도널드 트럼프 전 미국 대통령이다.

트럼프의 저택은 마라라고Mar-a-Lago라고 한다. '바다와 호수 사이'라는 뜻의 스페인어이며 실제로 바다(대서양)와 길다란 석호潟湖 사이에 끼어 있는 땅이다. 전 부동산 개발업자의 집답게 절묘한 입지다. 도착해보니 이 단지는 도보로는 접근이 어렵다. 주변에 차를 세울 곳

도 없고 상점가 같은 것도 없다. 또 양쪽이 바다와 호수라 주변에 고층 건물이 없어 프라이버시가 보장되는 데다가, 호수 위로 놓여 있는 다리 하나만 건너면 바로 팜비치공항이 나온다.

다만 사람들이 호수를 건너는 다리 위에 차 10대 정도 세울 수 있는 간이 주차장이 있어서 여기서 사람들이 마라라고 저택의 풍광을 감상하고 있다. 팜비치라는 동네 이름에 걸맞게 저택 가장자리에는 아름드리 야자수 나무들이 줄지어 서서 단지 내부를 적당히 가려준다. 정문은 굳게 닫혀 있다. 옆문에 갔더니 경찰 한 명이 지키고 서 있다. 사진을 찍어도 되나 싶어서 인사를 건네며 스마트폰을 들어 보였더니 경찰이 가볍게 고개를 끄덕였다. 사진을 한 장 찍고 다시 주차장으로 돌아왔다. 전직 미국 대통령이자 차기 대통령 유력 후보의 저택인데, 의외로 보안은 빡빡하지 않았고 적절히 매너만 갖춘다면 마음껏 구경하라는 배려가 있다. 주차장의 위치부터가 그렇다.

팜비치공항이 가깝다 보니 저택 위로는 작은 비행기가 쉴 새 없이 날아다닌다. 전세기나 자가용 비행기로 보이는 작은 비행기들도 자주 내린다. 그런데 유난히 육중한 비행기 한 대가 멀리 대서양 쪽에서 내려온다. 엔진 소리부터 웅장하다. 마라라고 저택 위를 지나 호수 너머 공항 활주로 쪽으로 내려오는 비행기는 짙은 남색으로 칠해져 있다. 범상치 않다. 사진을 찍어서 확대해보니 옆구리에 TRUMP 다섯 글자가 선명하다.

재빨리 비행기 정보를 알려주는 플라이트 레이더 앱을 켰다. 현재 내 머리 위를 지나는 비행기는 보잉757이며, 소유자 정보는 비공개 처리되어 있다. 트럼프 비행기 맞네. 인터넷을 더 찾아보니 오늘 트럼

프는 미국 중북부 지역에서 선거 유세를 마치고 마라라고로 돌아오는
일정이다.

웰컴 홈, 애틀랜티스

다음 날. 케네디 우주센터를 다시 찾아간다. 지난번에 샀던 159달

러짜리 티켓에는 우주센터 2일 입장권이 포함되어 있다. 하루치는 지난번에 사용했고 아직 하루치가 남았다. 센터를 전부 다 둘러보지는 않았으므로 지난번에 못 봤던 전시관 위주로 들러보기로 한다.

건물에 들어가니 영화를 먼저 관람하라고 한다. 한쪽 벽에 영사되기 시작한 영화는 우주왕복선 프로그램의 역사를 다루고 있다. 짧은 영화가 끝나고, 홀의 내부는 수많은 별이 반짝이는 우주공간의 모습이 투사됐다. 이 모습이 나름 예뻐서 사진이나 찍어볼까 하고 스마트폰을 들었다.

그 순간, 낮은 목소리가 힘차게 외친다.

"26년 동안 30번의 도전. 160만 킬로미터의 여행. 웰컴 홈, 애틀랜티스."

웰컴 홈, 이라는 말과 함께 영상이 비쳤던 앞쪽 벽 전체가 스르르 위로 올라간다. 그 뒤에는 우주왕복선 애틀랜티스호가 둥그런 코를 빼꼼히 내밀고 우리를 쳐다보고 있다.

와. 뭐지, 이 미친 빌드업은. 우리나라 우주선도 아닌데 눈에 눈물이 글썽 고인다. 밖으로 나가보니, 여기저기 불에 그을려 검댕이 묻은 우주선의 모습은 노년에 접어든 보더콜리 강아지 같다.

애틀랜티스호는 1981년부터 2011년 마지막까지 총 33회 비행했고 비행거리는 2억 킬로미터에 달한다. ISS 우주정거장과의 도킹도 13차례 성공했다. 그러나 챌린저호와 컬럼비아호의 폭발로 우주비행사 여러 명이 사망하자, 2004년 미국 대통령인 조지 W. 부시가 프로그램 종료를 선언했다. 이후 일론 머스크의 스페이스X가 등장할 때까지 미국의 우주 발사 프로그램은 거의 진전이 없었고, 대신 허블 망원경 등을 통한 관측과 연구 중심으로 돌아갔었다고 한다.

"애틀랜티스호는 어떻게 이 전시관 건물 안에 들어왔을까?" 설명을 맡은 전직 나사 직원 할아버지는 이렇게 자문자답한다. "애틀랜티스호가 건물 안에 들어온 것이 아니고, 애틀랜티스호를 먼저 여기에 가져다 두고 그 주변으로 건물을 올린 것입니다."

여기 애틀랜티스호는 관객들을 향해 43.21도 옆으로 기울어져 있는데, 이것은 로켓의 카운트다운(4, 3, 2, 1, 발사!)을 의미한다. 또 우주선을 지탱하고 있는 세 개의 기둥은 원래 발사용 로켓을 부착하는 용도였던 고리에 고정되어 있다. 우주선 외부는 불에 잘 견디는 흰색 혹은 검은색 타일로 덮여 있는데, 지구 진입 때 공기와의 마찰로 표면이 그을린 자국들이 그대로 남아 있어 더욱 현장감이 있었다.

드디어 발사

오늘도 로켓 발사를 하지 않으면 떠나려고 한다. 벌써 엿새나 플로리다에서 보내고 있다. 이런 속도로 미국을 횡단하자면 일 년은 걸릴 것이다. 게다가 숙박비와 물가도 비싸다. 하지만 드디어! 정말 마지막이라고 생각한 12월 18일 월요일, 드디어 스페이스X의 공지가 트위터에 떴다.

"All systems are looking good(모든 시스템 좋아 보임)."

정말 오랜 기다림이었다. 팰컨 9의 3배 출력을 가진 팰컨 헤비의 발사가 아니라는 점은 살짝 아쉽지만, 그래도 팰컨 9만 해도 우리나라

로켓 누리호보다 두 배 이상 되는 출력을 가진 강력한 로켓이다. 예정 시각은 밤 11시 1분. 여관 뒤 해변에서도 잘 보일 것 같지만, 그래도 몇 킬로미터라도 앞에서 보기 위해 더 가까운 맥스 브루어 브릿지Max Brewer Bridge라는 다리 위로 가기로 했다. 석호 위를 지나는 다리인데, 길옆에 차를 세워둘 수 있다.

혹시라도 구경하는 사람들이 많을까 싶어 발사 한 시간 전 다리에 도착했다. 이윽고 하나둘씩 차들이 모여, 총 10대 정도가 케네디 우주 센터 쪽을 바라보고 길옆 호숫가에 늘어섰다. 바깥은 춥다. 다들 헤드라이트를 끄고 차 안에서 조용히 정면을 응시하며, 유튜브로 스페이스X의 발사 생중계를 지켜본다.

바람이 조금 불지만 구름 하나 없이 맑은 밤이었다. 카운트다운을 하기 전 사람들이 모두 차에서 나온다. 팰컨 9 로켓은 밤 11시 1분 예정대로 발사됐다. 누군가 먼저 '시작이다!'라고 외쳤다. 여기서 발사대까지는 몇 킬로미터 떨어져 있어서, 소리보다 빛이 10초 이상 먼저 도착한다. 멀리 발사대에서 오렌지색 불빛과 먼지가 피어올랐다. 곧이어 공기를 우르릉 울리는 진동이 느껴졌다. 멀리서 지하철이 들어오는 것 같은 소리. 팰컨 헤비 로켓은 혜성처럼 긴 꼬리를 날리며 하늘 중앙으로 솟아오르더니, 우릉우릉거리며 대서양 방향으로 날아간다. 저게 진짜 사람이 만든 로켓이란 것인가? 땅에 놓여 있는 로켓을 보는 것과 하늘을 날아가는 로켓을 보는 것은 정말 감상이 다르다. 로켓이 시야 멀리 사라지려나 하는 순간, 작은 오렌지색 불빛이 하나 분리되어 나오더니 빠르게 바다 쪽으로 떨어진다. 1단 부스터가 분리되어 대서양 위에 기다리고 있는 수거 선박으로 떨어지는 모습이다.

로켓이 사라지고 난 뒤에도 몇몇 자리를 떠나지 않는 사람들이 있다. 나도 그중 하나였다. 감동의 여운이 가시지 않는다. 내 바로 옆에 선 남자에게 말을 걸어봤다.

"어때, 정말 멋있지!"

"아 너무 좋았어. 놀라웠어. 저렇게 날아간 다음에 바다 위에 떠 있는 배 위에 착륙한다니, 믿어지지 않아."

"나는 한국에서 왔는데 이거 보려고 마이애미에서 일주일이나 기다렸어. 지난주에 팰컨 헤비 발사가 취소되어서."

"나도야. 나는 코네티컷에서 왕복 21시간 운전해서 왔는데 지난번에 허탕 치고 돌아갔어. 오늘 다시 온 거야."

"야, 미국은 대단하구나. 우리나라는 TV와 냉장고를 만드는데 너희 나라는 화성에도 가는구나."

남자가 환하게 웃었다. 나는 말은 이렇게 했지만, 속으로는 더 이상 스페이스X가 미국만의 회사라고 느껴지지 않았다. 우리 인류 전체의 회사라고 느끼고 싶어졌다. 사실 우주라는 거대 공간으로 나아가는 출발선 위에 서 있는 입장에서, 국적이나 인종 같은 것이 중요할까? 우주라는 거대한 공간에서 지구에 사는 모든 사람은 그저 지구인일 뿐이다. 우리 모두는 지구인이다.

옆 차 남자는 여기서 곧바로 코네티컷으로 돌아간다고 한다. 왕복 42시간을 운전해서 로켓 쏘는 것만 보고 돌아간다니. 플로리다주의 호텔 방값을 생각하면 이해가 간다. 안전 운전을 빌어주고 나도 숙소로 돌아왔다.

숙소에 돌아와 바로 자지 않고, 뒷마당을 통해 코코아비치 해변으로 나갔다. 불빛이 없는 해변은 무서울 정도로 깜깜하고 저 멀리 로켓 발사대들의 불빛만이 반짝거린다. 저 중 하나에서는 다음 주쯤에 팰컨 헤비 로켓이 떠오를 것이고, 그 안에는 미국 정부가 만드는 최첨단 우주 전투기가 들어 있겠지.

맑게 갠 하늘엔 별이 가득하다. 어렴풋하게 은하수도 보인다. 검푸른 하늘은 저절로 철학적인 생각을 불러일으킨다.

노플라잇 세계여행의 콘셉트는 지구의 크기와 인류 문명의 폭과 깊이를 내 몸으로 느껴보자는 것이었다. 중국과 실크로드를 거쳐 크레타섬의 미케네 문명을 보았고, 이제는 미래 문명의 열쇠인 팰컨 로켓까지 보게 되니 나의 목적은 대략 달성한 것 같다. 우리 인간이 어떤 종족인지 이제 감을 대충 잡을 수 있다.

이런 생각도 들었다. 징기스칸이 기마병을 이끌고 유라시아 대륙을 호령했던 시절에 그의 군대에는 300만 마리의 말이 있었다고 한다. 즉 원나라는 300만 마력馬力의 힘을 운용하던 제국이었다. 미국 정부가 우주왕복선 애틀랜티스호를 띄우기 위해 사용한 로켓은 3700만 마력이었다고 한다. 또 일론 머스크가 준비 중인 대형 우주선 스타십은 4000만 마력 이상이며 이는 현재 전 지구에 있는 말들의 70퍼센트에 해당하는 힘이라고 한다. 에너지의 사용량으로 권력의 힘을 측정한다면, 일론 머스크 한 명의 권력이 징기스칸의 10배 이상 커진 셈이다.

자, 이제 자러 가자. 내일 나는 300마력짜리 머스탱을 타고 플로리다를 탈출한다.

37
밥솥에
밥 있어요

세인트오거스틴

12월 19일 화, 드디어 플로리다 탈출하는 날. 팰컨 헤비 로켓이 지구 궤도를 벗어나는 것보다 내가 플로리다를 벗어나는 게 더 어려운 것 같다. 시간도 시간이지만 돈도 너무 많이 썼다.

이제부터 북서 방향으로 미국을 쭉 가로지르면 된다. 조지아주 애틀랜타를 향해 간다. 단, 그 전에 들러야 할 곳이 있다. 고등학교 후배가 사는 노스캐롤라이나주 더햄이라는 도시다. 한 학년 후배인 봉상은 예전부터 용접과 목공을 좋아했다. 십수 년 전에 아내와 함께 미국으로 넘어가 금속공예 작품을 만드는데, 한국에 오는 일이 드물어서 미국에 온 김에 얼굴을 보고 싶었다. 더햄은 여기서 동북쪽 방향이라 원래 가려던 길에서 자동차로 약 10시간 정도는 돌아가야 하는 꽤 먼 거리지만 지금 내겐 짧은 거리다.

해변의 풍광이 좋았던 바닷바람 여관을 떠나 I-95 고속도로를 타고 두 시간을 달려, 플로리다 북쪽 끄트머리에 있는 오래된 도시 세인트오거스틴에서 잠시 쉬어간다. 세인트오거스틴은 유명한 역사 관광지로, 미국과 남유럽을 섞은 듯한 분위기인데, 스페인이 만든 도시라서 그렇다.

콜럼버스가 미대륙을 발견한 게 1492년. 유럽인들은 중남미 지역을 먼저 개척했다. 그런 다음 서서히 북쪽으로 올라가며 북미 지역까지 세력을 확장하기 시작했다. 세인트오거스틴은 북미에서 가장 먼저 만들어진 유럽인의 도시다. 영국사람들이 메이플라워호를 타고 버지니아에 도착한 것보다 55년이나 앞선다. 왜 유럽인들은 중남미부터 먼저 식민지를 건설하고 북미에는 늦게 왔을까? 크게 두 가지 이유가 있다.

첫째, 대서양의 조류. 크루즈를 타고 경험했듯이 북대서양에는 바람이 서쪽에서 동쪽으로 분다. 유럽에서 북미로 가려면 역풍을 거슬러야 한다. 반대로 남대서양에서는 순풍과 순방향의 조류가 흐른다. 조금 과장하자면 돛만 펼쳐놓고 기다리면 저절로 남미까지 항해할 수 있다. 그러다 보니 콜럼버스와 같은 초기 탐험가들이 북미보다 중남미에 먼저 도착할 수 있었다.

둘째, 가성비 때문이다. 중남미에는 잉카제국처럼 원주민들의 중앙집권적 국가가 존재하고 있었다. 막대한 양의 금은보화와 금광, 은광이 이미 가지런히 정리되어 있었다. 유럽인들은 이것을 노렸다. 기존에 존재하는 원주민 문명을 군사적으로 점령만 하면 되는 것이다. 스페인은 고작 수백~수천 명의 군대를 보내 잉카제국 지배층을 굴복시키고 금광, 은광을 이용해서 수백 년간 막대한 부를 쌓았다. 반면 북

미 지역은 중남미에 비해 원주민 사회가 가난해서 서구인들이 정복할 만한 국가도, 탐낼 만한 전리품도 없다. 수많은 소규모 유목 부족들을 일일이 상대해야 하는데 그래봐야 동물 가죽이나 옥수수 정도만 남는다. 이런 황량한 북미 지역을 식민지로 만드는데 들어가야 하는 노력에 비해 얻을 수 있는 이득은 적으니 우선순위에서 중남미에 밀릴 수밖에 없다.

유럽 국가들이 북미에서 본격적으로 땅 따먹기에 돌입한 것은 18세기다. 먼저 스페인은 기존 식민지인 멕시코와 카리브해에서 위로 올라가려 했다. 프랑스는 남쪽 해안에 자리를 잡고 그곳해안지역을 '루이 왕의 땅 (루이지애나)'이라 불렀다. 그리고 미시시피강을 따라 북쪽 내륙으로 올라가며 무역 거점들을 만들었다. 영국은 동북부 해안 지역에 정착지를 만들고 서쪽으로 움직였다.

이 세 나라는 이후 연합과 배신을 반복하고, 또 다양한 인디언 부족들을 동맹으로 끌어들이면서 300여 년에 걸쳐 서로 간에 전쟁을 치른다. 최후의 승자는? 스페인도 프랑스도 영국도 아니다. 바로 미국이란 나라다. 1776년, 영국의 식민지 중 13개 주가 '아메리카 연방The United States of America, USA'이란 이름으로 독립국임을 선포한 후, 영국, 프랑스, 스페인 모두를 차근차근 쫓아내거나 돈으로 협상해서 북미의 지배권을 확보했다.

이곳 세인트오거스틴은 세 나라가 다툼을 시작하기 한참 전인 1565년 스페인이 건설한 북미 최초의 도시이다 보니, 다른 미국 도시들에 비해 남유럽 색채가 짙다. 그 이국적인 느낌 때문에 진작부터 많은 미국 사람이 놀러 오는 휴양지였다고 한다.

저렴한 공영 주차장을 찾아 차를 세워두고 거리를 걸었다. 스페인 시절과 초기 미국의 아름다운 건물들도 많이 남아 있지만, 이 도시의 가장 화려한 건물은 1887년 만들어진 플래글러대학교다. 처음 봤을 땐 도널드 트럼프의 마라라고처럼 여기도 무슨 부자들이 오는 개인 리조트인가 싶었다. 고급 호텔로 지어졌지만 지금은 대학교다.

방학 기간이라 학생들은 없고, 관광객 혹은 입학 지원생 가족들만 몇몇 교내를 구경하고 있다. 내부는 외관보다 더욱 화려하다. 로툰다 천장엔 어마어마한 금박 성화가 그려져 있다. 식당으로 가는 곳에는 우아한 스테인드글라스가 설치되어 있는데, 뉴욕 티파니 상점에 주문해 만든 것이라 한다. 뉴욕 5번가에 있는 그 보석가게 티파니 맞다.

세인트오거스틴에서 봉상의 집까지 구글맵을 찍어보니 약 840 킬로미터, 차로 여덟 시간이 걸린다고 나온다. 이미 시간이 늦은 오후라 오늘 안에 더햄까지 가기는 무리. 야간운전은 하지 않기로 한다. 봉상은 내일 저녁을 같이 먹고 자기 집에서 자고 가라고 한다.

사우스캐롤라이나 인심

조금 더 북쪽으로 운전해가다가 날이 저물어 오늘 밤 머물 숙소를 잡았다. 사우스캐롤라이나 주의 매닝Manning이라는 동네다. 우선 저녁을 먹어야했기에 주변을 조금 둘러보다가 KFC 매장에 들어갔다. 여기는 남부니까 정통 남부 치킨을 먹어보자!

온통 백인들뿐이었던 세인트오거스틴과 달리, 매닝의 KFC는 직원도 손님도 모두 흑인이다. 카운터 직원은 유니폼도 입지 않은 사복 차림으로 건들거리고 있다. 패스트푸드 체인 직원 맞나? 조금 당황스럽지만 담담하고 당당하게 행동해야지. 후딱 배만 채우고 떠나야겠다는 생각에, 오리지널 치킨 2조각을 주문했다. 직원이 묻는다.

"치킨만?"

"네, 치킨만요."

영어에는 존댓말이 없지만 최대한 존경심을 담아 대답했다. 카드로 계산을 마치자 직원은 계속 건들거리면서 주방에서 치킨을 담아온다. 그러더니 음료수 종이컵을 하나 꺼내서 내 앞에 탁 내려놓는다. 미국의 패스트푸드 매장에선 컵만 있으면 손님이 마음대로 음료를 따라 마실 수 있다. 왜 이러지? 시키지도 않은 음료수 컵은 왜 주는 거야. 돈을 더 받으려고 하나? 아니면 내가 뭘 주문했는지 기억 못 하는 건가?

"제가 시킨 것 아닌데요. 음료는 필요 없을 것 같습니다."

그러자 직원은 뭔가 아쉽다는 표정으로 "그래?"라고 하더니 컵을 다시 가져간다. 그리고 치킨 박스를 쟁반에 올려서 건네준다. 테이블에 앉아서 치킨 상자를 열었다. 안에는 치킨 두 조각이 들어 있는데 그

아래에 막 구워서 따뜻한 KFC 비스킷 하나가 깔려 있다. 이것도 내가 주문한 게 아니다.

뭐지 싶어서 카운터 쪽을 바라봤는데, 직원은 다른 손님의 주문을 받고 있다. 에라 모르겠다 싶어서 일단 비스킷을 먹었다. 겉은 바삭하고 속은 촉촉하다. 맛있네. 치킨도 먹었다. 닭의 크기가 한국 치킨의 1.5배는 되는 것 같다. 비스킷에 치킨 두 조각 먹으니 배가 부르다. 본토의 맛이구나.

배고픔이 가시니 긴장도 풀리고 머리가 돌아가기 시작한다. 분위기를 보건대, 저 직원이 내게 바가지를 씌우려고 이러는 것 같지는 않다. 어차피 자신이 이 가게의 사장도 아닐 테고, 그냥 자기가 더 주고 싶어서 더 준 것 같다. 사이드 메뉴나 음료 없이 치킨만 주문하니 돈이 없어서 그랬다고 생각할 수도 있었겠다.

그가 다른 손님들과 얘기하는 걸 보니 남부 흑인들 특유의 여유로움과 느슨함이 느껴진다. 치킨을 튀김 부스러기까지 싹싹 다 긁어먹은 다음, 고맙다고 말하고 가게를 나왔다. 역시 선입견을 갖는 건 좋지 않다.

이틀에 걸쳐 천천히 국도를 따라 운전을 즐기다가 이른 오후 더햄에 도착했다. 남부 음식이 먹고 싶다는 나를 위해, 10년 만에 만난 후배 봉상이는 남부식 바비큐 고깃집을 잡아주었다. 오래간만에 이런저런 얘기들을 하며 회포를 풀고, 2차를 위해 봉상이네 집으로 자리를 옮겼다. 퇴근한 봉상이 아내와 함께 셋이서 어묵탕에 와인을 마셨다.

아침에 느지막이 일어났더니 부지런한 후배 부부는 일찌감치 일어나 강아지 산책시킨 후 출근했다. 부엌에는 아침에 새로 끓인 삼계탕이 한 솥 들어 있고, 식탁 위엔 봉상이 남긴 메모가 놓여 있었다. "형님 꼭 식사하고 가세요. 밥솥에 밥 있어요." 한국산 전기밥솥에는 새로 한 쌀밥이 가득했다. 여기가 우리 집이면 좋겠네.

개운하게 해장을 하고, 봉상이네 동네를 한 바퀴 걸으며 소화를 시킨 뒤 다시 자동차에 올랐다. 조금 돌아왔지만 더햄에 들르기를 잘 했다.

38
마틴 루서 킹의
석관

조지아주 애틀랜타

오늘은 하루 종일 운전하는 날. 노스캐롤라이나주 더햄에서 조지아주 애틀랜타까지는 약 620킬로미터. 하루 안에 가려면 시간이 빠듯해 어쩔 수 없이 국도가 아닌 I-85 고속도로를 타고 열심히 달렸다. 이 고속도로는 뉴욕, 필라델피아 등 미국 동부 주요 도시에서 남부의 핵심 도시 애틀랜타를 잇는 길이라 통행량이 많다. 안 그래도 고속도로 운전은 재미가 없는데 자꾸 도로가 막히니 더 재미가 없고 지루하다. 졸음을 쫓기 위해 휴게소에서 커피와 에너지 음료를 사서 벌컥벌컥 마시고, 해가 저물 무렵 애틀랜타에 도착했다. 미국에 온 이래 가장 재미없는 하루. 이건 여행도 아니라 그냥 노동이다 노동.

미국 조지아주에는 9만 명 이상의 한인 교민이 살고 있고 인근 5개주(테네시, 앨라배마, 사우스캐롤라이나, 노스캐롤라이나, 플로리다)까지 하면 24만 명이라 한다.

우리나라 대기업들도 진출해 있다. 현대차와 기아의 공장이 있고, 이들과 함께 들어간 배터리 기업 SK 배터리와 한화 큐셀 등 협력 업체까지 총 140개의 한국 기업이 있다고 한다. 바로 옆 앨라배마주에도 현대차 공장이 있다.

현대기아차의 미국 진출 역사는 거의 40년을 거슬러 올라간다. 현대자동차는 1986년에, 기아자동차는 1993년에 미국에서 판매를 시작했다. 초기에는 다 한국에서 조립해 수출을 했고, 그래서 '저렴한 차'라는 인식이 있었다. 특히 기아차가 그랬다. KIA라는 이름이 '작전 중 사망(Killed In Action)'이라는 군대용어라는 것도 미국 내 브랜드 이미지에 도움이 되지 않았다. 그런데 요즘엔 미국에서 현대기아차에 대한 인식이 굉장히 많이 좋아졌다. 성능과 품질도 미국 차나 일본 차에 뒤지지 않고, 무엇보다 브랜드 이미지가 개선됐다. 2005년부터 미국 현지에 현대기아차 공장이 들어서고 많은 미국인이 그 공장에서 일하게 되니 현대기아차를 함부로 조롱하거나 농담의 소재로 삼기 어려워졌다. 동료 시민의 일자리가 달려 있기 때문이다. 특히 기아차는 미국 사회의 저소득층 서민들이 타는 차라는 과거의 부정적 이미지를 부정하려 들기보다는 서민들과 함께하는 회사라는 이미지를 그대로 활용해서 효과를 봤다. 특히 2019년 미식축구 슈퍼볼 경기 중계 중에 방영된 광고는 화려하거나 꾸미지 않은 이미지로 마을과 상생하는 기아차 공장의 모습을 담담하게 그려내 호평을 받았다.

광고는 웨스트포인트에 사는 한 소년의 얼굴로 시작한다. 소년은 청재킷에 카우보이모자를 쓰고 쓸쓸한 표정을 짓고 있다. 이후 화면에는 마을의 여러 풍경과 사람들의 모습이 이어진다. 이윽고 이어지는 소년의 목소리.

우리는 유명하지 않아요.

우리 마을의 거리에 스타는 없어요.

명예로운 동상도 없고요.

우린 그저 아무도 모르는 조지아의 한 작은 마을이에요.

세계적인 행사 비슷한 것이라고는 130킬로미터 떨어진 애틀랜타에서

오늘 열리는 것(슈퍼볼)뿐이죠.

우리 마을에선 영화배우나 풋볼선수로 유명해진 사람도 없어요.

우리가 누구인지 아는 사람이 없기에

우리가 하는 일로, 우리가 만드는 것으로 알려지길 바라요.

우리는 이걸 조립했어요.

(기아 텔룰라이드 자동차가 처음으로 등장. 시골의 깊은 냇물을 조용히 건너고 있음)

기억될 기회가 생긴 거죠.

(마을 사람들의 얼굴을 비춰줌)

네, 우리는 유명하지 않아요. 하지만 우린 대단해요.

그리고 우리는 대단한 것들을 만들어요.

이름 없는 위대한 사람들에게 텔룰라이드.

모든 것을 드립니다.

텔룰라이드는 한국에서는 판매되지 않는 미국 전용 대형 SUV 모델이다. 조립공장은 애틀랜타에서 한 시간 정도 떨어진 조지아주 웨스트포인트에 있다. 주 내에서 가장 가난하고 실업률이 가장 높은, 쇠락

한 지역이었던 이곳에 2009년 기아는 자동차 공장을 열었다. 이 마을 사람들은 집 앞에 "하느님 감사합니다. 우리 마을에 기아를 보내주셔서(Thank you Jesus for bringing Kia to our town)"라는 팻말을 세웠다.

나는 저 지역과 아무런 연고가 없지만 기아차 광고를 볼 때마다 눈물이 고인다. '기아차가 서민이나 타는 차라고? 그래, 서민적이다. 그래서 우린 자랑스럽다.' 이렇게 뒤집어버린 광고팀의 발상. 기존에 뿌리내리고 있던 브랜드의 역사나 철학과도 잘 맞기 때문에 누가 봐도 진정성이 느껴지는 것 같다.

특히 당시는 미국에서 시골 사람들의 박탈감이 크게 사회적 이슈가 되던 시기라 더욱 이 광고가 눈길을 끌었다. 광고가 화제가 되자 기아차는 '유명 인사에게 슈퍼볼 광고 모델을 부탁하지 않고 그 돈을 아껴서 장학재단을 만들겠다'고 선언했다. 다음 해 텔룰라이드는 SUV 부문 '북미 올해의 차'로 선정됐다. 이 공장의 누적 생산량은 400만 대. 조지아와 한국의 인연이 더욱 깊어져간다. 현대기아차는 여전히 조지아주 유일의 자동차 공장이다.

애틀랜타 중심가 산책

오늘 가는 곳은 마틴 루서 킹 기념관이다. 호텔에서 멀지 않은 거리 있다.

미국에서 가장 유명한 흑인 인권운동가 마틴 루서 킹 목사는 여기 애틀랜타의 오번 거리에서 1929년에 태어나 자랐고 오번 거리에서 목회 활동을 했다. 그는 1968년 39세의 나이로 테네시주 멤피스에서 저격당해 사망했다. 그동안 미국을 여러 번 와봤지만 미국 흑인들의 역사에 대해서는 아는 게 별로 없고 한국에서 접할 일도 많지 않기에 이번에 꼭 이곳을 들려보고 싶다.

오번 거리까지 걸어갈 수 있을까? 거리상으로는 충분히 가능한데 가는 길이 안전할지는 모르겠다. 그냥 한번 걸어가 보자 싶다. 걷기 좋은 흐린 하늘이다. 평일 오전 대도시의 중심가인데 행인도, 차도 거의 없다. 시내에 활기가 없다.

유령도시 같은 시내를 10분 정도 걸어 내려오니 이제는 벽화와 낙서가 가득한 흑인 거리가 등장한다. 오번 거리는 20세기 초반까지 저소득층 백인들의 거주지였지만 백인들이 돈을 벌어 교외로 빠져나간 자리를 흑인들이 채우기 시작해 마틴 루서 킹이 태어난 시절에는 흑인들이 대부분이었다고 한다. 지금은 흑인들마저도 살지 않는지 거리가 거의 비어 있는 모습이었고, 그 대신 온갖 벽화들과 인권운동 기념비들이 늘어서 있다. 몸을 부들부들 떨면서 돈을 달라던 여자 한 명을 제외하면 행인은 거의 없다. 벽화와 주요 건물마다 지역 역사를 설명하는 안내문이 잘 되어 있어 천천히 구경하며 지나갔다. 흥미로운 길이다.

많은 벽화 중 내 맘에 꼭 들었던 건 천사가 책을 읽는 아이를 안고 있고 그 뒤로는 선생님이 서 있는 모습의 그림이었다. 그 위에는 'Elevate, Educate'라는 말이 적혀 있다. 교육을 통해 아이들을 상승시키라는 메시지였다. 건물 자체는 지저분하게 방치돼 있었지만 그런 모습이 오히려 자연스러워 보인다.

마틴 루서 킹 기념관

이 오번 거리의 끝에는 마틴 루서 킹 목사가 일했던 교회와 그의 생가, 그리고 그의 사후에 마련된 기념관이 있다. 마틴 루서 킹 기념관은 특이하게도 조지아주나 애틀랜타시가 아닌, 미국 연방정부가 관리하는 국립공원으로 지정되어 있다. 국가 차원에서 보호하고 기념할 만한 가치가 있는 곳이라는 뜻이다. 기념관은 교회와 같은 붉은색 벽돌 건물이다. 오번 거리 한쪽에 그냥 자연스럽게 놓여 있어서 모르고 오면 그냥 지나칠 수도 있다. 어려운 사람들과 함께 한 킹 목사의 인생과도 잘 맞는다는 느낌이 든다.

마틴 루서 킹은 아버지와 외할아버지가 목사였다. 좋은 교육을 받고 자랐고 멀리 동부로 유학을 가서 보스턴대학교에서 신학 박사학위까지 받았다. 그곳에서 앨라배마 출신의 음악학도 코레타 스콧을 만나서 결혼도 했다. 그는 남부로 돌아와 목회 활동과 흑인 인권운동을 하며 유명해졌다. 투표권과 차별금지, 노동자 보호 등이 그의 중심 어젠다였고, 폭력이 아닌 비폭력적인 시민불복종 운동을 제안했다. 백인이 만든 인종차별적 법규들을 지키지 말되, 폭력은 쓰지 말고 경찰이 잡아가면 그냥 순순히 잡혀가주자는 것이다. 실제로 본인이 13회 이상 경찰에 구속되기도 했다.

1959년 킹 목사는 인도에 가서 그가 평소 존경했던 마하트마 간디의 제자들을 만났다. 그는 이 여행에서 자신이 갖고 있던 비폭력 시위 방법론에 대한 확신이 더 굳어졌다고 했다. 그해 12월부터는 고향 애틀랜타의 한 교회에서 일하기 시작했다.

1963년 4월에는 앨라바마주 버밍햄시에서 있었던 대규모 흑인 인권 시위 중에 경찰에게 붙잡혀 감옥에 갔다. 그곳에서 '버밍햄에서의 편지'라는 유명한 글을 썼다. 신문지 여백과 쓰레기 위에 쓰기 시작한 글은 "나의 동료 목사들에게"로 시작된다. 이 글에서 그는 자신의 운동방식을 비판하던 이들에게 받았던 질문들에 대한 답을 하는 형식으로 자신의 사상을 정리했다. 백인 목사들에게 흑인 인권운동을 지지해달라고 부탁하며, 비폭력 시위가 왜 중요한지도 설명한다. 글이 길지 않아서 한 번 쭉 읽어봤다. 논리정연하다. 핵심은 이것이다.

질문: 악법도 법이라는데, 인종차별 폐지 운동을 하더라도 법은 지키면서 해야 하지 않나?

답: 법에는 두 종류가 있다. 옳은 법과 옳지 않은 법이다. 나는 옳은 법은 누구보다도 잘 지킬 것이다. 법적으로뿐 아니라 도덕적으로도 그래야 한다. 반대로, 옳지 않은 법은 지키지 않는 것이 우리의 도덕적 책임이다. 성 오거스틴의 말에 나도 동감한다. 그는 '옳지 않은 법은 법이 아니다'라고 말했다.

질문: 옳은 법과 옳지 않은 법을 어떻게 구분하나?

답: 옳지 않은 법이란 인간성을 훼손하는 법이다. 인종차별을 규정하는 법들은 인간성을 훼손하고 영혼을 왜곡하므로 옳지 않다. 옳지 않은 법에 대한 시민불복종의 예는 많다. 초기 기독교인들은 로마제국의 법을 어기며 사자밥이 되면서까지 교회를 지켰다. 소크라테스는 아테네 법을 어겨가면서까지 학문적 자유를 지켰고 그 전통은 현재까지도 내려오고 있다. 미국 독립운동인 '보스턴 차 사건' 역시 대규모의 시민불복

종 운동이었다. 반대로 옳지 않은 법을 '합법적으로' 지킨 사례로는 아돌프 히틀러의 나치 독일이 있다. 히틀러의 독일에서 유대인을 돕는 것은 '불법'이었다. 하지만 내가 그 시대에 살았다면 분명 유대인을 도왔을 것이다. 마찬가지로, 백인 목회자들과 유대인 목회자 여러분께서도 우리 흑인들의 인권운동을 도와달라.

질문: 흑인들의 인권운동을 도우면 결국 폭력시위로 연결되곤 하는데, 그런데도 우리가 도와야 하는가?

답: 도둑이 지갑을 훔치면 그게 지갑을 가진 사람의 잘못인가. 도둑을 비난해야 하는 것 아닌가. 폭력을 비난하라. 인권운동을 비난하지 마라.

질문: 우리 모두 언젠가 유색인종도 동등한 인권을 보장받으리라고 생각한다. 하지만 하느님의 가르침이 퍼지는 데는 2000년이나 걸렸다. 당신들 흑인들은 왜 그렇게 서두르는가?

답: 당신은 시간에 대한 개념을 잘못 이해하고 있다. 시간 자체는 중립적이다. 시간이 간다고 문제가 저절로 해결되는 게 아니다. 시간은 건설적으로 쓰일 수도 있고 파괴적으로 쓰일 수도 있다. 요즘 내 걱정은 나쁜 의도를 가진 사람들이 좋은 의도를 가진 사람들보다 시간을 더 효율적으로 쓰고 있다는 것이다. 나쁜 사람들의 언행도 문제지만 좋은 사람들의 침묵도 문제다. 인류의 진보는 절대로 그냥 이뤄지지 않는다. 신의 동료가 되고자 하는 사람들의 끊임없는 노력이 필요하다. 그런 노력이 없다면 시간은 사회적 정체 편이 된다. 옳은 일을 할 시간은 언제나 '지금'이라는 점을 우리는 깨닫고 시간을 창의적으로 써야 한다.

질문: (백인) 교회가 너희를 돕지 않는다면 어떻게 할 것인가?

답: 교회가 돕든 안 돕든 우리는 버밍햄과 전국에서 자유라는 목적에

이를 수 있을 것이다. 왜냐하면 미국의 목적이 곧 자유이기 때문이다. 조롱받고 구박받아도 우리의 운명은 미국의 운명과 묶여 있다. 우리는 자유를 얻을 것이다. 우리의 메아리치는 목소리 안에는 우리나라의 숭고한 유산과 신의 영원한 의지가 담겨 있기 때문이다.

이렇게 '버밍엄에서의 편지'를 쓰고 얼마 지나지 않은 1963년 8월 28일, 킹 목사는 워싱턴 D.C.에 모인 25만 군중 앞에서 그 유명한 연설, '나는 꿈이 있습니다'를 한다. 이 연설 내용도 '버밍햄에서의 편지'와 흡사하다. 다만 대중을 대상으로 한 연설이니만큼 같은 문장을 여러 번 반복하며 극적인 효과를 연출한다. "나는 꿈이 있습니다"라는 문구는 대본에 없었다고 한다. 그는 이 말을 연속 여덟 번 반복한다. 유튜브에서 찾아볼 수 있다.

킹의 메시지가 백인을 포함한 미국 대중에게 호소력 있게 다가갈 수 있었던 또 다른 요인은 그의 탁월한 메시지 구성이다. '이것은 흑인 인권만의 이슈가 아니다. 흑인의 자유가 곧 미국의 자유니까'라는 메시지를 던지니, 백인들과 흑인 인권 반대자들까지도 설득할 수 있다. 미국은 자유를 최우선의 가치로 삼는 나라이니 만일 흑인이 자유롭기를 바라지 않는 사람이 많다면 그 사람은 미국적이지 않다는 논리다.

그는 또 자신의 비폭력 운동이 "상대방을 쓰러뜨리기 위함이 아니라 불의를 타개하기 위한 것"이라고 말했다. 법과 시스템과 정책을 바꾸기 위한 운동이지, 누군가를 적으로 상정해 싸우자는 게 아니라고 말했다. 그래야 상대방도 기분 나쁘지 않게 입장을 바꿀 수 있다.

킹 목사는 1964년 노벨평화상을 받았고 1968년 멤피스에서 저

격당해 사망했다. 기념관 맞은편에는 킹 목사 부부가 잠들어 있는 석관이 있다.

미국은 1983년부터 킹 목사의 생일(1월 23일)과 가까운 매년 1월 셋째 주 월요일을 연방 공휴일 '마틴 루서 킹 데이'로 지정해 쉬고 있다. 이날을 공휴일로 지정한 사람은 의외로 공화당 소속 대통령인 로널드 레이건이었다. 지금은 미국 공화당에 백인 중심 보수당이라는 이미지가 덧씌워져 있지만 사실 공화당이야말로 노예해방에 앞장섰던 당이다. 에이브러햄 링컨 대통령이 공화당 소속이었다.

이렇게 마틴 루서 킹 기념관을 둘러보다 보니 마당에 조그만 안내판이 하나 있다. 여기서 몇 킬로미터만 걸어가면 지미 카터 전 대통령의 기념관이자 연구센터인 카터 센터가 있단다. 여기까지 왔으면 그곳도 같이 구경하라는 권유다.

오 그래? 흑인 지도자의 기념관을 봤으니 백인 지도자의 기념관도 가봐야지. '흑인의 미국'과 '백인의 미국'은 어떻게 다를까. 너무나 다른 두 사람의 기념관이 가까이 붙어 있다는 것도 재미있다.

카터 센터

다음 날 차를 몰고 카터 센터로 향했다. 킹 목사 기념관은 수수한 붉은 벽돌 톤이었던데 반해 카터 센터는 흰 대리석 테마로 꾸며져 있다. 주차장도 넓고 정원도 넓다. 센터는 기념관과 도서관, 행정건물로 구성되어 있는데 외부인에게 공개되는 것은 기념관이다.

나는 카터 재임시 이야기보다는 어린 시절 이야기가 더 흥미로웠다. 킹 목사가 당시 미국 도시 흑인의 엘리트 코스를 걸었다면, 카터 대통령은 미국 시골 백인의 엘리트 코스를 걸었다.

곧 100세가 되시는 지미 카터는 1924년 조지아 한 마을의 땅콩 농부 아들로 태어났다. 여긴 미국이니까 농부라고 해서 손으로 쟁기 들고 농사짓는 건 아니고 대지주 집안이다. 카터는 군인이었던 삼촌을 롤모델로 삼고 고교 졸업 후 해군사관학교에 들어갔다.

사관학교를 졸업한 카터는 1946년 해군 장교로 임관했다. 얼마 후 그는 미 해군의 첫 핵잠수함 프로그램에 선택된다. 이는 군인으로서 엘리트 코스를 걷는 것을 의미했다. 그런데 핵잠수함 함장직을 수행하기 위해 교육받던 도중 고향의 아버지가 돌아가신다. 일단 집에 돌아가서 집안일을 정리하다가, 아예 군대를 그만두고 가업인 땅콩 농사를 물려받기로 결심한다.

아마도 이때 이미 정계 진출에 대한 욕심이 조금은 있었던 것 같다. 사실 해군 핵잠수함 함장이 되면 명예는 있겠으나 본인도 힘들 것이요 아내도 힘들 것이다. 한 번에 몇 달씩 바닷속에 들어가서 나오지도 못하니까 말이다. 반면 고향마을에서는 아버지가 닦아놓은 정치적 기반도 있고 넓은 땅도 있다. 고향에서 아이들 키우면서 즐겁게 살 수 있다.

그렇게 군인에서 땅콩 농사꾼으로 변신한 카터는 약 10년 후인 1962년 조지아주 상원의원 선거에 출마하는 것으로 정치 행보를 시작한다. 온 가족이 다 선거 캠페인에 뛰어들었다. 첫 선거 결과 그는 패배한 듯 보였지만, 부정선거의 낌새를 눈치채고 선거관리위원회에

재검표를 요구했다. 죽은 사람이나 감옥에 있는 사람 이름으로 던져진 표가 있었고, 심지어 카터 이름이 적힌 표 상당수가 사라졌던 것이다.

선거위원장을 비롯해 친구, 가족 등 주변사람 모두가 카터를 말렸다. '정치는 원래 그런 거야' '이번엔 그냥 넘어가. 너만 피곤해져. 다음에 다시 출마해.' 하지만 카터는 분노했다. 남들이 말려도 그는 꿋꿋하게 재검표를 요구하고 언론사 기자들을 동원해 이를 관철시켰다. 기자들이 그를 위해 부정선거의 증거들을 찾아주었다. 그렇게 진행된 재투표의 결과는 카터의 압승. 알고 보니 부정투표를 주도한 사람은 선거위원장이었다. 선거위원장의 딸 침대 아래에서 개표되지 않은 카터 표가 무더기로 발견됐다.

이 경험을 통해 카터는 인생의 중요한 교훈을 얻었다고 적었다. '그냥 현실을 받아들여'라는 주변의 조언을 들을 필요가 없다는 것이다. 오히려 현상을 깨부수는 자가 리더가 된다. "Resist status quo!" 이 세 마디가 그의 좌우명이 됐다.

그는 조지아주 상원의원, 조지아주 주지사를 거쳐 1976년 대통령 선거에 나갔다. 조지아가 시골이다 보니 전국적인 지명도는 떨어졌다. 대신 그에겐 큰 키와 서글서글한 미소, 그리고 미국인들이 좋아하는 군 장교 경력이 있었다. 특히 상대편인 공화당이 바로 얼마 전 워터게이트 스캔들이라는 대형 사고를 쳤기 때문에 중앙정치의 때가 묻지 않은 아웃사이더 포지션을 가져간 카터에게 유리한 구도였다.

그렇게 해서 대통령 선거에서 이겼다. 사실 재임 중에 카터는 별로 인기가 없었다. 딱히 인상적인 업적을 남기지 못했고 미국 경제도 저성장과 고물가의 이중고를 겪었다. 외교적으로는 냉전 완화와 글로

벌 평화 촉진 정책을 펼치려 했지만 오히려 1979년 이란에서 미국 대사관 직원 52명이 인질로 억류되는 사건이 벌어져 위기를 맞았다. 카터가 승인한 헬리콥터 구출 작전은 실패했고 여론은 더 악화됐다.

그는 우리나라 근대사와도 관련이 있다. 1980년 5월 광주에서 민주화운동이 벌어졌을 때 미국 대통령이 카터였다. 카터는 한국에서도 인권 대통령으로 알려져 있었기 때문에 전두환을 제지해주지 않을까 기대한 한국인이 많았다고 한다. 하지만 그런 개입은 없었다. 오히려 선거를 앞둔 카터의 미국 내 인기가 곤두박질친 것을 아는 전두환의 신군부는 레임덕 카터의 눈치를 보지 않고 쿠데타를 마무리했다. 그것이 결과적으로 좋은 결과를 가져왔는지 나쁜 결과를 가져왔는지는 사람마다 다르게 평가하겠지만 말이다.

미국 대통령은 보통 한 번 당선되면 재선까지 해서 8년을 채우곤 한다. 1950년대 이후 재선에 실패한 사람은 세 명밖에 없다. 카터의 전임자인 제럴드 포드, 카터, 그리고 이라크전을 시작한 조지 부시(시니어) 대통령이다. 카터가 실망스럽게 임기를 마쳤는데도 카터 센터까지 세워진 이유는 그가 대통령 퇴임 후에 평화 전도사로서 왕성히 활동하며 명성을 높였기 때문이다. 특히 중동의 긴장 완화, 중국 및 북한과 미국의 관계 개선, 아프리카 구호와 전염병 퇴치 등에 앞장섰다. 대통령이란 굴레를 벗어버리니 오히려 활동의 범위가 넓어졌다. 1990년대 미국이 한반도에서 전쟁을 고려했을 때 미국 특사로 김일성을 만나러 가기도 했다. 2002년엔 노벨평화상을 받았다.

현재 그는 99세이며 부인 로잘린 여사는 2023년 초에 영면했다. 카터 센터 출구 옆에는 카터의 상징인 땅콩으로 만든 아이스크림 냉장고와 로잘린 여사에게 남기는 방명록이 놓여 있었다. 나는 방명록에 "당신의 헌신에 감사드립니다"라고 적고, 땅콩 아이스크림을 하나 사 먹었다. 값은 4.5달러. 비싼 만큼 고급스러운 맛이다.

카터는 어떤 사람인가? 시골 지주이자 전직 군인. 큰 키와 사람 좋아 보이는 웃음을 갖고 있는 남부 백인 엘리트의 전형이다. 미국을 잘 이해하려면 동서 해안지역의 도시 엘리트들 말고 이런 유형의 시골 엘리트들도 잘 알아야 한다고 생각한다. 샌프란시스코나 뉴욕 같은 곳에서는 잘 볼 수 없는 유형이지만 이런 사람들이 미국의 여러 분야를 이끌어간다. 풋볼 경기장의 VIP 석에 앉는 그런 사람들이다.

이제 애틀랜타를 떠날 시간. 애틀랜타에서 첫날은 오번 거리와 마틴 루서 킹 기념관에서 흑인의 미국을 봤고, 둘째 날은 카터 센터와 하이 미술관에서 백인의 미국을 봤다. 이게 끝이 아니다. 이제 내가 가는 곳은 '화이트 아메리카'의 끝판왕. 그곳의 이름은 그랜드 올 오프리 Grand Ole Opry. 테네시주 내슈빌에 있다. 이제 그곳으로 간다. 달려라 나의 머스탱!

39
오페라?
오프리!

그랜드 올 오프리

한 달 전, 니우스테이튼담호 위에서 할머니 할아버지들과 함께 저녁식사를 할 때다. 네브래스카주 오마하에서 왔다는, 조금 젊은 할머니가 물었다.

"마이애미에 내리면 그다음엔 어디를 갈 거니?"

나는 세 곳을 꼽았다.

첫째, 테네시주 내슈빌에 있는 컨트리 음악 공연장 '그랜드 올 오프리'요.

둘째, 할머니네 동네 오마하에도 가고 싶네요. 세계 제일의 금융 투자자 워런 버핏이 산다면서요. 할머니, 거기 가면 버핏 볼 수 있어요?

셋째, 존경받는 대통령 4인의 얼굴을 새긴 러시모어산Mount Rushmore이요. 유명하잖아요.

할머니는 셋 다 훌륭한 선택이라고 했다(버핏은 아마 못 볼 거라고 했

다. 본인은 본 적이 있다고 한다). 특히 그랜드 올 오프리 공연이 참 좋았다
고 강력 추천했다. 다만 "공연 시간보다 몇 시간 일찍 가야 해. 거기 차
가 엄청 막히니까"라고 말한다. 테네시주 내슈빌에서 차가 막힐 거라
고요? "할머니, 내슈빌은 시골 마을ville 아닌가요? 거기 자동차가 그
렇게 많아요?" 내가 이렇게 농담 삼아 묻자 할머니는 고개를 저으면서
"빌로 끝난다고 다 시골이 아니야. 거기서 교통 체증에 걸리면 몇 시간
은 도로 위에서 보내야 한다"고 말씀하셨다.

　　오늘 드디어 그 내슈빌에 간다. 컨트리 음악 공연 표는 미리 이틀
전에 예매를 해뒀다. 비싼 자리는 100만 원 이상 하지만 가장 저렴한
꼭대기 석은 몇 만 원이면 살 수 있다. 며칠 전부터 오늘 출연 예정인

가수들의 노래로 리스트를 만들어 운전하는 동안 자동차에서 반복해 듣는다. 예습을 하면 공연을 더 재밌게 즐길 수 있지 않을까 해서다.

그랜드 올 오프리는 미국에서 가장 유명한 컨트리 음악 공연장으로 1925년에 첫 공연을 했다. 정확히 말하면 그랜드 올 오프리는 공연이 아니라 라디오 방송이다. WSM 라디오라는 FM 방송국에서 매주 2~3회 정도 라이브 공개방송을 하며 관객도 받는 것이다. 우리나라에서 1990년대 라디오를 들으셨던 분이라면 '별밤' 라디오 공개방송을 기억하실 텐데, 그것과 비슷한 콘셉트다.

미국에서 가장 많이 팔리는 자동차가 픽업트럭이듯 미국인들이 가장 많이 듣는 음악은 힙합도, 헤비메탈도, R&B도 아닌 컨트리 음악이다. 그리고 그 컨트리 음악 업계에서 세종문화회관 같은 위상을 지닌 곳이 그랜드 올 오프리. 엘비스 프레슬리, 자니 캐시, 돌리 파튼 같은 우리 부모님 세대 로큰롤의 전설들도 여기 공연장에 자주 섰다.

그렇다고 나이 든 사람들만 공연하느냐 하면 그건 또 아니다. 그랜드 올 오프리에서 뜬 스타 중에는 테일러 스위프트도 있다. 스위프트는 원래 컨트리 가수였다. 유튜브를 찾아보면 2007년 그랜드 올 오프리의 무대에서 열여덟 살의 스위프트가 멋진 옥색 드레스에 카우보이 부츠를 신고 기타를 치며 자작곡 부르는 영상이 있다.

고속도로를 타고 공연장 가까이 오니 오마하 할머니의 말이 맞는다는 걸 알 수 있었다. 그랜드 올 오프리에서 가장 가까운 진출로로 나가야 하는데 그 3~4킬로미터 전부터 오른쪽 차선에 차들이 줄을 서 멈춰 있다. 미국에서 컨트리 음악의 인기를 실감하는 날이다. 일 년 내내 주 3회씩 하는 공연인데도 이렇다.

이미 출구 쪽 차선에 끼어들기는 늦었고, 설령 끼어들 수 있다고
해도 내 인생을 그 줄에서 다 보내기는 싫었다. 중국 싼샤댐 고속도로
출구 앞에서 시간 다 보내고 기차를 놓쳤던 악몽. 그런 경험을 되풀이
하고 싶지는 않아 순간적으로 머리를 팽팽 굴렸다. 이왕 이렇게 되었
으니 좀 더 가서 다음 출구에서 나간 다음 거꾸로 돌아오는 게 나을
것 같아 속력을 높여 10킬로미터쯤 전방에 있는 다음 출구로 나갔다.
그리고 주변 도로를 따라 유턴을 해서 무사히 공연장 주차장으로 들
어올 수 있었다. 나이스!

콘서트홀은 음악 공연에 최적화된 반원형 모습이며 4000명이 3개
층에 나눠 앉는다. 특이한 점이 있다. 여기는 의자가 개인석이 아니라
교회처럼 긴 벤치로 되어 있다. 15명 정도씩 나란히 붙어 앉는다. 입
장권에도 개별 좌석이 아닌 벤치의 번호가 적혀 있을 뿐이다. 그러다
보니 처음엔 어색해도 곧 모두가 함께한다는 느낌이 든다.

누구나 예상했겠지만 출연 가수들은 모두 백인이고 관객들도 대
부분 백인이다. 흑인 관객은? 어딘가에 있겠지만 이날 나는 못 봤다.
내가 흑인이라도 여기는 좀 위화감 생겨서 잘 안 오게 될 것 같다. 관
객 중 아시안은 나를 빼고 두 명 더 봤는데 모두 백인과 같이 온 사람
들이다.

방송이 시작됐다. 라디오 생방송이다 보니 사회자의 멘트는 라디
오 시청자들에게 맞춰져 있다. 곧 가수들이 나오고 크리스마스 시즌에
맞는 구수한 컨트리 음악들이 메들리로 이어진다. 한 팀이 두세 곡씩만
부르고 내려간다. 가수들은 대부분 그냥 이 동네 주민들처럼 보인다.

여든은 되어 보이는 '지니 실리' 할머니는 오프리 전속 가수다. 그

는 자기가 이 무대에 56년째 서고 있다며 횟수로는 오늘이 5334회라고 한다.

"내가 그러니까 음… 17년 전부터 새롭게 시작한 게 있어요. (일동 폭소) 여기 오프리 하우스에서 수고하는 경비원들에게 크리스마스 선물을 주는 거예요." 그러더니 직원 번호 세 개를 추천해서 경비원들에게 100달러와 50달러 지폐를 나눠주었다.

또 실리는 이렇게 말한다. "연말연시라서 우리는 이렇게 즐겁게 즐기고 있지만, 집에 오고 싶어도 못 오는 사람들이 있어요. 지금 이 시간에도 나라를 지키고 있는 군인들을 위해 박수를 보내줍시다."

관객들이 한참 박수를 치자 또 이렇게 말한다.

"혹시 이 자리에 현직이나 전직 군인이 있으면 일어나주세요."

여기저기서 남자들이 주섬주섬 일어난다. 대체로 야구모자를 쓰고 덩치가 큰 백인들이다. 순간 '나도 대한민국 육군 예비역인데 일어

서야 하나?' 싶었지만 겨우 참았다. 내가 미국을 지킨 건 아니니까.

"당신들의 노고에 늘 감사드립니다. 박수를 부탁드려요!"

할머니의 말에 따라 또 사람들이 박수를 친다. 아까보다 더 열심히 친다. 이런 문화는 부럽다.

도박사

자동차에서 예습했던 노래들이 줄줄이 나와서 즐겁게 관람할 수 있었다. 공연은 딱 두 시간. 라디오 생방송이다 보니 칼같이 끝내고 앙코르는 없다. 중간에 10분의 쉬는 시간이 한 차례 있었고 라디오 중간 광고들도 있었다. 광고하는 브랜드는 구운 콩, 치킨샌드위치 등이다. 컨트리 음악 시청자들에게 맞는 상품들이다.

이렇게 전반적으로 농촌 분위기다. 사회자는 공연장에 온 관객 중에서도 몇 명을 추첨해 선물을 줬다. 선물은 이 지역의 농장에서 키운 신선한 닭고기 세트. 카우보이 복장을 하고 나온 4인조 밴드 Riders in The Sky는 노래를 마치고 이렇게 작별인사를 했다. "May the Horse be with you!" '포스'가 아니라 '호스'가 함께 하길 바란단다.

이날 생방송의 마지막은 돈 슐리츠라는 아저씨가 장식했다. 배가 나오고 살짝 머리가 벗겨진, 아주 평범한 젊은 할아버지다. 앞서 나온 가수들과 달리 그는 조금 도시적으로 보인다. 아무런 말 없이 무대로 걸어 나와서 기타를 치며 조용한 노래를 한 곡 부르더니, 그제야 자기소개를 한다. 가수로서 노래도 부르지만 작사·작곡을 더 많이 했고,

그 유명한 케니 로저스의 명곡 〈도박사The Gambler〉를 쓴 사람이 바로 자신이란다. 작곡 당시 슐리츠의 나이는 26세. 지금은 72세.

"내가 이제 그 〈도박사〉를 부를 거예요. 그게 내가 쓴 곡이라고 미리 말을 해두지 않으면 사람들은 내가 유명 가수의 노래를 카피나 하는 삼류 가수인 줄 알더라고요."

농담을 던지고 노래를 시작한다. 〈도박사〉는 내가 가장 좋아하는 컨트리 음악. 케니 로저스의 버전이 신나는 리듬인데 비해 돈 슐리츠의 버전은 애상적이다. 그의 음색이 가사와 더 잘 어울린다.

「도박사」 - 돈 슐리츠 작사·작곡

어느 따뜻한 여름밤, 어디론가 향하는 기차 안에서
나는 도박사를 만났어, 우리 둘 다 너무 피곤해서 잠을 이루지 못했지
그래서 우리는 차례대로 창문 밖의 어둠을 바라보았어
그것도 지루해졌을 때, 그가 말하기 시작했지
젊은이, 나는 사람들의 표정을 읽어내는 재주로 먹고 살아왔지
사람들의 눈빛을 보고 그 손에 들고 있는 카드가 무엇인지 알아냈지
그래서 하는 말인데, 기분 나쁘게 듣지는 마. 자네는 인생의 에이스를 다 써버린 사람 같아
위스키 한 모금만 주면, 내가 조언 몇 마디를 해줄게
나는 술병을 건넸고, 그는 마지막 남은 한 모금을 마셨어
그런 다음 그는 담배를 부탁했고, 불을 붙여달라고 했어
밤은 매우 조용해졌고, 그의 얼굴은 모든 표정을 잃었어

게임을 할 거면 제대로 배워야 해, 꼬마야

카드를 잡고 있어야 할 때를 알고, 카드를 접어야 할 때를 알고,

일어나야 할 때를 알고, 튀어야 할 때를 알아야 해

테이블에 앉아서는 절대 돈을 세면 안 돼

모든 딜이 끝난 후에 돈을 셀 시간이 충분히 있어

그냥 아무 말이나 주절거리는 것 같지만 들으면 들을수록 인생의 묘미와 가치를 잘 설명해주는 가사다. 26살 청년이 어떻게 이런 곡을 썼을까.

"테이블에 앉아서는 절대 돈을 세면 안 돼."

이 대목이 나는 특히 마음에 든다. 지금 내 인생이 성공적인지 아닌지를 남과 비교하며 살 필요가 없다. 인생의 결산은 죽을 때나 하는 거다.

40
게이트웨이 아치와
크리스마스 선물

다음 날, 내슈빌 풋볼 경기장에 들렀다가 파르테논 신전의 짝퉁이 있다고 해서 그것도 보고, 늦은 오후에 길을 떠났다. 국도를 따라 한 시간 정도 가다 보니 너무 졸려서 도저히 운전을 할 수가 없다. 커피라도 사 마시자 싶어서 월마트를 검색해 찾아갔다. 커피도 마시고 에너지 음료도 마시고, 로제와인과 바나나도 샀다. 밤늦게 세인트루이스에 도착했다.

다음 날은 12월 25일 크리스마스다. 밖에 나갈 생각은 없다. 비바람이 친다. 어제 테네시 월마트에서 사온 음식과 와인으로 호텔 방에서 하루를 보내기로 한다. 매일 장거리 운전을 하다가 맞는 꿀 같은 휴식이다. 특히 나처럼 혼자 휴일을 보내야 하는 사람들을 위해 NBA 사무국에서 특별 배려를 해주고 있었다. 오전 10시에 시작해 밤 12시까지 무려 14시간 동안 하루 종일 TV 농구 생중계가 이어진다. 미국은 나라가 넓으니까 동부부터 서부까지 세 시간의 시차가 있고, 그래서 이렇게 하루 종일 농구 방송을 하는 게 가능하다. 중부지방 기준으로 오전 시간에는 동부에서 벌어지는 경기를, 오후 시간에는 중부에서 벌어지는 경기를, 밤에는 서부에서 벌어지는 경기를 중계하는 것이다. 심지어 모든 경기가 라이벌 팀 간의 빅매치다. 오전 10시 첫 경기 시작과 함께 로제와인을 따서 조금씩 마시며 경기를 본다. 호텔에서 로비에 가벼운 저녁식사도 차려줘서 감사히 먹었다.

12월 26일 화요일. 춥고 비가 왔던 크리스마스 당일과는 달리 오늘은 날이 화창하게 개었다. 하루를 쉬어서 체력도 충전했겠다, 일찍 아침을 챙겨 먹고 호텔 앞에 있는 게이트웨이 아치를 보러 나섰다.

게이트웨이 아치는 스테인리스스틸로 만들어진 높이 192미터의 아치형 구조물이다. 놀랍게도 저 굽어진 아치 안에 엘리베이터와 전망대가 있어 사람이 들어갈 수 있게 되어 있다. 자세히 보면 아치가 휘어지는 꼭대기 부분에 작은 창들이 뚫려 있는 걸 볼 수 있다. 거기가 전

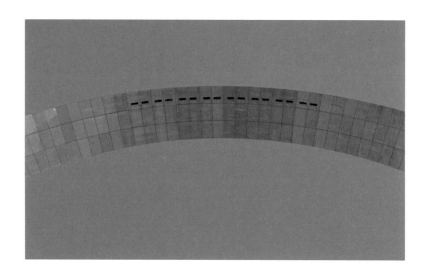

망창이다. 철판으로 된 몸체는 날씨에 따라 하늘이 비춰서 다른 색으로 보인다. 구름도 비친다. 철이라는 소재의 특성을 잘 살렸다.

이런 아치를 왜 만들었을까? 이 도시의 역사와 관련이 있다. 이전에 말했듯 스페인 사람들은 1565년 플로리다 바닷가에 세인트오거스틴이라는 마을을 세웠다. 영국인들이 메이플라워호를 타고 넘어온 건 1620년이다. 그런데 그 후에도 100년 이상 유럽인들은 북미대륙 중앙을 남북으로 가르는 미시시피강을 넘어가지 못하고 강 동쪽에만 머물러 있었다.

유럽 열강들이 왜 고작 강 하나를 건너지 못해 광활한 북미 서부지역을 미개척으로 남겨뒀을까? 인디언이 무서워서? 아니다. 지도를 보면, 미시시피강과 태평양 사이의 광대한 땅 위에는 배가 지나다닐 수 있는 만큼 큰 강이 없다. 광활한 평원과 로키산맥이 있을 뿐이다. 여기를 걸어서 혹은 말을 타고 지나다니기가 어렵다. 물이 없으니 농사도 못 짓고, 따라서 원주민이고 백인이고 큰 도시를 만들지 못했다.

1700년대 중반이 되어서야 프랑스인들이 미시시피강을 따라 올라오기 시작했다. 그들은 이 지역을 프랑스 왕 루이 14세의 이름을 따서 루이지애나라고 붙였고, 바다에서 2000킬로미터 상류 지점에 무역 거점을 만들면서 루이 15세의 이름을 따 세인트루이스(성스러운 루이) 요새라고 불렀다.

이렇게 세인트루이스 인근까지 들어온 프랑스계 주민들은 인디언들로부터 비버 가죽, 버펄로 가죽 등을 사서 유럽에 가져가 비싸게 팔았다. 프랑스인들과 인디언들은 꽤 사이 좋은 사업 파트너였다고 한다. 그런데 1700년대 후반, 프랑스에서는 혁명이 터졌고 미국에서는 독립혁명이 벌어졌다. 프랑스혁명의 주인공 나폴레옹은 유럽에서 전쟁을 벌이고 아이티에서 혁명을 진압하며 돈이 필요해졌다. 그래서 그는 1803년 미시시피강 서쪽의 넓은 영토를 막 태어난 신생국 미국에 팔아버렸다. 미국에서 이른바 '루이지애나 매입Louisiana Purchase'이라 불리는 사건이다. 대한민국 영토의 20배가 넘는 땅을 단돈 1500만 달러에 넘겼다.

덕분에 미국은 영토가 하루아침에 두 배가 됐다. 세인트루이스에도 미국 사람이 대거 유입된다. 무역에 치중했던 프랑스인들과는 달리 미국인들은 땅에 대한 욕심이 있었다. 루이지애나 매입을 성사시킨 3대 대통령 토머스 제퍼슨은 한 해 뒤인 1804년, 루이스와 클락이라는 두 군인을 불러 미시시피강에서 태평양까지 이르는 광대한 지역을 탐험하라고 명했다. 지도도 그리고, 인디언들과 동식물들의 분포도 조사하고, 물길도 찾아보라는 것이었다. 루이스와 클락 탐험대가 세인트루이스에서 출발해 2년에 걸쳐 가져온 정보를 토대로 미시시피강 너머 미국의 서부 개척이 진행됐다. 인디언들은 점점 더 서쪽으로 밀려났고 그 자리에 미국인들이 들어가 살기 시작했다. 그래서 세인트루이스는 미국인들이 미시시피강을 너머 서부로 진출하는 관문, '게이트웨이gateway'가 됐다.

그러나 20세기 초가 되자 교통의 요지로서 세인트루이스의 중요성이 점점 줄어들었고 특히 강변의 구시가 지역이 슬럼화되었다. 동부에서 기차나 자동차를 타고 미시시피강을 건너서 세인트루이스 시내로 들어올 때 가장 먼저 보이는 지역인지라 도시 전체의 이미지가 나빠진다고 생각한 시 정부는 그 지역의 오래된 건물들을 다 밀어버리고 상징적인 건축물 하나를 짓기로 한다.

1947년 설계 국제공모전이 열렸을 때, 공모전 우승자는 핀란드의 젊은 건축가였던 에로 사리넨이었다. 다른 건축가들은 일반적인 네모난 건물 형태를 디자인했지만 사리넨은 세인트루이스의 역사적인 맥락을 고려해 아치 형태의 문을 디자인했다. 독특하면서도 설득력 있는 제안이다. 비판자들도 있었다. 아치 모양이 이탈리아의 파시스트 독재자 무솔리니의 상징이라는 주장이었다. 다행히 세인트루이스의 공모전 심사단은 '아치는 보편적인 형태이므로 꼭 특정 정치사상과 연결시킬 필요가 없다'며 비판론을 무마시켰다.

게이트웨이 아치는 미적으로도 멋있지만 공학적으로도 뛰어나다. 철로 만든 구조물로는 세계 최고 높이(192미터)고, 건물이 아닌 기념 상징물로서도 미국 최고 높이라 한다. 역시 192미터 간격을 두고 양쪽에서 비스듬히 올라가는 스테인리스스틸 기둥은 단면이 삼각형이며 속이 비어 있다. 지하에서부터 꼭대기까지 이 기둥들을 따라 사람이 탈 수 있는 트램이 오르내린다. 트램은 레일을 따라 돌돌거리며 올라가는데, 속도가 느려 정상까지 5분 정도 걸린다. 60년 전에 만든 시설이라는 걸 생각하면 이해할 만하다.

지난 10월 러시아 볼고그라드에서 가봤던 '조국의 어머니상'은 높이가 85미터밖에 안 되지만 103미터 높이의 언덕 위에 있기에 총 높이(188미터)는 평지에 세워진 세인트루이스의 게이트웨이 아치와 놀랍게도 유사하다. 세워진 연대도 비슷하다. 조국의 어머니상은 1967년에, 게이트웨이 아치는 1968년에 만들어졌다. 우연일지도 모르지만, 당시의 기술과 자금력 그리고 사람들이 느끼는 웅장함의 비율 같은 것이 비슷한 수준이었기에 라이벌 국가 미국과 소련에서 이렇게 비슷한 크기의 상징물이 동시대에 건설된 게 아닌가 싶다. 200미터 정도 되는 상징물이면 '우와!'라는 감탄을 자아낼 수 있었던 시대인 것이다.

한식당의 서프라이즈

세인트루이스 산책을 마치고 다시 차에 오른다. 이제 다음 목적지는 워런 버핏의 도시, 네브래스카주 오마하.

오마하까지 가면 미국 여행도 절반을 지난다. 오후 늦게 출발해 세인트루이스를 벗어나다가 여기서 이른 저녁을 먹고 가자는 생각이 들었다. 더 서쪽으로 가면 당분간은 한식당을 찾기 어려울 것 같아서다. 검색해보니 근처에 마침 한국식당이 있다. 식당은 오후 5시까지 브레이크타임이라 그 앞에 차를 세워두고 청소를 하며 기다렸다. 주차장 옆 칸에는 미국 아주머니 두 분이 SUV를 타고 와서 기다리신다.

마침내 식당 문이 열렸다. 미국에서 먹었던 한식 중 가장 저렴한 가격인데 순두부찌개 맛이 훌륭하다. 반찬까지 싹싹 비웠다. 옆 테이블 미국 아주머니들의 얘기가 가끔 들린다. 한국 전주에서 비빔밥을 먹어봤다는 내용인 것 같다. 화장실에 다녀와 계산하려는데, 주인아주머니가 웃으며 말씀하신다.

"아까 옆 테이블에 계셨던 미국분들이 먼저 계산하고 가셨어요."

"네? 제가 먹은 것을요? 정말요? 왜요? 저는 모르는 분들인데요?"

"종종 그런 일이 있어요."

우와.

하루 늦게 크리스마스 선물을 받았다. 땡큐!

41
오마하,
워런 버핏의 집

미주리주 세인트루이스에서 출발해 아이오와주를 살짝 걸쳐서 네브래스카주 오마하까지 가는 길. 고속도로를 타면 700킬로미터, 여섯 시간 30분 거리다. 날씨는 갑자기 추워져서 눈발이 날린다. 고속도로 제설작업이 빠릿빠릿하게 잘되는 나라라 컨버터블 자동차를 타고서도 아직 운전에 큰 무리는 없다.

오마하에 도착. 다른 도시들과 마찬가지로 시내는 한적하고 썰렁하다. 큰 빌딩들과 텅 빈 주차장들이 번갈아 가며 등장하고, 주차비는 비싸다. 100년 된 사무실 건물을 부티크 호텔로 개조한 곳이 있어 거기에 짐을 풀고 근처에 있는 오마하시 박물관을 구경했다.

여기까지 온 김에 세계에서 가장 유명한 주식투자가 워런 버핏의 사무실과 자택이 어떻게 생겼는지 둘러보기로 한다. 구글에서 주소를 쉽게 찾았다. 버크셔 헤서웨이는 원래 잠옷 같은 의류도 만드는 제조 회사였는데 버핏이 인수해 투자펀드 회사로 바꿔버렸다. 이 회사의 본사는 시내에서 좀 내려간 중간 지역, 특징 없는 검은색 사무실 빌딩에 있었다. 외부에 아무런 표식도 없어서 그 건물이 맞는지 확실하지도 않지만 어쨌든 버크셔 헤서웨이 웹사이트에 따르면 그곳이 본사다. 주변도 썰렁하고 워낙 볼만한 게 없어서 사진도 안 찍었다.

그다음은 버핏의 집. 버크셔 헤서웨이 본사에서 일직선으로 10분 정도만 가면 나오는 주택가에 있다. 사무실에서 집으로 가는 길옆에는 네브래스카대학교 종합병원이 있는데 병원 건물 중 하나에 '버핏 암센터'라는 이름이 크게 쓰여 있다. 버핏이 기부금을 내서 만들었나 보다. 버핏의 집은 일직선으로 이어지던 1차선 도로가 언덕을 올라가며 살짝 꺾이는 지점에 있었다. 그냥 조용한 주택가다. 집도 평범하게 생긴, 오래된 가정집이다. 일반 주택보다 크지만 그렇다고 대저택이라고 할 만한 건 아니고, 성북동이나 가회동 같은 데 있는 부잣집 같은 느낌이다. 이 동네 집들이 다 그렇게 생겼는데 버핏네 집은 특히 터가 좋은 것 같다.

버핏은 2010년 버크셔 헤서웨이 주주들에게 보내는 편지에서 집을 자랑한 바가 있다.

대부분의 미국인에게는 집을 소유하는 것이 이치에 맞습니다, 특히 오늘날의 낮은 가격과 낮은 은행 이자율을 고려할 때 말이죠. 전반적으로 보면, 저의 집을 구매한 것이 제가 했던 세 번째로 좋은 투자였습니다. 비록 집 대신 주식을 샀더라면 더 많은 돈을 벌었을지라도요. (첫 번째와 두 번째로 좋은 투자는 결혼반지들이었습니다.) 3만 1500달러를 주고 산 집 덕분에 저희 가족은 52년간 멋진 추억을 만들었고 지금도 만들고 있습니다.

대서양 크루즈에서 만났던 오마하 출신 할머니는, 오래전 오마하의 한 식당에서 버핏을 만난 적이 있다고 한다. 버핏이 자신의 머릿결이 예쁘다고 칭찬했었단다. 내가 "요즘도 오마하에 가면 우연히라도 워런 버핏 볼 수 있나요?"라고 물었더니 "어려울 거야. 미스터 버핏은 전 세계를 돌아다니는 분이라서 얼마나 오마하 집에 머무는지는 아무도 몰라"라고 말했다. 할머니는 미스터라는 호칭을 꼭 붙였는데, 이렇게 부르니까 진짜로 동네 어르신에 대해 얘기하는 것 같은 느낌이었다. 나 역시 실제로 버핏을 만날 거란 기대는 당연히 없고, 집 건너편에서 사진만 몇 장 찍었다.

'부러진 활' 마을

오마하를 떠나 이제는 완전히 시골길을 따라 서쪽으로 차를 달린다. 오늘도 도로 위의 눈은 잘 치워져 있고 주변에는 살짝 서리가 내려 있다. 도로변에 세워진 차들은 모두 픽업트럭 아니면 SUV이고, 내가 몰고 있는 것 같은 세단은 점점 보기가 어려워진다.

네브래스카의 지형은 모래언덕이다. 네 시간 정도 적막한 구릉들을 넘어가다가, 날이 저물어 더 이상 운전하기 위험하겠다 싶을 때 한 마을에 도착했다. 마을의 이름은 '부러진 활Broken Bow.' 인구는, 글쎄 한 100명? 200명? 오늘은 여기서 자고 간다.

숙박비는 대도시와는 비교할 수 없이 저렴한데 방은 지금까지 묵었던 어느 숙소보다도 크고 안락하다. 인종차별 같은 건 느낄 수 없고 친절하기만 하다. 미국 시골 사람들의 호감을 얻는 법은 간단하다. 말을 천천히 하고, 외국에서 온 관광객이라 말하고, 너희 동네 참 좋다고 칭찬해주고, 말끝에 'sir' 'ma'am' 'thank you' 'please'만 잘 붙여주면 된다.

저녁을 먹고 마을 산책에 나섰다. 한 바퀴 도는데 10분이면 충분하다. 기온은 영하 10도쯤 될까? 춥지만 바람이 불지 않고 지나다니는 차나 사람이 없어 대기가 그대로 정지된 것 같다. 나무도, 새도, 자동차도 없다. 가만히 서 있으면 정말 아무런 소리도 들리지 않는다. 진공 상태의 우주에 들어 와 있는 느낌이다.

마을 광장에는 100여 년 전 철도 시대에 지어진 건물들 몇 개가 늘어서 있고 그중 하나는 작은 영화관이다. 이런 곳에서 영화관이 어떻게 수익을 내는지 모르겠지만, 운치가 있다. 마을 광장에는 또 1·2차 세계대전, 한국전쟁, 베트남전쟁에서 사망한 이 동네 청년들의 이름도 적혀 있다. 백여 명 정도, 그중 한국전쟁 사망자는 여섯 명이다. 패트릭 아서, 대럴 체슬리, 제럴드 롤런드, 존 무어, 딜버트 프레스콧, 게일 스워프. 기념비에는 이런 글귀가 적혀 있다.

GO AND TELL THE PEOPLE THAT WE SERVED AND DIED
SO YOU MIGHT BE FREE
(가서 말하라. 우리가 복무했고 죽었기에 너희들이 자유롭다고)

전사자 기념비를 보고 있자니 긴장됐던 마음이 스르르 풀어진다. 밤사이 눈이 더 쌓이지 않기를 바라며 잠을 청한다. 내일도 한참을 달려야 하는데 자동차가 걱정이다. 머스탱 컨버터블이 앞으로 험한 눈길, 산길에서 잘 달릴 수 있을까.

42

핵미사일
발사기지

2023년이 단 사흘 남았다. 어제 흐렸던 날씨는 화창하게 개었다. 먼지 하나 없는 듯 깨끗한 공기에 시야는 끝없이, 끝없이 넓다. 일기예보를 보니 며칠간은 미국 중서부와 북부 지역의 날씨가 맑을 예정. 어젯밤에 대충 구경한 마을 광장을 한 바퀴 더 산책하고 호텔로 돌아와 간단히 아침을 먹었다. 토스트, 머핀, 삶은 달걀, 드립 커피. 기분 좋은 아침 겨울 햇살을 쐬며 홀짝홀짝 커피를 마시고 있는데 어떤 백인 할머니가 뒤에서 내 등을 두드리며 뭐라고 말한다. 돌아보니 깜짝 놀라며 "아, 미안. 네가 비슷한 옷을 입고 있어서 우리 딸인 줄 알았어"라고 말씀하신다. "제가 할머니 딸하고 닮았어요?"라 물으니, "아니. 우리 딸은 키가 커. 그냥 네가 입은 옷만 우리 딸 옷하고 비슷해"라고 말한다. 뭐지 이 패배감은.

오늘의 목적지는 미국의 핵미사일 발사 기지였던 미니트맨 미사일 국가 역사 사적지Minuteman Missile National Historic Site.' 며칠 전 사우스다코타주 지도를 보다가 우연히 발견했는데, 일반인에게도 공개된다고 해서 재빨리 예약했다. 한 달씩 예약이 차 있는데 운 좋게도 내일 오후에 한 자리가 남아 있다. 혼자 여행하니 이럴 때 좋구나.

부러진 활 마을을 출발해 어제와 마찬가지로 네브래스카의 샌드 힐 지형을 따라 구불구불 뻗어 있는 국도를 달렸다. 날씨가 좋아서 경치가 한결 잘 보인다. 여긴 농장이라고 해서 소를 가둬서 키우지는 않는다. 넓은 땅에서 자유롭게 풀을 뜯어 먹는다. 또 석탄을 가득 실은 화물열차가 수십 량 길게 이어져 달리는 모습도 보인다.

서쪽으로 달리던 길을 북쪽으로 꺾어야 하는 교차로 지점. 아직 연료가 절반 이상 남았지만 만일을 대비해 주유소를 찾았다. 다음 주유소까지 수백 킬로미터 떨어져 있고 그때까지는 휴대전화도 안 터질 게 확실하니 최대한 대비를 해야겠지. 주유소 안 매점에는 황소를 360마리 분양한다는 전단지와 비버, 사슴, 코요테의 가죽을 산다는 전단지가 붙어 있다. 계산대를 지키는 조그만 아이가 나를 뚫어지게 바라본다.

여기서부터 사우스다코타 주로 향하는 네브래스카주 61번 지방도를 타기 시작한다. 다음 교차로까지는 100킬로미터 떨어져 있고, 그 중간엔 정말 아무것도 없다. 한참을 달려도 차 한 대 보이지 않고, 그저 눈이 살짝 덮인 황무지와 소들만 눈에 보인다. 그러다 어느 순간, 이 세상에 나 혼자 남은 것 같이 느껴진다. 너무나 맑은 하늘에 끝없이 펼쳐진 평원. 이런 상황이 비현실적으로 느껴져, 텅 빈 도로에 잠시 차를 세우고 나와 사진을 찍었다. 이렇게 아름다운 길에선 졸음도 오지 않는다. 가끔 창문을 열어 바깥의 소리를 들으려 한다. 자동차 엔진마저 끄니 이 세상에 아무런 소리도 없다.

네브래스카 61번 지방도는 계속 북쪽으로 이어지며, 사우스다코

타 71번 지방도로 이름이 바뀐다. 그렇게 한 시간쯤 더 북쪽으로 올라가니 동서로 달리는 고속도로를 만났다. 이 길이 델타 핵미사일 기지로 향하는 I-90 고속도로다. 사우스다코타주, 노스다코타주, 몬태나주는 날씨가 춥고 너무 내륙이라 목축업이나 석유 시추 외에 다른 산업이 발전하기 어렵다. 그 대신 미국 정부는 이 세 개 주에 핵미사일 기지를 잔뜩 설치했다. 주민들에게 위안이 될지는 모르겠지만.

델타 미사일 기지

드디어 도착했다. 미니트맨 핵미사일 기지! 이곳은 미니트맨 역사

사적지 중에서도 델타 미사일 저장소Delta Missile Silo라는 곳이다. 네브 래스카-사우스다코타-노스다코타 지역에 흩뿌려져 있는 400여 기의 핵미사일 발사대 중 하나다. 원래는 1000여 기가 땅에 묻혀 있었는데 미국과 러시아 간의 핵 군축 협상에 따라 400곳만 남겼다.

각각의 미사일 기지는 한 개의 관제소와 10개의 미사일 발사대로 이루어진다. 발사 관제소를 중심으로 10개의 미사일이 사방 10여 킬 로미터 반경으로 흩뿌려져 있다. 미사일 하나가 적의 공격을 받아 터 지더라도 다른 미사일에는 피해가 최소화되고, 또 무슨 일이 있으면 관제소에서 10분 안에 기동타격대가 도착할 수 있는 거리다.

견학용으로 개방된 장소는 세 곳. 델타-01이라 불리는 발사 관제 소와 델타-09라 불리는 미사일 발사대, 그리고 전시관이다. 이 발사대 들은 5~10킬로미터씩 떨어져 있어서 오늘 오후 중에 다 둘러보려면 서둘러야 한다.

먼저 델타-09 미사일 발사대. 주차장에 차를 세운 후 철조망 문 을 열고 들어갔는데 지키는 사람이 없다. 낮시간 무인 관람이다. 방문 객은 안내판을 보거나 ARS 전화 안내를 들으며 각자 둘러보도록 하고 있다. 영하의 날씨에 장갑이 없어 전화기를 들고 있는 손이 시려웠다.

땅 아래로 난 유리창을 내려다보니 깊게 뚫린 구멍 속에 다소곳 하게 미사일 하나가 들어앉아 있다. 이 미사일의 이름은 미니트맨. 실 물이다. 핵탄두는 제거된 상태이지만 실전 배치되었던 미사일이 맞다. 이런 건 군사기밀 아닌가 싶지만 미국 입장에선 구형 무기라고 생각 하나 보다. 그냥 아무나 볼 수 있게 공개되어 있다.

미사일의 길이는 17미터니까 4~5층짜리 건물 높이. 원래 이 미

사일 발사관은 수 톤짜리 무거운 철제 뚜껑으로 덮여 있었다. 밖에서 든 안에서든 힘으로는 절대 열 수 없는 무게다. 미사일 발사 버튼을 누 르면 뚜껑 아래 설치된 폭약이 터지면서 철문이 펑 날아가고, 그다음 미사일이 솟아 나오게 되어 있었다고 한다.

미니트맨은 미국이 현재도 실전 배치한 핵무기다. 기본적인 구조 는 팰컨 9와 같은 30톤짜리 우주 로켓의 끝에다가 300킬로그램짜리 핵폭탄을 넣은 것이라고 보면 된다. 이것이 대기권 위로 올라갔다가 무시무시한 속도로 표적에 떨어진다. 한 발의 위력이 일본 히로시마 에 떨어졌던 핵폭탄의 수십 배라고 한다. 미국과 러시아에는 이런 것 이 수천 개씩 있다. 심지어 최근에 개발한 것도 아니다. 1962년에 처음 실전 배치됐으니 60년이 넘었다. 제조사는 의외로 보잉이다.

미니트맨이라는 미사일 이름은 미국 독립전쟁 당시 민병대의 이름에서 따왔다. 평상시에는 민간인처럼 농사짓고 장사하고 살던 사람들이 군대 소집 명령이 떨어지면 각자 집에서 총을 들고 달려와 1분 안에 준비되는 부대. 그래서 minute-man이라는 별칭을 갖게 됐다. 이 미사일도 민병대와 마찬가지로 1분 안에 전투 준비가 된다. 그 전에 쓰였던 액체연료(휘발유) 로켓은 연료 주입에 시간이 오래 걸리는데, 미니트맨은 고체 연료를 미리 싣고 있어서 그냥 뚜껑만 열고 바로 쏘면 된다.

발사 버튼은 발사관에서 수 킬로미터 떨어진 관제소에서 누른다. 인터넷 같은 게 없던 시대이고 무선 통신은 보안상 문제가 있기에 관제소에서부터 10곳의 미사일 발사관까지 유선 케이블을 묻어놓았다고 한다. 만만치 않은 공사다. 그런데 1960년대와 1970년대 한창 미국과 러시아 간 군사력 경쟁이 심할 때는 거의 하루에 하나꼴로 이런 핵미사일 기지를 건설했다고 하니, 다시 한 번 미국이란 나라의 군사생산력에 놀라게 된다.

추운 날씨에 30분 정도 구경하니 얼굴과 손이 얼얼해진다. 이제 다음 목적지인 발사 관제소로 이동. 예약 시간보다 먼저 도착해 조금 기다리고 있으니 가족으로 보이는 백인 다섯 명이 한 차에 타고 왔다. 곧이어 가이드를 맡은 국립공원 공단 직원이 나와서 우리를 철조망 안에 있는 건물 속으로 인도한다.

관제소의 핵심 시설은 지하에 있다. 가이드분은 우리 여섯 명을 무섭게 생긴 엘리베이터에 태워서 지하 10미터에 있는 벙커로 안내했다. 〈터미네이터〉 같은 영화에서 보던 시설과 같아 신기하다. 지하에 내려가니 먼저 눈에 들어오는 건 두께가 1미터는 될 것처럼 생긴 철문이다. 사람의 힘으로는 못 열고 유압으로 작동한다고 한다. 천문에는 도미노 피자 박스 그림이 그려져 있는데 자세히 보면 피자 대신 미사일이 그려져 있다. 그리고 "전 세계 어디든 30분 안에 배달. 아니면 다음 배달은 무료"라고 적혀 있다. 말 그대로 저세상 개그네.

이 그림은 1990년 여기서 근무하던 토니 게틀린이라는 병사가 그렸다. 원래는 미국 국기를 그리려 했는데 가지고 있던 파란색 페인트가 성조기에 쓰이는 것보다 밝은 톤이었다. 국기를 엉터리로 그릴 수는 없다는 생각에 게틀린은 대신 당시 유행하던 도미노 피자 TV 광고를 떠올렸다. 상관들도 그냥 웃고 넘겼다고 한다.

도미노 피자 철문 뒤에는 컨테이너 상자처럼 생긴 길이 5미터 정도의 작은 방이 나온다. 여기가 바로 핵무기 발사 명령을 내리는 관제실이다. 땅속 10미터 아래, 그리고 1미터 두께의 철문 뒤에 있는 것도 모자라서 이 방도 쇠로 만들었다. 거대한 철제 상자다. 관제소를 건설할 때 먼저 땅을 깊게 파고 이 쇠 박스를 묻은 다음 그 위에 건물을 올렸다. 심지어 이 관제실 벽면은 두꺼운 체인 네 개로 공중에 대롱대롱 매달려 있다. 지상이 핵 공격을 받았을 때 충격을 최소화하기 위해서란다. 물론 방사능에서도 보호가 된다.

땅 위 건물이 무너졌을 때 탈출은 어떻게 하나? 관제실 끝에는 사선으로 나 있는 비상 해치가 있다. 해치를 열면 그 위의 흙들이 방 안쪽으로 쏟아져 들어오게(혹은 삽으로 팔 수 있게) 되어 있다. 물론 비상 해치를 열어야 하는 상황까지 왔다면 이미 지상은 적의 핵 공격으로 사람이 살 수 없는 환경이 되어 있을 것이니, 지상 탈출에 큰 의미는 없지만 이 안에서 근무하는 장병들의 사기 진작을 위해서 어쩔 수 없이 해치를 만들어 달았다고 한다.

핵미사일은 어떻게 발사하는 걸까? 할리우드 영화에도 많이 나오지만, 미국 대통령 옆에는 항상 뉴클리어 풋볼nuclear football이라 불리는 007 가방을 들고 따라다니는 군인이 있다. 핵미사일을 발사하는 코드, 혹은 신호기가 들어 있는 가방이다. 대통령이 뉴클리어 풋볼을 열고 발사 명령을 내리면 365일 24시간 미국 상공에 떠 있는 특수 항공기의 중계를 거쳐서 이쪽 사우스다코타, 노스다코타, 몬태나 지역에 있는 미 공군 기지로 명령이 전달된다. 그러면 공군 기지에서 다시 여기 개별 발사 관제소로 명령을 하달한다.

"이거 실제로 사용해본 적 있어?"

"다행히도 없어. 여기 계기판을 봐봐. 평소에는 맨 위에 초록색 불이 켜져 있지만 발사 과정을 시작하면 불이 하나씩 밑으로 내려가도록 되어 있어. 이 밑에 'Launch in progress'라고 쓰인 칸 보이지? 여기에 불이 켜지면 뭐 인류는 모두 죽었다고 보면 되는 거야. 핵전쟁이니까."

"실수로 쏠 뻔한 적도 없대?"

"1995년에 일촉즉발의 상황이 있었지. 미국과 노르웨이 과학자들이 노르웨이에서 과학 로켓을 쐈거든. 분명히 노르웨이가 러시아 외무부에 미리 로켓 발사 통보를 했는데, 러시아 외무부가 러시아 국방부에다 이야기를 안 한 거야. 로켓 궤도가 미국에서 쏘는 것과 비슷해서 러시아군에서는 난리가 났고, 실제로 옐친 대통령이 핵무기 가방 열어서 거의 쏘기 직전까지 갔대. 다행히 발사 명령 내리기 전에 과학 로켓이 땅으로 떨어졌어. 옐친은 항상 취해 있는 걸로 유명한 사람이라 더 위험했지."

여기까지 말하고 가이드는 호탕하게 하하 웃었다.

"그렇다면, 여기 말고 또 이렇게 핵미사일 시설을 일반인에게 공개하는 나라가 있어?"

"응. 옛 소련이 쓰던 미사일 시설이 우크라이나 키예프 근처에 공개되어 있었어. 하지만 지금은 전쟁이라 갈 수가 없지."

"핵미사일은 어떻게 이 기지까지 가져와서 설치했어? 그때도 고속도로가 있었어?"

"좋은 질문이야! 사실 핵미사일을 배치하기 위해서 저 고속도로

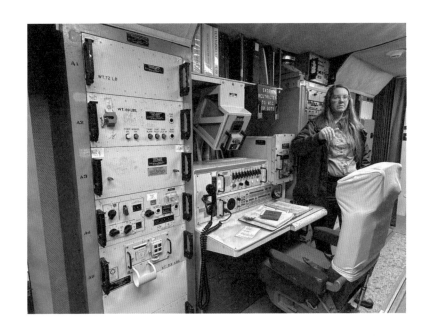

를 서둘러 놓게 된 거야. 도로가 깔리면서 미사일도 들어오게 됐지. 미사일은 대형 트럭에 싣고 호송대를 만들어서 가져오는데, 한 번은 이런 일이 있었어. 안전 문제 때문에 미사일 호송 차량은 절대 중간에 멈출 수 없도록 되어 있는데 어떤 민간인 차량이 고속도로 위에서 고장이 나서 움직일 수 없었던 거야. 어쩔 수 없지 뭐. 호송 트럭이 그냥 그 차를 밟고 지나가버렸어."

"미사일 발사기지에 침입했던 사람은 없었어?"

"핵미사일인지 모르고 우연히 들어온 사람들, 그리고 반전 시위를 하는 사람들이 들어온 적이 몇 번 있었어. 그런데 네가 봤다시피 미사일은 땅속에 묻혀 있고 위에서 보면 아무것도 없으니까 그 사람들이

할 수 있는 게 없지. 발사대에 경보가 들어오면 10분 안에 여기 관제 센터에서 근무자들이 출동해서 체포하게 되어 있어. 사람보다 문제가 된 건 여우, 토끼 같은 동물들인데, 요즘은 경보 센서를 업그레이드해서 그런 것도 다 구분되고."

마지막으로 가이드는 냉전 시대의 안보 논리인 MADmutually assured destruction에 대해 설명해주었다.

"미국이 한 때 1000개 넘는 미니트맨을 발사 준비시켜놓고 있었지만 지금은 400개까지 줄였어. 그런데 미사일 수를 줄여나간다고 해서 그게 꼭 좋은 걸까? 만일 미국과 러시아가 핵미사일을 딱 두 발씩만 가지고 있었다고 생각해봐. 그러면 언젠가 분명 양쪽 다 그걸 쏘았을 거야. 각자 1000발씩 가지고 있었으니까 서로 무서워서 쏘지 못한 거지."

어느 쪽이든 핵전쟁을 시작하면 공멸할 테니 감히 시작할 엄두를 못 낸다는 것이 바로 MAD 이론이다. 논리적으로는 이 말이 맞는다. 그런데 지금까지 MAD 전략이 핵전쟁을 막은 데는 행운도 따랐을 것이다. 전쟁이 꼭 논리적으로 진행되는 게 아니고, 정치 지도자들이 꼭 이성적으로만 생각하는 게 아니니까. 핵미사일은 오해나 실수, 혹은 비이성적인 군중심리나 개개인의 이해관계 차이로 발사될 수도 있는데 미사일의 개수가 많아지면 그런 실수나 오해가 발생할 확률도 높아진다.

핵무기를 개발함으로써 인류는 스스로를 멸종시킬 수 있는 힘을 갖게 됐다. 그 무서운 힘을 제어할 수 있는 자제력이 과연 우리 인류에게 있는지는 잘 모르겠다. 다만 가이드의 말에 100퍼센트 동의하는 부분은, 러시아와 미국에 핵미사일이 소수만 있었다면 더 쉽게 사용됐을 것이라는 점이다. 적과 나에게 핵미사일이 2~3개밖에 없다면 중요한 상황에서는 그것을 쓰고자 하는 유혹이 커질 것이다. 한두 방쯤 쏴도 인류가 멸망하진 않기 때문이다.

그렇다면 한국은 핵무기가 필요할까? 한국이나 북한이 MAD가 성립될 때까지 핵미사일을 늘려 수백 발씩 보유할 수 있나? 불가능한 이야기다. 여기 델타 기지에서 보듯, 핵미사일을 보관하고 발사 대기 상태로 준비해놓는 데에는 어마어마한 크기의 땅이 필요하다. 적 핵미사일의 표적이 되니 최대한 사람이 살지 않는 지역에 분산시켜두어야 한다. 그걸 대체 우리나라 어디에 두어야 한단 말인가. 중국이나 러시아가 핵미사일을 보유하고 있으니 우리도 핵을 보유해서 국가 안보를 확보하겠다는 생각은 비현실적이다. 핵보유국이라는 기분은 낼 수 있을지 모르지만, 기분뿐이다.

43
러시모어산

12월 30일 토요일. 새해가 이틀 남았다. 크리스마스를 호텔 방에서 혼자 보냈기에 새해 첫날은 시애틀에 있는 사촌 누나 가족과 보낼 수 있을까 했는데, 아무래도 어려울 것 같다. 래피드시티에서 시애틀까지는 2000킬로미터, 18시간 거리. 새벽에 떠나서 종일 운전만 하면 시애틀까지 갈 수도 있지만, 그렇게까지 하고 싶지는 않다.

우선 사우스다코타주가 나는 좋다. 자연이 속이 탁 트이게 아름답고 만나는 사람마다 친절하다. 말만 번지르르한 과잉 친절이 아니고 한 마디 한 마디에 상대방에 대한 호기심과 배려가 담긴 그런 친절. 여기서는 자동차를 운전하고 다니는 것도 즐겁다. 어디를 가도 훌륭한 경치. 맑다 못해 우주처럼 공간감이 잘 느껴지지 않는 하늘. 사방으로 펼쳐진 지평선. 쭉 뻗은 도로에서 머스탱의 성능도 마음껏 즐겨본다.

그럼 새해는 어디에서 보내야 할까? 아직 잘 모르겠다. 오늘은 러시모어산에 가볼 생각이라 오늘 밤까진 이 도시, 래피드시티에서 머물기로 했다. 앱으로 예약한 모텔방은 하룻밤에 50달러 정도라 평생 여기 살아도 좋겠다는 생각마저 든다. 인터넷 잘되고 TV 잘 나오지, 청소해주지, 빨래실 있지, 더운물이 급류처럼 쏟아지는 욕조도 있지, 맛있는 아침도 주지….

아침식사는 특히 와플이 맛있다. 미국 모텔이나 중저가 호텔에는 가끔 손님이 직접 와플을 구워 먹을 수 있는 기계가 있다. 반죽을 컵에 받아서 틀에다 붓고 뚜껑을 닫아 3분 정도 구우면 와플이 완성된다. 거기에 달걀 스크램블과 소시지, 우유, 사과, 드립커피를 곁들여 먹는 게 지난 한 달 동안 내가 먹은 평균적인 아침식사다. 처음엔 와플을 굽다가 반죽의 양 조절에 실패하거나 너무 오래 방치해서 태워버린 적도 있었는데 이젠 요령이 생겼다. 드립커피를 종이컵에 담아 들고 차에 올라 '오늘은 어디부터 갈까?'라는 행복한 고민을 한다.

러시모어산

러시모어산은 래피드시티에서 산속으로 30분 정도 들어간 곳에 있다. 네 명의 미국 대통령 얼굴을 산봉우리에 조각해둔 명소다. 관람대에서부터 봉우리가 꽤 멀리 떨어져 있어서 작아 보이지만, 실제로는 얼굴 하나의 길이가 18미터나 된다. 어제 봤던 미니트맨 미사일 비슷한 높이다. 네 명의 얼굴은 왼쪽부터 조지 워싱턴, 토머스 제퍼슨, 시어도어 루스벨트, 그리고 에이브러햄 링컨이며 각 대통령들은 상징하는 바가 있다.

조지 워싱턴(1732-1799) 독립 혁명과 공화국의 탄생

토머스 제퍼슨(1743-1826) 영토의 확장 (루이지애나 매입)

에이브러햄 링컨(1809-1865) 미국 연방의 영속성 (남부 독립운동 진압)

시어도어 루스벨트(1858-1919) 세계 속 미국의 역할과 인권

1923년 사우스다코타주 정부의 역사교육 담당관이었던 도언 로빈슨이라는 사람은 타 주에서 오는 관광객들과 방문객들에게 이 고장을 소개하는 대형 조각을 만들자고 생각했다. 그는 거슨 보글럼이라는 조각가를 고용해 프로젝트를 맡겼다. 원래 로빈슨의 아이디어는 이 동네 출신이거나 이 고장과 인연이 있는 위인들의 얼굴을 조각하는 것이었는데 조각가 보글럼은 현장을 둘러보고 나서 '기왕 하는 것, 프로젝트 규모를 키워보자'라고 생각했다. 그는 사우스다코타 위인의 상이 아니라 전 미국인들이 존경하는 대통령들의 상을 만들어서 전국적인 명물로 만들자고 설득했다. 주 정부 의회의 승인과 연방정부의 지원금을 받아 1941년 착공, 14년 만에 완공했다.

보글럼은 총괄 매니저로서 전체적인 디자인과 프로젝트 진행, 투자 진행을 책임졌고 실제 조각은 400명의 일꾼들이 했다. 사부아 왕가의 도시, 이탈리아 토리노에서 온 휴고 빌라라는 사람이 보글럼 밑에서 수석 조각가 역할을 맡았다. 그는 특히 안경을 쓴 것처럼 보이는 루스벨트의 눈을 표현하는 데 재능을 발휘했다. 자세히 보면 그냥 눈 밑에 선 하나 그었을 뿐이다. 센스가 좋다. 봉우리 바로 앞 전시관에는 조각 당시에 썼던 장비들과 공구들, 그리고 상세한 일화들이 적혀 있다. 상당히 위험한 공사였는데 14년간 중대 재해 사망자 없이 끝냈다는 것도 대단하다.

그런데 이 조각을 새긴 장소가 원주민 인디언 부족들이 신성하게 여기는 봉우리였다는 점이 문제다. 워낙 멋있게 생긴 봉우리였으니 누구라도 속이 상할 만하다. 게다가 여긴 법적으로도 인디언 땅이다. 1868년 미국 정부는 포트 라라미 조약을 통해서 수Sioux 부족에게 이 지역의 소유권을 보장했다. 계약서도 있다. 하지만 곧 금맥이 발견되자 9년 만에 조약을 일방적으로 파기, 이 지역을 국유지로 흡수해버렸다.

수족은 화가 났지만 힘이 없으니 당장은 미국 정부에 대항할 수가 없었다. 시간이 한참 지난 1980년에야 미국 연방대법원은 미국 정부가 수 부족에게 땅값으로 1억 200만 달러를 지급하라고 판결했는데, 수족은 이 돈을 거부하고 땅을 내놓으라고 요구하고 있다. 그러는 동안 보상금에는 이자가 붙어 현재는 10억 달러 이상으로 불어났다고 한다.

수 부족은 보상금을 받지 않았을 뿐 아니라 러시모어산의 조각보다 더 큰 원주민 리더의 조각을 여기서 약 10킬로미터 떨어진 산에 만들고 있다. 크레이지 호스Crazy Horse라는 부족 리더가 말을 타고 있는 모습이다. 투자와 조각 작업이 오래 걸려서 시작한 지 60년이 지났는데 아직 얼굴 부분만 조각된 상태지만, 수백 년이 걸리더라도 멋진 모습으로 완성됐으면 한다.

별 기차

러시모어 전시관을 보고 나니 어느덧 날이 저물었다. 날씨도 부쩍 추워져서 서둘러 주차장으로 향한다. 차를 타고 산길을 내려오려는데 주변이 칠흑처럼 어둡다. 잠깐 차를 세우고 헤드라이트를 껐더니 정말 쏟아지게 별이 많다. 사막이나 천문대에서 보는 것만큼, 아니 어쩌면 그보다 더 많은 별이 보인다. 그런데 그 순간, 굉장한 일이 벌어졌다. 내 머리 위로 10여 개의 별이 한 줄로 길게 늘어서서는 하늘을 미끄러지듯 가로질러 빠르게 날아가는 것이다.

저게 대체 뭐지? 내가 헛것을 봤나? 외계인인가? 일렬종대로 줄을 맞춘 10여 개의 밝은 별들은 마치 기차처럼, 칙칙폭폭 소리를 내는 것처럼 별들의 바다를 질주한다. 진짜로 별빛 열차가 하늘을 질주하다가 불과 30초 만에 저 멀리 사라졌다.

별똥별인가? 자연현상이라기엔 별들이 너무나 규칙적인 간격으로, 일정한 밝기를 내고 있었다. 인공위성인가? 그런데 왜 줄을 지어 다니는 거지? 모텔에 돌아와 검색해보니, 그것은 바로 일론 머스크의 스페이스X가 발사해 운영하는 스타링크 위성군constellation이라고 한다. 2024년 초 현재 지구 궤도에는 5000개 이상의 스타링크 위성이 떠 있는데, 이것들이 수십 개씩 한 줄로 늘어서서 날아다닌다고. 지구 곳곳에서 이 위성 열차를 목격하는 사람이 늘어나고 있고, 나도 그중 한 명이 됐다. 사우스다코타의 하늘이 얼마나 맑은지 새삼 실감한다.

데블스타워

12월 31일 아침, 모텔에서 늦잠을 자고 있는데 카카오톡 영상통화 알림이 울린다. 이미 한국은 자정이 가까운 시각. 고등학교 선후배들이 송년 모임을 하면서 나를 호출했다. 이미 술 한 잔씩 한 얼굴들이다. 내가 뭐라고 말을 해도 그쪽이 시끄러워서 들리지 않는다며, 그냥한 번씩 얼굴만 보여주며 건강과 행운을 빌어준다. 덕분에 신나는 기분으로 2024년 새해를 맞이할 수 있게 됐다.

오늘의 목적지는 옐로스톤 국립공원 앞에 있는 리빙스턴이라는 마을이다. 거리는 약 800킬로미터. 자동차로 열심히 가면 예닐곱 시간거리다. 가는 길에 볼 게 없나 하고 종이 지도책을 살펴보니, 중간에데블스타워Devils Tower라는 국립공원이 있다. 황야 한가운데 굉장히 멋있는 모양으로 우뚝 솟아 있는 거대 바위 봉우리 하나라고 한다.

노을이 질 무렵 데블스타워에 왔다. 평평한 황야 위로 마치 원자력 발전소 굴뚝처럼 생긴 거대한 봉우리가 하나 솟아 있어 20킬로미터 밖에서도 한눈에 들어온다. 주차장에 도착해보니 또 나 혼자다. 국립공원이지만 직원이 상주하지 않는 곳인가 보다. 혼자 오는 사람들을 위해 셀카용 스탠드도 세워져 있다. 덕분에 셀카도 잘 찍고, 봉우리 아래를 한 바퀴 돌아보는 둘레길을 걸었다. 한 시간 정도 걸리는 길이다.

데블스타워는 높이가 264미터로, '게이트웨이 아치'나 '조국의 어머니상'보다 조금 더 높다. 산이니까 당연한 이야기인가? 아무튼 이희한한 지형은 화산활동에 의해 생겼다. 수천만 년 전 용암이 분출해산 모양으로 굳었는데, 급격하게 냉각되다 보니 육각형 모양의 결이생겼고 그게 풍화작용에 의해 하나씩 떨어져 나가면서 현재와 같은줄무늬가 만들어졌다. 지금도 몇백, 몇천 년에 한 번씩 벽의 일부가 떨어져 나가 육각형 암석들이 거인의 주사위처럼 데굴데굴 굴러다니듯놓여 있다.

　백인들이 오기 전 여기 살던 원주민들은 이 봉우리를 '곰의 소굴'
이라 불렀다고 한다. 일본 만화 『진격의 거인』에나 나올 법한 거대 곰
한 마리가 위에 올라간 사람들을 잡아먹으려고 벽을 박박 긁어서 저런
세로줄 무늬를 만들어냈다는 신화가 있었단다. 곰의 소굴이라는 뜻의
원주민 언어를 영어로 번역할 때 실수가 있어서 '악마의 타워'가 되었
다. 원래대로 곰의 소굴이라고 했으면 관광객들이 좀 더 많이 왔을 텐
데, 웬 악마 타령이냐. 내겐 러시모어산보다 여기가 더 멋있어 보인다.

　깜깜한 밤이 되어 리빙스턴까지 가려던 계획은 포기하고 다시 래피드시티로 돌아가기로 했다. 2023년의 마지막 저녁식사를 근사한 곳에서 먹고 싶었다. '스테이크'로 구글맵을 검색해보니, 데블스타워와 래피드시티 중간쯤에 무려 평점 4.7을 받은 '버펄로 점프 스테이크하우스'라는 곳이 나온다.

인근 30분 거리에 건물이라고는 이 집 하나지만, 안에는 손님들로 가득하고 남자 손님 몇몇은 카우보이모자까지 쓰고 있다. 나는 메뉴판에서 가장 비싼 음식, 드라이에이징 스테이크와 통감자 요리를 주문했다. 가격은 70달러.

요리는 정말 정직하다 싶을 정도로 커다란 스테이크와 커다란 감자 한 알이 전부다. 채소? 그런 것 없다. 고기가 기절할 만큼 맛있다. 접시를 싹싹 비운 후 디저트로 초콜릿케이크도 주문했다. 웨이트리스는 좀 전에 먹은 스테이크보다 더 큰 초콜릿케이크와 아이스크림 네 스쿱을 가져다준다. 이 식당, 화끈하다. 이것도 바닥까지 긁어먹고 팁으로 20달러를 남겼다.

이제 내가 갈 곳은 어제와 그제 머물렀던 모텔. 언제나 방은 많다. 가격은 53달러. 도착해서 짐을 풀고 자정을 기다리고 있으려니, 서울에 있는 전 직장 후배가 카톡을 보내 미국의 새해 카운트다운은 어떤지 묻는다. 그냥 "총을 쏘지 않을까?"라고 답했는데, 이내 창밖에서 진짜 총소리가 들렸다. 주차장에 투숙객들 여럿이 나와 구경했다. 모텔은 약간 고지대에 있어서 래피드시티 시내 쪽이 시원하게 내려다보이는데, 어딘가에서 총으로 탕탕 축포를 쏘는 소리였다.

2024년은 와일드하게 시작이다.

44

월러스
경관

2024년의 첫날 월요일, 오늘도 길 풍경은 대동소이하다. 황무지, 소, 트럭, 헛간. 이정표들. 한 시간 정도 아무 생각 없이 달리다가 벨 푸르시Belle Fourche라는 마을에 들렀다. 차에 기름을 채우고 마을 거리를 잠깐 걸어봤다.

이곳은 1800년대 후반에 들어선 전형적인 카우보이 마을이다. 지금이라도 권총을 찬 카우보이들이 길 한가운데 서서 결투를 벌일 것 같은 분위기다. 날씨는 쾌청한데 날이 날인지라 가게들은 모두 문을 닫았고 행인은 한 명도 없다. 어떤 가게에는 '애국자가 아니라면 우리 바에 앉지 마라'는 메시지가 붙어 있다. 동네 분위기 감이 온다. 다시 길을 떠나려는데, 마을 입구에 꽤 커다란 기념비가 있어서 차를 세웠다.

첫 번째 기념비는 벨 푸르시 마을이 미국의 지리적 중심적임을 나타내는 말뚝이다. 원래 미국의 지리적 중심은 캔자스주 스미스센터라는 마을이었는데, 1959년에 알래스카와 하와이가 각각 미국의 49번

째, 50번째 주로 합류하면서 지리적 중심도 북서쪽으로 조금 이동했다. 그래서 이 마을이 속한 사우스다코타주 뷰트 카운티Butte County가 현재 미국의 중심이다.

두 번째 기념비는 한국전쟁 참전비다. 테네시주와 네브래스카주의 작은 마을들에서 보았던 것처럼 이곳 사우스다코타의 작은 마을에도 참전비가 있다.

자유를 위한 노력으로, 나라의 부름에 응한 이들에게 바칩니다.
1950년 6월 25일 - 1953년 7월 27일

뒷면에는 한국전쟁에서 미군 5만 4246명이 전사했고 8177명이 실종되었으며 7140명이 포로로 잡혔고 10만 3284명이 부상당했다는 내용이 적혀 있다. 미국에서 한국전쟁은 '잊혀진 전쟁The Forgotten War'이라고도 불린다. 많은 사람이 징집되어 희생됐지만 승리를 거두지 못한 채 찜찜하게 휴전에 들어갔다. 그래도 많은 시골 마을들에는 이렇게 기념물이 설치되어 있다. 아마도 한국에 있는 한국전쟁 기념비보다 미국에 있는 한국전쟁 기념비가 더 많지 않을까? 지난 3주간 우연히 발견한 것만도 네 곳이나 되니까.

등 뒤에서 사람들 소리가 들려 돌아보니 경찰차 한 대가 지나가던 승용차를 불러 세워 경고를 하고 있다. 부스스한 얼굴의 청소년들이 앉아 있다. 아마 어젯밤에 새해 파티를 거하게 한 다음 술이 깨지 않은 상태로 음주운전을 했나 보다. 경찰관 아저씨는 아이들을 따끔히 혼낸 후 먼저 보내고, 내 쪽으로 다가와 "뭐 도와줄 일 있느냐"고 묻는다.

"네, 사진 한 장만 찍어주시겠어요?"

나는 한국에서 여행을 온 사람이고, 그래서 이 한국전쟁 기념비 앞에서 사진 찍고 싶다고 말했다. 선글라스를 쓰고 머리숱은 나와 비슷한 중년의 경찰관은 아주 반가워하면서 "나도 한국 가봤어요!"라고 말한다.

그는 전직 군인이라고 했다. 미 해군에서 22년간 복무하고 전역해서 벨 푸르시 마을이 속한 커스터 카운티의 경찰이 됐다. 군 복무 시절 그는 미 해군 기지가 있는 일본 사세보항에 여러 번 주둔했고, 그때 포항과 부산, 대구에서 벌어진 한미연합훈련에 참가했다고 한다. 또 사세보에 근무하는 동안 지금의 아내도 만났는데, 아내는 경기도 평택 캠프 험프리스에서 근무하는 육군이었다. 캠프 험프리스는 내가 군 생

활을 한 곳이며 월러스 경관의 아내 분과도 복무 시기가 겹쳤다. 세상 진짜 좁다. 그리고 반갑다.

"그런데 왜 이 사우스다코타 시골 마을에서 경찰이 되셨어요? 여기가 고향이세요?"

"아니요, 나는 원래 샌프란시스코 출신이에요. 이전까지 시골에는 와본 적도 없어요. 그런데 아내가 군을 떠난 후 미국 제대군인부 Department of Veterans Affairs에 취직하게 됐어요. 아내의 직장이 이 근방이라서 나도 여기서 일자리를 찾은 거지요."

"아이들도 있나요?"

"아들이 두 명입니다."

"시골이라 아이들 키우기는 좋겠어요."

"하… 뭐 그런 면도 있는데, 여기는 워낙 아이들이 할 게 없다 보니 마약에 빠지기가 쉬워요. 그게 정말 걱정입니다."

"아이고. 그런 걱정이 있을 줄은 몰랐어요."

"지금 미국 어딜 가도 마약이 큰 문제인데 시골은 더 심합니다. 그래서 애들에게 운동을 열심히 시켜요. 다른 방법이 없어요. 운동, 운동, 운동뿐이죠."

이분에게 그런 고민이 있을 줄은 몰랐다. 미국은 마약과 마약성 진통제 때문에 큰 고민이라고 하던데, 경찰관의 자식들도 그 유혹에 시달릴 정도면 일반인들은 어떻겠나 싶다. 젊은이들이 즐길 만한 놀거리가 부족한 시골일수록 그런 유혹에 빠지기 쉽겠구나. 한창 호르몬이 왕성한 나이의 아이들이 힘을 빼려면 운동을 시키는 수밖에 없다. 미국의 고등학교, 대학교의 스포츠 리그가 큰 산업이 된 이유도 이제 이

해가 된다.

경관은 아내에게 보여주겠다며 함께 사진을 찍자고 했다. 사진을 찍고 각자의 차로 돌아가다가 몸을 돌려 인사했다. "아시아의 평화를 위해 애써주셔서 고맙습니다."

그는 내게 가볍게 목례하고 경찰차에 올라탔다.

45
루이스와
클락 탐험대를 따라서

옐로스톤으로

벨 푸르시 마을을 떠나 몬태나주를 횡단한다. 지금의 몬태나주가 된 지역에 처음 들어온 백인들은 앞서 소개했던 '루이스와 클락' 탐험 대다. 1804년의 일이다.

미국은 1803년의 루이지애나 매입으로 이 광대한 땅을 프랑스를 통해 샀다. 양국이 서류상으로 소유권을 이전했지만 실제로 그 땅 안쪽에 뭐가 있는지는 프랑스도, 미국도 잘 모르는 상황이었다. 그런데 이 무렵에는 러시아도 알래스카를 점령하는 등 미 대륙 본토로 슬금슬금 진출하고 있었고 아래쪽 뉴멕시코 지역에서는 스페인이 북미 대륙으로 영향력을 넓혀가고 있었다. 미국, 러시아, 스페인 삼국이 각각 서, 남, 동에서 다가와 미대륙 서부를 노리고 있었던 것이다.

토머스 제퍼슨 대통령은 서둘러 루이스와 클락 탐험대를 파견해 태평양 연안까지 갈 수 있는 수로가 있는지 찾아보라고 했다. 명령을 받은 루이스와 클락은 1804년 봄 30명의 탐험대를 조직해 세인트루이스에서 미주리강 위에 배를 띄웠다. 현재의 네브래스카, 사우스다코타, 노스다코타주를 거쳤고 이어서 몬태나주와 옐로스톤 지역에 들어갔다. 미주리강이 끝나는 곳에서부터는 걸어서 로키산맥을 넘었다. 결국 현재의 시애틀에 도착, 태평양을 보는 데 성공한다. 왕복 2년에 걸친 탐험이었다.

내 로드트립도 루이스와 클락 탐험대의 루트와 많이 겹친다. 그들이나 나나 가장 편하고 안전한 루트를 찾아서 서쪽으로 향하다 보니 이렇게 된 것이다. 그들이 2년에 걸쳐 갔던 길을 나는 2주 만에 자동차로 가고 있지만.

다섯 시간 정도 경치 좋은 국도를 달려 I-90 고속도로에 들어왔다. 컨트리 음악을 들으며 평화롭게 정속 주행 중인데, 낡은 승용차 하나가 내 차 옆에 딱 붙는다. 계속 나란히 달리기에 차도를 양보해주려고 속도를 조금 줄였더니 이 차도 똑같이 속도를 줄이며 나와 보조를 맞춘다. 조수석 창문이 내려가고 그 안에 까불까불해 보이는 청년 하나가 나에게 전방을 가리키며 손짓했다. 자기네 차와 레이스를 해보자는 것 같다. 그러더니 손가락을 하나씩 접으면서 멋대로 5, 4, 3, 2, 1 카운트다운을 한다.

엔진을 개조했나? 그 고물차는 쏜살같이 달려 나간다. 우리가 이미 시속 130킬로미터 이상으로 달리고 있었는데도 저렇게 빠르게 치고 나가는 걸 보면 엄청 밟는 것 같다. 하지만 내가 아무런 반응을 보이지 않자 다시 속도를 줄여 내 옆으로 차를 가져다 댄다. 조수석의 아이는 또 내게 레이스를 하자는 손짓을 한다.

이번에도 내가 반응을 보이지 않고 거절의 표시로 손을 흔들자, 그 차가 갑자기 내 차선 쪽으로 위험하게 꺾어 들어온다. 깜짝 놀라 내가 갓길 쪽으로 차를 움찔하자, '열 받지? 잡을 수 있으면 한번 잡아보시든가'라 말하는 것처럼 다시 굉음을 내며 앞으로 쏜살같이 달려 나갔다.

여기가 한국이었다면 나도 머스탱을 몰고 지옥 끝까지 쫓아갔을지 모르지만 지금은 전혀 화가 나지 않는다. 그냥 '애들이 얼마나 심심하면 저럴까' 하고 안쓰러운 생각만 든다. 아까 벨 푸르시 마을에서 월러스 경관이 했던 말 때문이다.

옐로스톤 공원에서 한 시간 정도 떨어진 리빙스턴 마을의 리빙스턴인이라는 모텔에 도착했다. 체크인 카운터에 들어가니 젊은 라틴계 여성과 예닐곱 살 정도로 보이는 딸 아이가 피자를 먹고 있다. 귀여운 아이는 스스럼없이 내게 말을 걸어왔다. "체스 둘 줄 알아요?"라고 묻더니, 대답을 기다리지도 않고 자기 방에서 체스판을 가져온다.

당연히 체스 둘 줄은 알지만 지금 이 아이와 체스를 두기는 싫어서 "잘 몰라"라고 답했다. 그랬더니 아이는 자기가 알고 있는 체스의 룰을 하나씩 설명해준다. "왕을 잡으면 이기는 거예요. 그런데 왕보다 여왕이 더 힘이 세요. 다른 말들은 여왕을 지키는 거예요."

아이 엄마는 컴퓨터로 내 예약을 확인하면서 "애야, 귀찮게 해드리지 마"라고 말리는데, 내가 아이의 말동무를 해주는 게 싫지 않은 눈치다. 아이는 곧이어 "내 고양이 볼래요?" 하더니 또 내 대답을 기다리지도 않고 방에서 새끼 고양이 한 마리를 데리고 와 만질 수 있게 해주었다. 내가 아이 엄마에게 "이 근처에 저녁 먹을 만한 식당이 있나요?"라고 물으니 아이가 대답했다. "엄마 우리 지난번에 먹었던 멕시칸 식당 괜찮지 않아? 난 거기 좋아해." "응, 엄마도 거기 좋아해."

행복이란 추상적 개념을 사람으로 묘사하자면 이 모녀기 아닐까. 열심히 일하는 엄마 옆에서 고양이와 놀며 피자를 먹고, 낯선 사람에게 스스럼없이 체스 대결을 신청하고, 맑은 하늘과 별을 마음껏 보는 아이.

세계 최초의 국립공원

옐로스톤 국립공원 입구에는 '매머드 핫스프링스'라는 온천지대가 있다. 유황내 나는 온천물이 뿜어져 나오면서 석회질이 굳어, 마치 튀르키예의 파묵칼레처럼 겹겹이 테라스 지형을 이루고 있다. 한겨울이라 물이 얼어서 그다지 볼 건 없었다. 대신 매머드 온천 옆에는 옐로스톤 공원의 역사를 보여주는 전시관이 있다. 여긴 무척 흥미롭다.

제퍼슨 대통령의 명으로 태평양을 향해 떠난 루이스와 클락 탐험대에는 존 콜터라는 사병이 있었다. 그는 사냥꾼이었고 탐험을 위해 채용된 것이었기에 탐험대가 태평양을 찍고 세인트루이스 기지로 귀환하기 전, 조기 전역을 신청하고 대열에서 빠져나왔다. 홀로 여기저기 돌아다니며 사냥을 하던 그는 1807년 옐로스톤 지역을 발견, 뜨거운 온천이 솟는 것을 목격하고 기지로 돌아와 사람들에게 알렸다. 하지만 사람들은 그의 말을 믿지 않았고, 그 지역을 '콜터의 지옥'이라는 조롱 섞인 이름으로 붙였다. 중국에 다녀왔던 마르코 폴로의 말을 고향 베네치아 사람들이 믿지 못했던 것과 비슷하다.

그 후로도 여러 사냥꾼이 온천 목격담을 전했지만 콜터의 발견이 공식적으로 인정받은 것은 한참 지난 1860년대 후반이다. 지질학자들과 군인들이 옐로스톤에 들어와 온천을 기록하기 시작했는데, 콜터는 이미 죽은 지 오래. 아무튼 1872년 율리시스 그랜트 대통령은 이곳을 국립공원으로 지정하는 문서에 서명했다. 이로써 옐로스톤은 미국 최초이자 세계 최초의 국립공원이 됐다. 국립공원이 되었다는 말은 모든 개발과 수렵 등 영리 행위가 금지되고, 자연환경 보전과 시민들의 관광을 위해서 국가가 땅을 적극적으로 관리하게 된다는 뜻이다.

국립공원으로 지정된 후에도 몰래 들어와 버펄로나 비버, 사슴을 사냥하는 사람들이 많았지만 법적으로 그들을 처벌할 수 있는 근거가 없었다고 한다. 그러다가 1894년 에드거 하월이라는 사냥꾼이 일곱 마리의 버펄로를 잡아서 머리를 자른 사건이 미국에서 화제가 됐다. 버펄로 머리 일곱 개가 나란히 놓인 사진이 신문에 실리자 이건 너무 심하다는 여론이 일어 드디어 밀렵꾼을 처벌할 수 있는 법이 만들이졌다.

곰 스릴러

전시관을 나와 공원 안으로 이어지는 산길을 따라 차를 몰아갔다. 여기까지 온 김에 짧은 하이킹을 해볼까. 목적지는 헬로어링Hellroaring 현수교. 워낙 산속이고 눈과 살얼음이 얼어서 길이 아주 미끄럽다.

한 시간 정도를 기어가듯 운전해서 헬로어링 현수교로 가는 트레일 코스 입구에 차를 세웠다. 트레일 입구엔 아무도 없고 숲과 눈이 소리를 흡수해 사방이 조용하다. 곰을 주의하라는 커다란 안내판이 붙어 있다.

곰과의 만남에 대비하세요
옐로스톤 국립공원 전역에는 그리즐리 곰과 흑곰이 살고 있습니다.

1. 경계를 게을리하지 마세요. 곰의 흔적을 살펴보세요. 나무를 긁거나 땅을 판 흔적, 발자국, 동물 사체가 보이면 피하세요.
2. 소음을 내세요. 곰이 놀라지 않게 미리미리 박수를 치거나 소리를 내며 다니세요.
3. 곰 스프레이를 가지고 다니세요. 항상 곰 스프레이를 소지하고 사용법을 숙지하세요. 가방에 넣지 말고 언제든 발사할 수 있게 준비하세요.
4. 혼자 다니지 마세요. 세 명 이상 무리 지어 다니세요. 항상 일행과 함께하세요.

설마, 곰을 만나진 않겠지? 트레일을 따라 발걸음을 옮기는데 얼마 가지 않아 덩치 큰 동물의 발자국과 똥들이 보였다. 사람의 것은 확실히 아니다. 이게 설마 곰 발자국인가? 곰 똥인가? 알 수가 없었다. 둘 다 만들어진 지 얼마 안 된 것 같은데, 조금씩 걱정이 되기 시작했다. 여기는 전화도 안 된다. 내가 곰을 만나면, 재수가 없다면 내년 4

월쯤 눈이 녹을 때 발견될 수도 있겠다.

50분 정도 고요한 눈길을 걸어서 헬로어링 현수교에 도착했다. 아래로는 깊은 계곡이 흐르고 있다. 수천 킬로미터를 흘러내려가 멕시코까지 들어갈 것이다. 기념사진을 찍고 서둘러 돌아간다. 이제는 오르막길이라 천천히 걷게 되고, 그러다 보니 내려올 때는 못 봤던 것들을 보게 된다. 나무껍질이 까져 있는 곳, 흙이 파헤쳐져 있는 곳… 이건 확실히 곰의 흔적 같다.

크루즈에서 봤던 영화 생각이 났다. 제목은 〈코카인 베어〉. 밀수꾼들이 비행기에서 실수로 떨어뜨린 코카인 보따리를 산에 사는 곰이 봉지째로 흡입한 후 닥치는 대로 사람들을 씹어먹고 다니는 내용이었다. 무섭다. 뛰다시피 산길을 올라간다. 주변은 적막해서 내 숨소리와 내 발소리밖에는 들리지 않는다. 긴장하면 청력이 예민해지나? 땀이 나서 윗도리를 벗고 뛰는데 눈밭이라 힘이 배로 든다. 드디어 자동차를 세워둔 도로까지 200미터 정도 남았다, 다 왔다고 생각한 순간, 내 뒤에서 "으헝으헝" 하는 동물의 숨소리가 들려왔다. 뜨거운 입김이 목덜미에 느껴지는 듯. 온몸의 솜털이 곤두섰다. 이런 일에 몸의 반응이 늦는 편이라 한 1초 후에 "으악!" 소리를 지르며 돌아보았다. 아무것도 없다. 차를 세워둔 큰길가로 나왔더니 온몸에 땀이 줄줄 흐르고 있다. 반소매 티셔츠만 남기고 웃옷을 다 벗어도 몸에서 열이 난다.

옐로스톤 국립공원에 곰이 많이 산다지만 사실 곰과 마주칠 확률은 높지 않다고 한다. 곰도 사람을 피하기 때문이다. 1980년에서 2011년 사이 옐로스톤 국립공원을 방문한 9000만 명의 사람 중에서 곰에게 피해를 본 사람은 43명. 하지만 혼자 다니는 건 곰에게 '제발

나 좀 먹어줘'라고 부탁하는 것이나 다름없겠지. 차에 앉아서 놀란 가슴을 진정시킨 후, 다시 살얼음 도로 위를 살살 움직여서 리빙스턴 마을로 돌아왔다. 저녁이 되어 날이 어두워지니 동물들이 더 많이 출몰한다. 수십 마리 무리를 지은 사슴들이 도로 위를 넘나든다. 방에 들어와 더운물로 목욕을 하며 긴장을 풀었다.

롤로패스

이제 세계여행의 마지막 목적지인 미국 서해안의 도시 시애틀로 간다. 시애틀에서는 사촌 누나가 기다리고 있다. 누나는 날씨에 따라 산길이 위험할 수 있으니 운전할 때 방심하지 말라고 했다.

리빙스턴 마을에서 다시 I-90 고속도로를 타고 아이다호 주로 넘어왔다. 아이다호주에서는 롤로패스Lolo Pass라는 고갯길로 향한다. 이걸 넘으면 시애틀이 있는 워싱턴 주가 나온다.

롤로패스는 1805년 루이스와 클락 탐험대가 태평양으로 가는 마지막 고비였다. 길이는 약 200킬로미터. 교차로도 없이 울창한 침엽수림이 끝없이 이어지는 아름다운 길이다. 푸른 침엽수들 사이로 물안개가 퍼지고, 물안개 사이로는 졸졸 냇물이 흐른다. 그러나 좋은 경치도 서너 시간이나 아무런 변화 없이 이어지니 점점 지긋지긋해진다. 나 말고는 지나다니는 차도 없다. 루이스와 클락 탐험대가 느꼈을 고통도 조금은 이해가 된다.

날이 어두워지고, 아이다호와 워싱턴주의 경계에 있는 오로피노

라는 작은 마을에 도착해 모텔을 찾았다. 100일 넘게 이어온 여정의 마지막 밤. 마을 입구에는 "작은 미국 마을을 응원해줘서 고맙습니다 (Thank you for supporting small town America)"라는 문구가 적혀 있다. 이 마을의 시청은 마을 도서관과 함께 창문 네 개짜리 단층 건물을 같이 쓴다. 도로변에는 사슴 다섯 마리가 줄을 지어 뛰어다닌다. 마지막

날이라 생각하니 나도 좀 더 감상적이 되어, 평소 같았으면 쳐다도 보지 않았을, 파인트리 모텔이라는 숙소 이름이 박힌 털모자를 12달러나 주고 샀다.

다음 날, 사촌 누나의 말처럼 워싱턴주로의 경계를 넘어서자 날씨가 흐려지고 비와 진눈깨비가 날리기 시작한다. 국도에도 차량 통행량이 부쩍 많아져서 여러 가지로 운전하기가 위험하다. 저녁 무렵엔 짙은 안개도 끼었다. 앞차의 후미등만 보면서 조심스레 나아갔다.

대도시에 가까워진다는 걸 알게 된 건 도로에서 테슬라 전기차를 봤을 때다. 동부 마이애미를 떠난 이후 지금까지 3주 넘게 로드트립을 하면서 테슬라를 단 한 대도 본 적이 없었다. '스몰타운 아메리카'에서 '빅시티 아메리카'로 넘어왔다는 상징이다. 시애틀 북쪽 주택가에 있는 사촌 누나네 집에 도착하니 벌써 밤 10시. 누나가 준비해준 좋은 와인과 안주를 먹으며 그동안 쌓인 이야기보따리를 풀었다.

시애틀에서

2024년 1월 4일. 노플라잇 세계여행의 종착지, 시애틀에 도착했다. 작년 9월 16일 인천항에서 중국 칭다오로 가는 배를 탄 지 111일 만에.

시애틀은 미국 북서부의 중심 도시다. 인구는 약 70만 명이고 주변 지역까지 포함하면 400만 명. 지난 몇 주 동안 내가 들렀던 내륙지역의 자잘한 도시들과는 차원이 다르다. 한국을 비롯한 아시아계 사람들도 많이 이주해서 산다. 전체의 약 16퍼센트가 아시아계이며, 이는 백인 다음으로 많은 수치다. 이 도시에 아시아인들이 얼마나 많이 사는지 사촌 누나가 이야기해주었다. 누나는 약 200명의 의사가 소속된 병원에서 일하는데, 다음과 같은 일이 흔하게 벌어진다고 한다.

환자 안녕하세요. 닥터 리Dr. Lee를 만나러 왔습니다.
직원 어느 닥터 리 말씀이시죠? 저희 병원에는 닥터 리가 여덟 명입니다.
환자 어… 닥터 J. 리Dr. J. Lee를 만나러 왔는데요?
직원 어느 J. Lee 말씀이시죠? 닥터 J. Lee가 세 명이에요.

그만큼 동아시아 사람들이 많이 산다. 역사적으로 생각해보면, 왜 미국 북서부 지역을 진작에 아시아 국가들이 점령하지 못하고 유럽인들에게 내주었을까 하는 생각도 든다. 여기는 유럽보다 아시아가 훨씬 가까운 동네 아닌가. 루이스와 클락 탐험대가 다녀간 후 미국 정부가 광대한 서북부 지역을 자국 영토로 선포한 것은 고작 1818년. 그리

오래전이 아니다. 물론 인디언들은 수십만 년 전부터 살고 있었지만 국제적으로 보면 주인이 없는 무주공산이었고, 누구나 먼저 와서 깃발을 꽂고, 지도를 그리고, 수백 명만이라도 이주시켜서 도시를 건설했다면 자국의 영토로 인정받을 수 있었을 것이다. 벌어지지 않은 역사를 가정하는 건 큰 의미가 없으나 궁금하긴 하다. 징기스칸 이후의 아시아 국가들은 왜 아시아 밖으로 팽창하려는 생각을 하지 못했을까?

다음 날은 주말이라서 일을 쉬는 사촌 누나와 함께 시애틀 시내 구경을 나왔다. 먼저 바닷가에 있는 해산물 시장을 둘러보고, 사촌 누나는 한국에서 손님이 오면 꼭 데려가는 곳이라며 약 15분 거리에 있는 스타벅스 리저브 매장에 나를 데려갔다. 다른 리저브 매장보다 훨씬 좋은 곳이란다. 그런데 그 매장의 문은 굳게 닫혀 있고 문에는 '스

타벅스 보이콧' '팔레스타인에 자유를' 같은 문구들이 적혀 있다.

요즘 시애틀 시내에서는 이렇게 문을 닫는 가게가 많단다. 내가 봐도 그랬다. 미국의 여러 다른 대도시들처럼 여기도 마약 문제, 노숙자 문제, 불법입국자 문제가 심각하다. 특히 샌프란시스코, 포틀랜드, 시애틀 등 이른바 진보적 성향의 도시에서는 노숙자나 불법입국자를 처벌의 대상으로 보기보다는 포용의 대상으로 보는 경우가 많다. 매장에서 도둑질을 해도 말리지 못한다. 도시가 불안해질 수밖에 없다.

5년 전만 해도 시애틀은 폭력 범죄 발생률이 미국 평균 발생률의 절반 정도에 머무는 평화로운 도시였는데, 2022년에는 그 차이가 없어졌다. 그사이에 강력범죄가 두 배나 증가한 것이다. 또 코로나 시대 이전과 비교해 살인 범죄 발생은 89퍼센트나 급증했다. 결국 시민들의 우려가 커졌고, 최근 선거에서는 (여전히 민주당이 우세지만) 덜 극단적인 사고를 하는 의원들로 일부 물갈이가 되었다고 한다. 그러자 곧바로 경찰들이 다시 거리에 나와서 노숙자와 마약중독자들을 단속하기 시작했다.

나도 우연히 그런 현장을 목격하게 됐다. 바닷가 시장 근처 골목에는 검월Gum Wall이라는, 다소 더러운 관광 명소가 있다. 사람들이 씹던 검들을 벽에 붙여놓은 곳이다. 실제로 보면 너무 더러워서 가까이 가기도 싫지만, 어쨌든 유명하다고 하니 그 앞에서 사진을 찍었다. 옆에 흑인 노숙자 한 명이 뭐라고 주절거리고 있었지만 그냥 지나쳤다.

그런데 몇 초 후 우당탕하는 소리가 들렸다. 조금 전에 지나쳤던 노숙자가 코피를 흘리며 경찰과 싸우고 있다. 노숙자도 경찰도 모두 덩치가 큰데다가 정말 살기를 품고 싸운다. 순식간에 다른 경찰 여러 명이 달려왔다. 남성 경찰은 망설임 없이 최루 스프레이를 뿌리고 여성 경찰은 전기충격기를 사용했다. 오랜만에 맡아보는 최루가스 냄새. 그리고 지지직 전기 충격기 소리가 오싹하게 들렸다. 노숙자는 전기 충격기에 제압돼 비명을 지르고 넘어지면서도 계속 경찰에게 반항했다. 그러면 또 지지직. 혼비백산해 흩어졌던 행인들이 하나둘 다시 다

가와 스마트폰으로 영상을 찍었다.

이번에 유럽과 미국을 다녀보며 느낀 점이 있다. 현재 서구 사회가 마주하고 있는 가장 큰 문제는 불법 이민과 마약이며, 근본 요인은 정치의 실패다. 현실과 너무 괴리되어 이상을 추구하다 보면 사회 전체가 불안해진다. 또 그에 대한 반작용으로 민족주의, 보수주의적 성향을 띄는 우파 정치인들이 인기를 끌게 되는 것도 우려스럽다. 한쪽 편이 더 과격한 정책을 펴면 그에 대한 반작용으로 반대편 극단에도 사람이 몰린다.

시애틀 거리의 분위기 좋은 대형 서점 구경을 끝으로 사촌 누나와 작별인사를 하고, 공항 렌터카 지점에 차량을 반납했다. 내 머스탱 컨버터블! 거의 한 달 동안 함께 생활해 정도 많이 들었다. 렌터카 업체가 기록한 주행거리는 무려 5706킬로미터.

반납받는 직원에게 부탁해 차 앞에서 기념사진을 찍었다. "와, 너 정말 긴 여행을 했구나! 정말 부러워. 나도 하고 싶다!" 직원이 부러운 표정으로 이야기했다.

나도 하고 싶다, 다시. 아직 귀국행 비행기를 타지도 않았는데, 새로운 노플라잇 세계여행을 시작하고픈 욕심이 든다.

여행 초심자를 위한
세계 일주
가이드

Q 세계 일주라고 하면 여행 계획을 세우는 데만 한참 걸릴 것 같습니다. 이동 동선과 숙소는 여행 전에 미리 준비해야 하나요?

A 마음의 준비는 언제나 100퍼센트였지만 현실의 준비는 30퍼센트에서 시작했던 것 같습니다. 대강 어느 나라를 경유한다는 정도만 정했어요. 준비 기간이 한 달밖에 안 됐거든요. 출발 전 구글맵을 펴놓고 몇 날 며칠을 고민했습니다. 제가 넘어가고픈 국경이 실제로 개방되었는지를 확인하는 게 가장 어려웠습니다.

실제로 준비하다 보면 갈 수 없는 곳이 의외로 많습니다. 특히 코로나19 시기에 국경이 봉쇄되거나 배편이 끊긴 곳이 많았거든요. 중국으로 가는 배편도 제가 여행을 떠나기 불과 2주 전에야 다시 개통되었습니다. 아슬아슬했죠! 출발하기도 전에 끝날 뻔한 여행입니다. 또 유럽을 지나는 데는 우크라이나 전쟁이 변수였습니다. 서유럽과 러시아 국경이 거의 막혔거든요. 이 모든 변수를 확인하면서 진행하는 게 가장 큰일이었습니다.

숙소는 그때그때 검색해서 정했습니다. 일단 중국으로 가는 배 위에서 첫날 묵을 호텔을 예약했습니다. 내키는 대로 여행하고 싶었습니다. 정해놓은 일정이 갑자기 변경되는 것 역시 스트레스일 수 있으니까요.

Q 여러 나라를 경유하다 보면 생소한 나라도 많을 것 같습니다. 생소한 나라를 여행하기에 치안은 괜찮을까요?

A 제가 여행한 유라시아와 북미 대륙의 국가들은 대체로 치안이 좋습니다. 안심하셔도 될 것 같아요.

먼저 중국은 굉장히 안전한 나라입니다. 우리나라처럼 사방에 CCTV가 있어요. 오히려 여행자들이 이 나라의 법과 규칙을 어기지 않도록 조심해야 할 것 같습니다. 예를 들어 무단횡단 같은 것이요.

중앙아시아와 러시아도 제가 간 지역들은 치안이 좋은 편입니다. 기본적으로 옛 소련 체제가 남아 있는 곳이기에 국민의 준법정신이 높은 편입니다. 공권력이 강했던 나라들이라서요.

길을 가다가 나도 모르게 위험한 구역에 들어설 수는 있습니다. 주변 분위기가 수상하다 싶을 땐 한곳에 오래 머무르지 않고 빠르게 이동하는 것이 좋습니다. 타인이 나에게 나쁜 마음을 먹을 틈을 주지 않도록요. 선글라스와 야구모자를 써서 내 표정을 들키지 않는 것도 타지에서 마음이 편해질 수 있는 한 방법입니다.

위험해 보이는 장소에서는 다들 조심하니까 사고가 잘 안 나요.

반대로 겉보기에 안전해 보이는 나라에서 경계를 풀고 방심할 때 사고가 많이 터지는 것 같아요. 서유럽에서 소매치기나 좀도둑, 묻지마 폭행 등이 심심치 않게 발생하잖아요. 인종차별도 있고요. 또 미국 대도시의 치안이 상대적으로 나빠졌습니다. 자동차도 많이 털리고요. 이런 부분은 조심해야 합니다.

Q 아이와 함께 가도 좋을까요?

A 가까운 곳에 열흘 이내로 다녀온다면 괜찮을 것 같습니다. 비행기를 이용하든 아니든, 그보다 더 긴 여행은 아이와 부모 서로에게 육체적으로나 정신적으로 스트레스가 될 것 같습니다.

Q 스마트기기나 전자기기 사용에 어려움은 없나요?

A 저도 스마트폰 때문에 처음에 참 힘들었습니다. 처음 중국으로 들어갈 때는 물리적 교환이 필요 없다는 e심이라는 걸 인터넷에서 구입했는데 사용법이 복잡한데다 이동하면서 잘 안 터지기도 했어요.

국내 통신사의 자동 로밍 서비스도 이용해봤는데 이것은 값이 비싸죠. 보통 하루 사용료가 1만 2000원 정도 하니까요. 인터넷 속도도 불만족스럽습니다. 가장 좋은 건 역시 현지 유심을 구입하는 것입니다. 국경을 넘자마자 유심칩을 사서 끼우면 그 나라 전화번호가 필요한 현지 택시 앱도 이용할 수 있어요. 번거롭지만 3일 이상 머무를 나라라면 유심칩을 따로 사는 게 좋습니다. 어디든 한국에 비하면 가격이 저렴해요. 또 중국을 여행한다면 출발 전에 VPN 앱을 미리 설치하는 것이 좋습니다.

여행 출발 전에 유심칩을 보관할 수 있는 작은 주머니와 옷핀을 꼭 하나 챙기세요. 유심칩을 갈아 끼우려면 뾰족한 핀 같은 것으로 눌러야 하잖아요? 우리나라에선 유심칩을 사면 핀도 같이 들어 있지만, 외국에선 핀을 주지 않습니다! 따로 팔지도 않아요. 꼭 챙겨가시길 바랍니다! 해외에서 이용할 수 있는 멀티콘센트는 필수입니다.

Q 배나 기차를 탔을 때의 출입국심사는 공항과 어떻게 다른가요?

A 항구는 공항보다 분위기가 훨씬 여유로운 편입니다. 승객 수도 적고 짐 크기의 제한도 없고 검사 자체도 빡빡하지 않습니다. 발 아프게 출입국심사 받느라 한 시간씩 줄을 서지 않아도 됩니다. 심사하는 국경 경찰분들도 다들 표정이 밝아요. 공항에서 출입국 경험이 즐겁다고 하는 사람은 아마 한 명도 없을 텐데, 항구는 항구를 통과하는 경험 그 자체가 즐겁습니다. 절차가 허술해서 '이게 다야?'라는 생각이 들 때도 있어요.

기차를 타고 국경을 넘는 건 더 편해요. 기차에서 내릴 필요도 없고, 그냥 객차에 편하게 앉아 있으면 출국하는 나라와 입국하는 나라의 경찰이 차례로 들어와서 특수 장비로 여권을 스캔하고 나갑니다. 마약 탐지견도 같이 들어오는데 엄청 귀여워요.

Q 처음 들어보는 나라도 있었는데 혹시 한식을 먹을 곳이 있나요?

A 카자흐스탄, 조지아 같은 곳에도 좋은 한식당이 다 있습니다. 미국이야 뭐 말할 것도 없죠. 한국에서 먹는 한식보다 미국에서 먹는 한식이 더 맛있으니까요. 한류 영향 덕분인지 요즘은 한식당을 찾아보는 게 훨씬 쉬워졌습니다.

Q 여행 일정이 길어지면 목돈이 필요할 텐데 무조건 현금을 휴대하고 다닐 수는 없을 것 같습니다. 신용카드를 사용하지 않는 곳도 있다고 들었는데요. 여행 중에 여비는 어떻게 준비해야 할까요? 현지 환전도 궁금합니다.

A 20여 년 전 첫 배낭여행 갔을 때 복대에 현금을 넣고 다녔던 생각이 납니다. 유로화가 도입되기 전이라 유럽 각 나라 화폐로 복대가 빵빵했어요. 그것도 참 추억이네요. 요즘은 현금을 많이 들고 다닐 필요가 없습니다. 숙소, 교통편 예약을 다 인터넷으로 하니까요. 그때그때 필요한 현금은 ATM기를 이용하면 됩니다. 요즘은 환전수수료 없는 외환 통장들이 시중에 나와 있으니 그런 걸 미리 챙기면 될 것 같아요.

다만 국경을 넘을 때는 한밤중일 수도 있고 시골이라 ATM을 찾기 어려울 수 있습니다. 그러니 국경으로 떠나기 전 도시에 있는 환전소에서 미리 다음날 여비 정도는 바꿔두는 게 좋을 것 같습니다. 또 국민소득이 낮은 나라일수록 달러화의 인기가 높은 편이라 비상금으로 1000달러 정도 꼭꼭 숨겨두면 좋을 것 같고요.

러시아는 현재 서방의 경제 재제를 받고 있어 신용카드와 ATM을 사용할 수 없으니 한국에서 미리 루블화를 넉넉히 챙겨가는 걸 추천드립니다. 하나은행 각 지점과 동대문시장 일대의 환전소에서 가능합니다.

Q 어떤 사람에게 노플라잇 여행을 추천하고 싶으신가요?

A 목적지까지 가는 여정 그 자체를 좋아하는 분들에게 추천하고 싶어요. 길 위에 있는 순간이 즐거움인 분, 이정표에 "어디까지 몇 킬로미터"라 쓰인 걸 보면서 설렘을 느끼는 분들에게 권합니다. 멀리까지 갈 것도 없습니다. 제주도나 일본에 비행기 대신 배를 타고 다녀와 보세요. 주변 환경과 사람들이 무지개 스펙트럼처럼 서서히 변화하는 걸 느끼실 수 있어요.

특히 젊은 친구들에게 노플라잇 여행을 추천하고 싶습니다. 인생관이 바뀔 수 있어요. 어떻게 보면 우리 인생도 여정이잖아요. 인생은 비행기 여행이 아니라 노플라잇 여행과 비슷하다고 생각해요. 어렵게 차근차근 한 발씩 나아가는 거죠. 때론 멀리 돌아가기도 하고요.

여행이 끝나고 누가 물었다. 111일간의 여행으로 내 삶에서 달라진 부분이 조금이라도 있느냐고.

달라진 부분이 있다. 111일은 길다면 긴 시간이지만 직장을 계속 다녔다면 그냥 눈 깜짝할 사이에 큰 의미 없이 지나갔을 시간이기도 하다. 나는 그런 일상을 바꾸는 결정을 내렸다. 이런 경험이 앞으로 살아가면서 도움이 될 것 같다. 평소 우유부단해 결정을 못 내리던 성격을 조금 바꿀 수 있을 것 같다.

여행 덕분에 참을성도 조금 생겼다. 여행지에선 내 뜻대로, 내 계획대로 안 되는 일이 많았다. 또 외국인이라는 자격지심이 있다 보니 거리에서 만나는 사람들의 사소한 태도 때문에 기분이 상할 일도 많았다. 그러니까 오히려 더 완벽한 하루를 기대하면 안 되겠다는 생각이 들었다.

이젠 한국에서 마주치는 한국 사람들도 다 외국인이라고 생각한다. 길에서 누군가와 어깨가 부딪혔을 때, 운전하다가 거칠게 끼어드는 사람을 봤을 때, 어떤 사안에 대해 의견이 충돌할 때, 그럴 때마다 나는 스트레스를 많이 받는 편이었다. 하지만 '저 사람이 나를 싫어해서가 아니라 우리에게 습관의 차이, 문화의 차이가 있을 뿐'이라고 생각하면 화가 가라앉는다. 이제는 타인의 사소한 선행에 더 큰 의미를 두고 더 많은 웃음을 지으며 살고 싶다.

최근 〈나의 해방일지〉라는 드라마를 봤다. 거기에 이런 말이 나온다. "누군가 나를 위해 엘리베이터 버튼을 누르고 기다려주는 것과 같은 4초, 7초씩의 행복을 모아서 하루에 총 5분만 숨통 트일 수 있다면 그건 좋은 삶"이라고. 나도 그렇게 살고자 한다.

술도 줄었다. 예전엔 술자리를 좋아했고, 다음 날 일어나기 힘들 정도로 과음하는 일도 가끔 있었다. 혼자 하는 노플라잇 여행 중엔 술을 입에 댈 일이 많지 않았다. 알코올 없이 맨정신으로 1~2주일 이상을 보낸 게 얼마 만인지. 그 느낌이 좋아서 여행을 다녀온 후에도 술자리 참석을 줄였다. 가끔 친구들과 소주 한 병 정도는 좋지만 예전처럼 부어라 마셔라 하고 싶지는 않다.

마지막 변화는, 회사원이라는 직업을 조금 다시 생각하게 됐다는 점이다. 나는 대학원에서 경영학을 공부하고 10년 넘게 신문사 소속으로 『하버드 비즈니스 리뷰』, 『동아 비즈니스 리뷰』라는 잡지를 만들었다. 비즈니스 및 직장인의 커리어와 관련된 콘텐츠 만드는 일이 직업이었다. 그래서 그런지 내가 너무 회사원들만의 세계관에 갇혀서 살아온 게 아닌가 하는 생각이 들었다. 어떻게 해야 회사에서 진급을 빨리하는지, 어떻게 해야 성공적인 경력을 쌓는지, 또 회사가 어떻게 돈을 잘 벌 수 있는지와 같은 콘텐츠를 만들고 그걸 다른 사람들에게 전파하는 일로 밥 벌이를 하며 살다 보니 나 자신이 약간은 인간 비즈니스 플랫폼 같은 존재가 되어버렸던 것 같다. 그것도 물론 중요하고 가치 있는 일이지만 여행하는 동안은 그런 '회사원 세계관'에서 조금 떨어져 지낼 수 있어서 좋았다. 80억 인류 중에 회사원은 정말 소수더라.

여행에서 돌아오자마자 다음 여행은 어디로 갈까 그림을 그려보았다. 지난번엔 서쪽으로 지구를 한 바퀴 돌았으니 이번엔 동쪽으로 한 바퀴 돌아볼까, 아니면 고정관념을 깨고 남북 방향으로 돌아볼까 싶어 태평양과 인도양을 건너는 배편을 찾아보기도 한다(남극은 어떻게 넘어야 하나? 모르겠다). 당장은 에너지 보충도 필요하고 직장도 다시 찾아야겠지만, 머지않은 미래에 꼭 노플라잇 세계여행 v.2.0을 시행할 것이다.

이번 여행에서 겪은 일들을 기록으로 남겼지만 책을 편집하는 과정에서 분량 조절을 위해 또 전체적인 무게를 고려해 뺀 이야기들이 많다. 책에서 제외된 에피소드와 역사 이야기들은 나의 블로그(네이버 indizio)에 올려두었다. 이 책이 재미있으셨다면 블로그를 방문해 그 이야기들도 읽어주시고 댓글 하나 남겨주시길.

지금까지 긴 여행 이야기 읽어주셔서 감사합니다. 그럼, Ciao!